DOMINGO O RABINO FICOU EM CASA

Outros títulos desta série

O inimigo imediato — Ross Macdonald
Um tom cinzento de culpa — John D. MacDonald
Fletch venceu — Gregory Macdonald
A tragédia Blackwell — Ross Macdonald
Continental Op — Dashiell Hammett
A noiva estava de preto — Cornell Woolrich
Dinheiro sujo — Ross Macdonald
Clientes demais — Rex Stout
É sempre noite — Léo Malet
Sexta-feira o rabino acordou tarde — Harry Kemelman
Cozinheiros demais — Rex Stout
Sábado o rabino passou fome — Harry Kemelman
Aranhas de ouro — Rex Stout
O labirinto grego — Manuel Vázquez Montalbán
Também se morre assim — Ross Macdonald
Mulheres demais — Rex Stout
Neutralidade suspeita — Jean-Pierre Gattégno
Edições perigosas — John Dunning
O diabo vestia azul — Walter Mosley
A noite do professor — Jean-Pierre Gattégno

HARRY KEMELMAN

DOMINGO O RABINO FICOU EM CASA

Tradução:
ISA MARA LANDO

COMPANHIA DAS LETRAS

Título original:
Sunday the rabbi stayed home

Capa:
João Baptista da Costa Aguiar

Foto da capa:
Glória Flugel

Preparação:
Cecília Ramos

Revisão:
Touché! Editorial
Ana Maria Barbosa

Dados Internacionais de Catalogação na Publicação (CIP)
(Câmara Brasileira do Livro, SP, Brasil)

Kemelman, Harry, 1908-
Domingo o rabino ficou em casa / Harry Kemelman ; tradução Isa Mara Lando. — São Paulo : Companhia das Letras, 1995.

Título original: Sunday the rabbi stayed home.
ISBN 85-7164-513-2

1. Ficção norte-americana 2. Ficção policial e de mistério (Literatura norte-americana) I. Título.

95-4431 CDD-813

Índices para catálogo sistemático:
1. Ficção : Século 20 : Literatura norte-americana 813
2. Século 20 : Ficção : Literatura norte-americana 813

1995

EDITORA SCHWARCZ LTDA
Rua Tupi, 522
01233-000 — São Paulo — SP
Telefone: (011) 826-1822
Fax: (011) 826-5523

Para os meus filhos:
Ruth e George, Arthur, Diane e Stanley

1

"Isso sim é que se chama rezar, Rabino", disse Harvey Andelman. Deu uma olhada no relógio: "Terminamos cinco minutos — não, sete minutos antes da hora".

O rabino David Small sorriu enquanto desenrolava seus filactérios. Era jovem, trinta e poucos anos; embora com boa saúde, era pálido, magro e andava com a cabeça meio inclinada para a frente, como se estivesse sempre estudando um livro com o olhar míope. De fato, havia conduzido o serviço a toda a velocidade e sentia-se um pouquinho envergonhado por isso. "Sabe, é que eu estou saindo de viagem..."

"Claro, e naturalmente o senhor quer sair cedo." Isso parecia perfeitamente razoável para Andelman, que precisava ir a uma feira em Salem e estava sempre tentando acelerar as orações matinais para poder chegar no trabalho a tempo. Ficava angustiado nos dias em que precisavam esperar o décimo homem necessário para o *minian*, o quorum mínimo para o serviço; e assim que avistava o décimo chegando, chamava-o para dentro com gestos rápidos, como a um atleta se aproximando da fita de chegada, dizendo: "Vamos, vamos, vamos começar!". Mas agora, desfrutando os seus cinco, não, sete minutos inesperados de folga, ficou esperando o rabino guardar seus filactérios e seu xale de orações. "Quando é o Wasserman que conduz o serviço, ou então o cantor, a gente pensa que é Yom Kippur, até parece que eles têm o dia inteiro. E pensando bem, acho que têm mesmo. Mas nós todos temos emprego, temos negócios a tratar. Bem, até mais ver, rabino", e se enfiou no carro.

Como se sentia culpado por ter corrido com as orações, o rabino Small diminuiu o passo e foi andando calmamente pelo corredor que levava ao seu gabinete. Pela primeira vez em muito tempo notou a parede externa nua, de blocos de cimento, dividida pela metade, sem motivo nenhum, por uma faixa de plástico negro; a parede interna, de tijolo brilhante, dividida da mesma maneira; o chão emborrachado brilhante, encerado há pouco, onde apenas as marcas circulares da enceradeira formavam uma espécie de desenho. O lugar dava uma impressão estéril, como um corredor de hospital.

Quando chegou pela primeira vez a Barnard's Crossing, seis anos atrás, o templo era novinho em folha, e sua modernidade tinha um brilho alegre. Mas agora já estava dando sinais de velhice. A pintura da parede estava desgastada, e num certo ponto perto do teto via-se uma mancha amarela, sinal de um cano arrebentado. O rabino não podia deixar de pensar que as sinagogas mais antigas, revestidas de mogno ou nogueira, envelheciam com mais dignidade.

Chegando perto de seu gabinete, ouviu seu telefone tocar e correu para atender. Imaginou que seria Miriam com um pedido de última hora para comprar alguma coisa no armazém — uma garrafa de leite, uns pãezinhos —, mas era uma voz de homem, em tom acusador.

"Rabino? Aqui é Ben Gorfinkle. Liguei para sua casa, e sua esposa disse que o senhor estava na sinagoga."

"É o serviço da manhã..."

"Claro", disse o presidente da sinagoga, como admitindo que se tratava de desculpa legítima. "Sabe, rabino, aconteceu uma coisa espantosa hoje de manhã. Estávamos batendo papo, tomando uma xícara de café, e Sarah comentou que o senhor estava indo para Binkerton."

"Eu disse a você semanas atrás que eu ia", observou o rabino.

"Ah, eu sabia que o senhor ia fazer o serviço de Shabat para um grupo do Hillel, mas não sabia que o senhor ia para a Universidade de Massachusetts em Binkerton. Veja só, como o mundo é pequeno. Meu Stuart está lá."

"Ah, é mesmo? Não sabia."

"Então, achei que talvez o senhor pudesse mandar lembranças nossas e..."

"Claro, senhor Gorfinkle."

"Tenho certeza de que Stuart vai assistir ao seu serviço de Shabat, mas só por precaução, caso ele tenha algum compromisso, talvez o senhor possa pegar o telefone dele..."

"Claro, um momento. Vou pegar um papel." Anotou rapidamente o número.

"É uma residência de estudantes, de modo que se ele não estiver o senhor pode deixar recado."

"Certo."

"Se o senhor ligar para ele quando chegar, quem sabe ele possa lhe mostrar a universidade."

"É uma idéia." Percebeu uma voz ao fundo, e Gorfinkle disse: "Um minutinho, rabino". Depois de um intervalo de sons abafados, com o fone coberto: "Bem, naturalmente, talvez ele tenha aula à tarde, ou precise estudar".

O rabino sorriu para si mesmo. A sra. Gorfinkle devia ter dito que o filho não ia gostar da idéia de ficar amarrado com o rabino e sua família a tarde toda. "Tudo bem. Aliás, vamos estar exaustos depois da viagem, e provavelmente vamos querer descansar."

"Bem, de qualquer modo, é uma idéia. Quando o senhor volta, rabino?"

"Sábado à noite, logo depois das orações."

"É mesmo?" Gorfinkle parecia surpreso. "Achei que Stuart disse..." Sua voz tinha voltado à autoconfiança de sempre. "Bem, de qualquer forma, me ocorreu uma coisa..."

"Sim?" O rabino ficou certo de que agora iria ouvir o verdadeiro motivo do telefonema.

"Se o senhor tem mais um lugar no carro, se não ficar muito apertado, nem for muito incômodo — sabe, Stuart vem para casa na Páscoa, tem uma semana de férias..."

"E eu posso lhe dar uma carona?"

"Só se não for mesmo nenhum incômodo para o senhor."

"Para mim seria um prazer, senhor Gorfinkle."

Assim que desligou, ouviu uma batida na porta, e sem esperar convite entrou Morton Brooks, o diretor da escola religiosa. Era um sujeito extrovertido, jovem aos quarenta anos, com uma exuberância teatral.

"Graças a Deus peguei o senhor antes de sair. Quando recebi o telefonema, vim direto aqui."

"O que aconteceu?"

"Arlene Feldberg está com sarampo! O médico foi lá ontem à noite, mas a senhora Feldberg só me avisou hoje de manhã." Brooks parecia traído.

"Arlene Feldberg?"

Morton Brooks passou seus dedos nervosos sobre os longos fios de cabelo, penteados com cuidado para cobrir sua careca incipiente. "O senhor conhece a Arlene Feldberg, aquela menininha do primeiro ano que ia dizer a tradução das Quatro Perguntas no *seder* de Páscoa."

"Ah, a filha de Harry Feldberg. Bem, não tem importância." O rabino ficou bem aliviado. Por um momento achou que o diretor estava preocupado com uma possível epidemia. "A Hagadá que estamos usando tem a tradução na página ao lado. Ou talvez aquele garotinho — qual é o nome dele?"

"Geoffrey Blumenthal."

"Tenho certeza que Geoffrey pode dizer a tradução depois de ler em hebraico."

"Impossível, rabino."

"Quer dizer que ele não sabe o que significam as palavras em hebraico?"

"Claro que sabe", disse Brooks, indignado, "mas há muita diferença entre ler e ser capaz de recitar sem preparo. Mas mesmo se houvesse tempo para treinar o menino, seria impossível. Na verdade, seria um insulto dar as duas partes para ele. Os Feldberg nunca iriam me perdoar, e iriam contar isso para todos os seus amigos, incluindo os Paff e os Edelstein. Pode acreditar em mim, rabino, ia ser uma história interminável."

"Compreendo. E Geoffrey é..."

"Da família Blumenthal, é claro — amigos dos Gorfinkle, dos Epstein e dos Brennerman. Na verdade, eles são primos dos Brennerman."

"Ah, Morton, tenha dó. Isso tudo não é uma certa tolice?"

"De jeito nenhum!", disse o diretor em tom grave. "Creia, rabino, esta é a minha terceira escola, e eu sei como essas coisas funcionam. Se o senhor me permite dizer, acho que seria bom o senhor dar um pouco mais de atenção à política da congregação. Sei que o senhor vai sempre às reuniões da diretoria, mas os fatos importantes acontecem na escola. É ali que as coisas realmente aparecem."

"Na escola religiosa?" O rabino nem procurou disfarçar que achava engraçado.

"É claro. Os serviços de ano-novo só acontecem uma vez por ano. E nos feriados menores, quando caem no meio da semana, nós não temos mais de setenta e cinco pessoas presentes, como em qualquer sexta-feira à noite. Mas a escola — as crianças vão três vezes por semana, e contam tudo o que acontece assim que chegam em casa. Você sabe como nós, judeus, nos sentimos em relação aos nossos filhos. A mínima falta de atenção, qualquer injustiça real ou imaginária, os pais fazem tamanho barulho que a gente pensa que está havendo um *pogrom*."

O rabino sorriu. "Então, o que o senhor quer fazer a respeito dessa... crise?"

"Bem, é um problema. A maioria dos membros, como o senhor sabe, comemora o seu próprio *seder* em casa, de modo que não temos muitas crianças do primeiro ano que vêm ao *seder* na sinagoga. E as crianças do grupo de Paff são um pouquinho mais velhas; há menos crianças no primeiro ano, mas estão mais representados nas turmas mais velhas. Assim, estive pensando naquele negócio dos quatro tipos de filhos. O senhor sabe: o sábio, o tolo, o simples e o mau filho."

"Eu sei", disse o rabino, seco.

"Claro, claro, rabino. Bem, fiquei imaginando que poderíamos encenar isso tudo. Assim: o senhor diria a introdução. Daí as luzes se apagam, e temos um foco de luz diretamente na mesa principal." Com passinhos miúdos, Brooks aproximou-se da mesa do rabino, fazendo um gesto com as mãos para delinear o cone de luz saindo do *spot*. "Daí os quatro filhos poderiam chegar, um de cada vez. Assim, digamos que o filho sábio chegaria usando óculos e lendo um livro, ou talvez segurando uma régua de cálculo. Daí ele de repente levanta a cabeça e faz a sua pergunta. Só que, do jeito que eu estou imaginando, iríamos modernizar a coisa, e ele diria algo assim: 'Poxa, papai, que legal! Mas como foi que Deus nos pediu para fazer todas essas coisas?'. E sabe como eu visualizei o filho malvado? Vestido com uma jaqueta de couro preto, de boné e óculos escuros, ou talvez vestido de *hippie* — sabe como é, descalço, com colares, cabelos compridos, calça jeans desbotada." Brooks curvou-se numa postura insolente, virou a cabeça de lado e falou pelo canto da boca, como se estivesse com um cigarro pendurado: "'Ei, cara, como foi que vocês bolaram esse troço todo? Isso é muito louco, meu! Muito louco!' Está percebendo a idéia?".

"E como é que isso tudo iria ajudar a sua situação?"

"Bem, teríamos mais escolha entre as crianças mais velhas. Pensei no garoto do Edelstein para fazer o papel do filho malvado. E como ele vai estar vestido deste jeito, o único fantasiado, por assim dizer, isso ajudaria muito..."

"Que tal uma banda de *rock'n'roll* para acompanhar as canções?"

Brooks olhou para ele. "Olha só, é uma idéia."

"Não, Morton, não", disse o rabino com firmeza. "Vamos fazer o *seder* tradicional, com a sua licença. E deixe os Blumenthal e os Feldberg tirarem o melhor proveito possível." Levantou-se e foi indo para a porta. "Agora preciso mesmo ir andando."

"Bem, pense nisso durante o fim de semana, sim, rabino?", pediu Brooks.

"Vou dedicar a essa questão todo o meu tempo livre", disse o rabino com um sarcasmo que não era costumeiro.

Mas Brooks não se deu por vencido. "Não, falando sério, rabino, o que há de errado em dar mais vida à cerimônia, para prender o interesse das crianças? Todo mundo está fazendo isso agora — os católicos, todo mundo. Eles já fazem até missas com jazz! Afinal, o *seder* é uma comemoração. Por que as pessoas não podem se divertir?"

O rabino parou na porta. "Porque, Morton, o *seder* de Páscoa é mais que uma comemoração. É um ritual em que cada passo é determinado e explicado em detalhes — e isso tem um motivo. A razão de ser do ritual é que ele deve ser repetido exatamente, cada vez que é realizado, para se conseguir o efeito desejado. E agora, se o senhor me desculpa, eu estou mesmo com um pouco de pressa."

Na rua parou um momento para certificar-se de que as janelas de seu gabinete estavam bem fechadas, caso chovesse no fim de semana. Viu que a fachada do edifício alto, parecendo uma caixa, também estava dando sinais de velhice. As colunas de aço inoxidável, que, segundo o arquiteto Christian Sorenson, tinham a intenção de sugerir "a pureza da religião e sua resistência à decadência e à erosão do tempo", haviam adquirido uma tonalidade amarelada e opaca — efeito da maresia, sem dúvida. E as longas paredes de tijolos brancos que se projetavam dos dois lados em duas curvas suaves — "como dois braços abertos chamando as pessoas para virem orar" — estavam lascadas aqui e ali, mostrando espaços negros como dentes que faltavam.

No estacionamento, o rabino mais uma vez teve de parar. O sr. Wasserman, primeiro presidente da congregação, veio cumprimentá-lo quando ele entrava no carro. Wasserman, já pelos setenta anos, estava magro e frágil após sua doença recente, e a mão que colocou no braço do rabino mostrava veias azuis através da pele transparente. Falava baixo, não tanto com sotaque, mas com um cuidado especial para falar corretamente.

"O senhor vai estar de volta para a reunião de diretoria de domingo, não é, rabino?"

"Ah, com certeza. Estamos planejando voltar no sábado, logo depois da Havdalá, digamos pelas seis horas, e devemos estar em casa lá pelas nove — dez no máximo."

"Que bom."

O rabino parou, enquanto sentava-se à direção. "O senhor está esperando alguma coisa importante acontecer na reunião?"

"Esperando? Estou sempre esperando, quase todos os dias, mas em especial no domingo, quando há reunião de diretoria. Este domingo pode ser sério."

"Por que este domingo?"

Wasserman levantou um dedo: "Porque o próximo domingo é o primeiro *seder*, e portanto não haverá reunião". Levantou um segundo dedo: "O outro domingo é feriado de novo, de modo que também não haverá reunião. Assim, se Gorfinkle está planejando alguma coisa séria, este domingo é um bom dia, já que", levantou três dedos, "não haverá reunião nas próximas três semanas".

"E se ele decidir fazer alguma coisa séria, como o senhor diz, de que modo eu poderia impedir?"

"O senhor é o rabino. Isto significa que o senhor não está nem de um lado, nem de outro. O senhor é neutro, e pode dizer coisas que nós todos não podemos."

"O senhor está pensando nas mudanças do comitê que o presidente vai fazer?" Acomodou-se no carro. "Ele vai fazêlas de qualquer modo, mais cedo ou mais tarde."

Wasserman abanou a cabeça. "Mas isso vai causar problemas, e é melhor mais tarde do que mais cedo. O senhor é rabino, mas eu sou um velho. Muita coisa eu já vi, talvez coisas que o senhor só conhece de leitura. É como no casamento. Se uma ferida não continua abrindo, ela pode ser curada. Afinal, há casais que brigam desde o primeiro dia de casamento. Se um deles não faz as malas, se muda e vai procurar um advogado, há uma boa chance de que o casamento dure."

"Será que isso não é um pouquinho...", olhou para o velho; era óbvio que ele estava perturbado, e assim mudou de tática. "Afinal, senhor Wasserman, é apenas uma reunião de diretoria."

Wasserman olhou para ele com firmeza. "Procure estar presente, rabino."

Enquanto dirigia, indo para casa para buscar Miriam e Jonathan, viu-se ressentindo o papel que se esperava que ele desempenhasse. Era um rabino — por tradição, um estudioso e um professor. Por que haveria de misturar-se com assuntos de política e brigas entre facções? Até mesmo Jacob Wasserman, que ele respeitava e considerava um de seus poucos verdadeiros amigos na comunidade judaica, até mesmo Wasserman, o único que deveria compreender o papel tradicional do rabino, queria envolvê-lo na politicagem da sinagoga. Parecia até que eles se ressentiam por ele tirar dois dias de folga.

Tudo começara um mês antes, quando o rabino Robert Dorfman, diretor do Clube Hillel e conselheiro religioso dos alunos judeus da Universidade de Massachusetts em Binkerton, viera a Lynn com sua esposa, Nancy, visitar os pais dela. Haviam então feito uma visita ao rabino Small e sua esposa em Barnard's Crossing, porque era próximo e os dois haviam estudado juntos no seminário rabínico. Durante a conversa, Robert Dorfman mencionou que estava se candidatando a um cargo numa sinagoga em Nova Jersey.

"Eles me convidaram para ir até lá e realizar os serviços de sexta-feira e sábado."

"Parece uma boa motivação."

"É mesmo, mas só gostaria que eles tivessem escolhido alguma outra data. Esse é justamente o último fim de semana antes das nossas férias de primavera."

"E o pessoal do Clube Hillel não quer lhe dar folga nesse fim de semana?" O rabino Small parecia surpreso.

"Não, isso não é problema. É que como a Páscoa vai cair nas férias, achei que eu deveria realizar o serviço de despedida."

"Por que você não pede ao pessoal de Nova Jersey para adiar, ou lhe dar a escolha de outra data?"

O rabino Dorfman objetou: "Você sabe como são as coisas. Eles podem ter uma porção de candidatos para toda uma série de serviços de sábado".

"Você está bem ansioso para pegar esse trabalho em Nova Jersey, não?"

"Ah, estou sim", disse Dorfman. "É bom participar do Clube Hillel, e é importante trabalhar com os alunos da universidade, mas eu gostaria de ter uma congregação só para mim." Dorfman riu, consciente do que havia dito. "Gostaria de fazer um discurso de bênção num Bar Mitzvá uma vez ou outra. Acho que deve ser aquela ilusão messiânica que atinge um pouco a todos nós, do contrário não entraríamos nesta profissão, mas sinto que aquilo que eu disser nessa ocasião poderá tocar o rapaz da maneira certa. E eu gostaria também de estar presente numa circuncisão..."

"E fazer um discurso fúnebre à beira duma sepultura?"

"Sim, até isso, se desse algum consolo à família." Bob Dorfman era gorducho, de rosto redondo, e olhando ansioso para o amigo parecia muito mais jovem, como um garoto de escola de bochechas rosadas esperando a aprovação do professor.

"Acredite", disse o rabino Small, "assim como a maioria das coisas, isso também fica aquém das expectativas. No trabalho com o Clube Hillel, por outro lado, você tem bastante tempo livre; está numa atmosfera acadêmica, pode estudar."

"Mas não estou envolvido no mundo real."

"Quem sabe isso é uma sorte. Pelo menos trabalhando no Clube Hillel você tem segurança. Numa congregação — nesse mundo real de que você fala — a gente nunca sabe quando vai pisar no pé de alguém importante e descobrir que ficou sem emprego."

O outro deu um largo sorriso. "Eu sei. Ouvi dizer que você já teve os seus problemas, mas tudo isso já passou e você agora está bem estabelecido. Tem um contrato a longo prazo..."

O rabino Small abanou a cabeça devagar. "Nossos contratos são contratos de serviços, o que significa que do ponto de vista legal — isto é, se você resolver processá-los — são mais ou menos inúteis. E mesmo que você pudesse processar, que você realmente fosse aos tribunais, isso só serviria para você nunca mais conseguir outro púlpito. Como você sabe, meu contrato é de cinco anos, e quando terminar, no final deste ano, imagino que eles vão me oferecer outro, provavelmente com aumento de salário."

"Então", disse Dorfman, "você está feito."

"Só que há desvantagens. Em primeiro lugar, é um trabalho em período integral. Você fica envolvido com a congregação vinte e quatro horas por dia, seu tempo fica todo tomado." O rabino sorriu. "Você acharia um pouco cansativo, mesmo que tivesse a chance de oficiar numa circuncisão ou num Bar Mitzvá."

"Ah, mas não é só isso", disse Dorfman. "Não é só que eu quero trabalhar com uma congregação; quero também largar o trabalho com o Clube Hillel. Há uma questão financeira; minha família está crescendo, tenho de pensar no futuro. E também não sinto que estou sendo eficiente com esses garotos da universidade. Eles não têm a idade certa para mim. Sinto que eu não estou me comunicando com eles. Eles sabem tudo, e são cínicos a respeito de tudo."

"Às vezes, estão mais abalados do que parece", disse David Small. "Não vejo muitos, é claro, só os que vêm parar nas minhas mãos aqui em Barnard's Crossing — garotos que encontro nas aulas de pós-confirmação. Eles costumam me visitar quando vêm para casa nas férias. Para mim eles parecem curiosos, cheios de vitalidade. Quando são cínicos, é porque são idealistas e ficaram desiludidos."

"Sim, mas se a rapaziada fosse apenas isso que você viu..."

"Acho que você tem razão. Olhe, você gostaria que eu te substituísse nesse fim de semana?"

O rosto de Dorfman se iluminou. "Puxa, David, seria maravilhoso!" Logo, porém, se entristeceu: "Mas será que daria para você arranjar as coisas?".

"Não vejo por que não. A nossa irmandade faz um serviço por ano. Este ano acho que vai ser na semana antes dessa em que você está interessado. Vou ver na minha agenda. Mas não deve ser muito difícil mudar para a semana seguinte, e então eu poderia ir até Binkerton."

* * *

Miriam e Jonathan estavam vestidos, preparados e à sua espera quando o rabino estacionou na porta da casa. Pequenina e viva, Miriam tinha grandes olhos azuis, o semblante aberto e um queixinho firme e decidido.

"O menino precisa estar todo encapotado desse jeito?", perguntou o marido. "Desse jeito ele vai cozinhar."

"O tempo muda tanto. Se esquentar, ele abre o zíper do blusão."

"Está bem. Entre, vamos indo."

Miriam foi fechar a porta da casa mas parou, ouvindo o telefone tocar lá dentro. "Só um segundo, é o telefone."

"Não atenda", gritou ele.

Ela parou. "Por que não?"

"Porque eu quero ir embora. Estou cansado."

Ela o olhou cheia de dúvida e fechou a porta, enquanto lá dentro o telefone continuava a tocar.

Em silêncio, prendeu Jonathan na sua cadeirinha e sentou-se ao lado do marido. Ao dar partida o rabino repetiu, como pedindo desculpas: "Estou cansado, só isso. Cansado". E acrescentou: "Hoje de manhã fiz as orações correndo, estava só dizendo as palavras, e fui meio grosseiro com Morton Brooks, e me aborreci com o senhor Wasserman, e...".

Ela lhe deu umas palmadinhas na mão que segurava a direção. "Tudo bem, David. Todo mundo precisa de uma mudança de vez em quando."

2

A loja era grande pelos padrões de Barnard's Crossing, com uns bons seis metros de largura e o dobro de profundidade. As vitrines estavam encardidas, com prateleiras empoeiradas. Muito tempo atrás, elas eram decoradas com papel crepom, com flores e serpentinas de um verde venenoso e um rosa açucarado — originalmente um elaborado *stand* da Coca-Cola. Porém as cores tinham desbotado e estavam manchadas de umidade. As modelos curvilíneas de papelão, com seus maiôs inteiriços, provavelmente muito ousadas na época mas agora melancolicamente fora de moda, continuavam sentadas, as pernas cruzadas realçando a curva da coxa, as costas eretas e os seios firmes e levantados, indicando os bicos sob o maiô, os olhos semicerrados, uma garrafa de Coca-Cola na mão, os lábios entreabertos antecipando o prazer. Espalhadas entre as dobras do papel crepom havia garrafas empoeiradas de Coca-Cola, uma das quais vazara há muito tempo e seu conteúdo escorria pela prateleira num fio estreito e viscoso.

Encostados nas prateleiras e bloqueando seu acesso, o que talvez explicasse por que a garrafa aberta nunca fora retirada, havia uma máquina de vender cigarros, uma *jukebox*, duas máquinas de fliperama e um recipiente cheio de latas de soda, mergulhadas em cubos gelo.

Numa parede via-se uma grande e elaborada máquina de vender soda, toda de mármore; atrás dela um aviso, escrito a *crayon* no espelho cheio de manchinhas de mosca, dizia: MÁQUINA QUEBRADA. Pacotes de biscoitos, sacos de amendoim e rosquinhas se enfileiravam no balcão de mármore. Na parede oposta havia prateleiras com revistas, alguns livros de bolso e cartões de aniversário; no fundo havia outras prateleiras com cadernos, lápis, blocos de papel, réguas, borrachas, compassos, apontadores, tubos de cola, fita colante, bolas de barbante, chaveiros, pentes, espelhinhos e outras bugigangas que a garotada de escola gosta de comprar.

No fundo da loja havia uma escrivaninha com a tampa de enrolar, muito fora de moda, e uma antiga cadeira giratória, com os pés presos por várias laçadas de arame, que também serviam de descanso para os pés. No centro havia meia dúzia de cadeiras e mesas redondas, onde os adolescentes costumavam se reunir.

O letreiro na fachada dizia: LIVRARIA E PAPELARIA PROPR. JOSEPH BEGG, ADVOGADO. O sr. Begg era um cinqüentão forte e musculoso, com uma grande cabeça careca que aliás pouco se via, já que ele nunca tirava o chapéu, e que administrava sua loja sentado em sua escrivaninha nos fundos. Era um homem antipático, rabugento, grosseiro e mal-humorado; mesmo assim sua loja era um ponto de encontro popular entre os garotos. Estes se serviam sem cerimônia, pegando um pacote de biscoitos no balcão ou uma garrafa de soda no refrigerador, e depois se dirigiam ao fundo para mostrar suas compras e pagar. Eles sempre o chamavam de sr. Begg, apesar de que alguns rapazes mais velhos se atreviam a chamá-lo de "doutor", por causa do letreiro da fachada. Era a única brincadeira que se permitiam fazer com ele: "Uma Coca e uma rosquinha. Vinte centavos, doutor Begg", diziam, e entregavam o dinheiro, que ele jogava numa velha caixa de charutos na sua escrivaninha. Ou às vezes pediam: "Um troco para o fliperama, doutor Begg, por favor", e ele examinava a nota com desconfiança antes de dar as moedas com muita má vontade. Quando eles terminavam de beber, tinham de colocar a garrafa vazia na prateleira; se esqueciam, ele logo exclamava: "Ei, você aí, guarda essa garrafa", e eles humildemente obedeciam.

Anos atrás o sr. Begg fora professor do ginásio, mas havia deixado o posto. O porquê ninguém sabia, muito menos os seus jovens fregueses. Fora vereador durante um período, mas não comparecia mais às reuniões anuais na Prefeitura, nem se incomodava com a política da cidade, exceto para disparar ocasionalmente uma violenta carta de protesto no jornal semanal — em geral atacando alguma proposta para beneficiar os jovens, tal como desapropriar algum terreno de um proprietário ilustre para construir um *playground*.

"Ele não suporta crianças", era a explicação costumeira. "É por isso que ele desistiu de lecionar."

"Mas aquela loja dele — lá só vai criança."

"Bem, sabe como é: ele começou com uma livraria, e depois acrescentou alguns cartões, uns artigos de papelaria. Daí ele descobriu que a maioria dos fregueses eram crianças, então colocou outras mercadorias para eles. Afinal, o sujeito tem de ganhar a vida."

Sexta-feira de manhã, Begg chegou tarde. Estava na sua escrivaninha há apenas alguns minutos quando a porta se abriu e Moose Carter veio entrando. "Ei, onde o senhor esteve, doutor?" Era um rapagão grande e forte, com os ombros quadrados e o pescoço grosso de um jogador de rugby. Tinha olhos azuis, nariz arrebitado e um largo sorriso ansioso. "Vim aqui meia hora atrás, e a loja estava trancada." Begg não se dignou a responder, mas virou-se de lado e cuspiu no chão, num cuspidor de areia.

O rapaz não ficou ofendido. "O senhor vai reformar a loja para o verão?"

"Vou tirar as portas e janelas duplas e colocar telas."

"O senhor não vai precisar de ajuda?"

"Pode ser", disse Begg com má vontade. "Um dólar e meio por hora."

"Não é grande coisa. Eu ganho dois paus por hora lá no boliche, e às vezes gorjeta."

"Pago um dólar e meio."

Moose deu de ombros. "Bom, tudo bem. Quando o senhor quer que eu comece?"

"Domingo de manhã, logo cedo."

Moose lembrou-se de algo: "Ei, domingo — domingo o senhor tem de pagar mais".

"Por quê?" Begg levantou a vista, sem achar a mínima graça. "Porque você vai ficar sem ir à igreja com sua família?"

Moose riu: "Tudo bem, domingo estou aqui". Deu uma olhada em volta e falou baixo: "Escuta, doutor, tenho um encontro hoje a noite. Dá para o senhor me arranjar umas camisinhas?".

"Três por um dólar."

"Escuta, doutor, estou meio duro. Que tal descontar do meu pagamento de domingo?"

Begg examinou o rosto do rapaz, daí abriu uma gaveta e deu a Moose uma latinha. O rapaz a enfiou no bolso da calça: "Obrigado, doutor". E com um sorriso: "Minha garota também agradece".

3

A chave da casa dos Dorfman estava debaixo do capacho. Enquanto o rabino, atrapalhado com uma mala e um monte de casacos, lutava com a fechadura, Miriam segurava firme a mão de Jonathan que, de braços e pernas esticados como uma estrela-do-mar, tentava correr para o *playground* que vira nos fundos. "Agora não, Jonathan, depois", disse ela automaticamente. "Primeiro você tem de almoçar, depois tirar uma soneca e *depois* você pode ir brincar."

Entraram no *hall* e ficaram ali parados um momento, olhando para todos os lados, vendo à frente a sala de jantar e a sala de estar. Enquanto Miriam se abaixava para desembrulhar o filho, tirando seu grosso blusão de inverno, o rabino entrou na sala e foi direto para uma estante de livros, onde examinou os títulos. Escolheu um livro e começou a folhear. Daí sentou-se no sofá; passado um momento, com os olhos ainda fixos no livro, desamarrou os sapatos, chutou-os de lado e deitou-se, com a cabeça apoiada no braço do sofá, segurando o livro bem alto para apanhar a luz que entrava pela janela.

Miriam encontrou um cabide no armário embutido do *hall* e pendurou o blusão do filho. Guardou também os casacos que seu marido deixara dobrados sobre a mala, e foi então que notou um envelope na mesa do *hall*, com seu nome escrito em grandes letras de fôrma. Tirou duas páginas de papel datilografadas em espaço simples.

"Cara Miriam", leu alto. "Bem-vinda a Binkerton e à universidade. Espero que você tenha seguido as instruções e não tenha trazido nenhuma comida. Tudo está preparado — um jantar de sábado completo, e também o bastante para o fim de semana. Está tudo na geladeira, é só esquentar. O acendedor automático do fogão não está funcionando. Use fósforos (no armário acima do fogão)... Vinho para o *kadish* no armário da sala de jantar... Pratos para carne — os de borda azul — no armário à direita, em frente à janela da cozinha... Talheres para carne também à direita — com desenho de flores... panelas para carne no armário da direita... utensílios para leite, todos à esquerda... Quando lavar os pratos, cuidado com a torneira da cozinha — ela espirra quando fica muito aberta... arranjei uma *baby-sitter* — é Kathy (quinze anos, de toda a confiança). Ela mora ao lado, no número 47, é filha do professor Carson, de matemática, é muito boazinha... Ligue para eles se você precisar de qualquer coisa, fique à vontade... Cobertores extras — na prateleira de cima do armário do quarto... Bob colocou uma grade lateral na cama de Rachel para Jonathan... Não temos acendedor automático para as luzes na sexta à noite. Bob e eu não somos tão ortodoxos assim. Se vocês são, deixem as luzes acesas a noite toda... Nosso bom amigo, o professor Bill Richardson, do departamento de filosofia, ficou muito impressionado com o artigo de David sobre Maimônides. Ele vai oferecer uma recepçãozinha para David sábado à noite. Será que Bob já avisou David?"

Miriam enfiou a cabeça na sala e viu o marido deitado no sofá. Aborrecida porém afetuosa, chamou-o com voz firme: "David! Sente-se!".

"Mas já tirei os sapatos", ele protestou.

"E o seu paletó? Vai ficar todo amassado."

"Hoje à noite vou usar meu terno preto. Este aqui vai endireitar sozinho quando eu pendurar."

Ela suspirou. "Bob Dorfman te disse alguma coisa sobre uma festa sábado à noite?"

"Não, acho que não."

"Bem, vai haver uma festinha em sua homenagem. Um tal de professor Richardson vai te oferecer uma recepção na casa dele."

Agora o rabino sentou-se com um movimento brusco. "Não gosto muito da idéia. Além disso, eu estava planejando voltar para Barnard's Crossing sábado à noite. Quase prometi ao senhor Wasserman."

"Mas Nancy Dorfman disse que a recepção é para você. Nós não podemos deixar de ir."

4

No boliche de Malden o gerente mostrou ao dono uma vidraça trincada: "Deve ter acontecido durante a noite, senhor Paff. Ontem, quando fechei, estava tudo certinho. Mas quando vim abrir hoje de manhã..."

"Por que você veio abrir hoje? Onde está o Hank?"

"Ah, sim, eu ia mesmo lhe dizer. Hank ligou para minha casa e me pediu para abrir. Não estava se sentindo muito bem."

"Andou bebendo?", Paff perguntou depressa.

"Poxa, senhor Paff, sei lá. Ele apenas me ligou e me pediu para abrir e fazer o turno do dia para ele. Eu falei que sim. Sabe como é, ele me substituiu outro dia na semana passada, quando eu fiquei com gripe."

"Tudo bem. Arranje uma fita colante bem larga e cole nos dois lados da vidraça, para não quebrar. Vou avisar a companhia de seguros. Quem sabe eles vão querer dar uma olhada antes de eu mandar consertar."

"Claro, senhor Paff. Vou colar agora mesmo", garantiu o gerente. "E será que dá para o senhor conseguir alguém para o turno da noite? Se for preciso eu fico, mas vai ser um longo dia de trabalho."

"Você já ligou para o escritório?"

"Liguei, mas ninguém atendeu."

"Ah, sim, esqueci. Hoje eu dei folga para a moça. Tudo bem, vou até lá pegar a lista dos funcionários e ver o que posso fazer."

* * *

No boliche de Melrose, Paff notou que o letreiro dourado estava descascando. Com isso a bola de boliche dourada, marca registrada da companhia, ficava parecendo um olho reprovador.

"Quando foi que isso aconteceu?", perguntou ao gerente, apontando para o letreiro.

"O quê? Esse letreiro? Sempre foi assim, senhor Paff."

"Nunca notei."

"As máquinas de levantar as garrafas nas duas últimas pistas encrencaram de novo, senhor Paff."

"Você chamou o mecânico? Você tem o telefone dele."

"Sim, chamei ontem e hoje outra vez. Ele disse que viria já, mas ontem ele disse a mesma coisa."

"Quando foi que você ligou para ele?"

"Hoje de manhã, foi a primeira coisa que fiz quando cheguei."

"Então ligue de novo."

"Vou ligar, mas enquanto isso não podemos usar essas pistas."

"Esses mecânicos!" Paff abanou a cabeça. "Diga, você gostaria de dar um plantão hoje à noite, lá em Malden?"

"Poxa, senhor Paff, eu gostaria de quebrar o galho para o senhor, mas a patroa já fez um programa para hoje."

No boliche de Medford os negócios estavam fracos. O gerente explicou: "É esse novo bilhar que abriu no shopping. De repente todo mundo pegou a loucura do bilhar — até as mulheres. Elas vão lá e ficam fazendo tricô — imagine, tricô! — enquanto esperam a vez de jogar".

Paff lhe perguntou se ele poderia trabalhar aquela noite em Malden.

"Quer dizer, em vez de trabalhar aqui? Ou o senhor está pensando em fechar o boliche? Só porque o negócio anda meio parado há alguns dias?"

"Não, não, só hoje à noite, para substituir outra pessoa."

"Ah, claro, conte comigo a qualquer hora. Fico contente de poder quebrar o galho para o senhor. Naturalmente, às sextas-feiras não posso. Tenho um bico nas noites de sexta..."

Paff foi direto para Chelsea, onde ficava seu escritório, mas só depois que finalmente conseguiu um lugar para estacionar foi que percebeu que estava sem a chave do escritório. O zelador era novo e não o conhecia.

"Olhe aqui minha carteira de motorista. Veja, sou Meyer Paff. O que mais você quer?"

"Sim, mas o senhor está me pedindo para abrir o escritório do Bola de Ouro. Sua carteira de motorista não diz que o senhor é dessa empresa."

Paff mordeu o lábio, aborrecido, embora seu senso de justiça o obrigasse a reconhecer que o zelador tinha razão. "Vou só dar uns telefonemas. O senhor pode ficar ao meu lado enquanto eu telefono."

"Desculpe, meu senhor, mas eu tenho de cumprir ordens. A gerência é muito rígida quanto a isso. Já houve muitos assaltos aqui."

Paff tentou manter a voz calma. "Escuta, o doutor Northcott ainda está no escritório ou saiu para almoçar? O senhor sabe quem é — o dentista do terceiro andar."

"Não vi ele sair."

"Certo, então me leve até o consultório dele. Ele vai lhe dizer quem eu sou."

O dentista não escondeu seu aborrecimento por ser interrompido enquanto atendia um paciente, mas identificou Meyer Paff.

Puxa, que dia, pensou Paff enquanto folheava o fichário. Discou um número e ficou esperando com o fone no ouvido, escutando o telefone tocar vezes sem conta. Por fim desligou e discou outro número. Mais uma vez ninguém atendeu. No terceiro telefonema alguém atendeu. Era uma mulher. "Não, Marty não está em casa. Quem é?" Paff não se deu ao trabalho de explicar.

No telefonema seguinte, teve sorte. "Imaginei que o senhor ia ligar, senhor Paff. Hank me ligou, já que eu o substituí há umas duas semanas, e eu disse que tudo bem."

"Ótimo. Olha, uma janela está quebrada, e eu mandei Ted consertar com fita colante por enquanto. Quero que você verifique antes de fechar se a fita está bem presa, OK?"

Na saída parou para agradecer o zelador e elogiá-lo pela sua prudência. Forçou-o a aceitar dois charutos.

"Obrigado, senhor..."

"Paff."

"Ah, sim. Bom, obrigado, senhor senhor Paff. Da próxima vez não vou esquecer."

Quando voltou para o carro, viu que estava preso entre outros dois carros. Até conseguir se desvencilhar, estava banhado em suor. Estou ficando velho, pensou. Daí lembrou que não tinha almoçado. Num estado de espírito sombrio, passou por um restaurante ali perto, notando que o estacionamento estava cheio. Resolveu comer na estrada e parou num bar onde o único banquinho vazio ficava em frente da grelha. Olhando, macambúzio, para o chapeiro de avental sujo, conseguiu engolir um hambúrguer seco e uma xícara de café frio e requentado.

5

Na cafeteria da Hexatronics S.A., na rota 128, havia uma longa mesa no centro, na qual os executivos costumavam comer em estilo família, enquanto nas laterais uma série de mesinhas ficavam reservadas para os que tinham convidados e queriam conversar em particular. Numa dessas mesas, Ted Brennerman estudava o menu com seu anfitrião, Ben Gorfinkle. Ted fez seu pedido, e assim que a garçonete saiu inclinou-se sobre a mesa. Era um homem ainda moço, alto, bonito, parecendo ansioso e com um sorriso fácil, contagioso. "Como eu ia dizendo, Ben, na sinagoga há trinta e sete sujeitos que têm o nome numa plaquinha na cadeira, e mais uns cinqüenta ou sessenta que sempre ficam nas mesmas cadeiras. Tudo junto, deve dar uns cem. O resto — nós, o povão — às vezes consegue um assento na frente, mas no ano seguinte estamos atrás outra vez, lá no fundo do salão. Ano passado, sentei na última fila. E que diferença faz? Com os alto-falantes, ouvi tudo perfeitamente. Mas há muitas outras pessoas que não pensam como eu. Eles fazem questão de sentar na frente."

"Mas eles pagaram um preço especial por esses assentos. Pelo menos, os que têm o nome na plaquinha", notou Gorfinkle.

"Não acredite nisso. Eu já verifiquei. Peguei as atas da assembléia geral de cinco anos atrás. O que aconteceu é que eles estavam angariando dinheiro para o Fundo de Construção e arranjando tudo quanto é tipo de doação. Daí o Becker, que era presidente naquele ano, disse que quem doasse mil dólares poderia ficar com seu assento reservado permanentemente. Veja bem, não foi algo que o comitê resolveu e decidiu por votação. Foi durante a assembléia, uma coisa dita no impulso do momento, sabe como é. Daí", Ted apertou o braço de Gorfinkle para dar ênfase, "na reunião seguinte a diretoria teve de inventar uma regra para tirar o Becker daquela encrenca em que ele se meteu. Assim, disseram que os que tinham doado mil dólares teriam o seu assento reservado até o último dia da venda de ingressos, a cada ano. Mas já no ano seguinte eles pararam de vender os assentos e fizeram isso ser parte da anuidade normal. De modo que me parece que esses sujeitos não têm nenhum direito a esses assentos estofados que eles arranjam ano após ano. E vou te dizer mais uma coisa: nem todos esses caras que conseguiram botar o nome numa plaquinha na cadeira deram mesmo as mil pratas."

Gorfinkle, um homem atarracado de rosto quadrado, de quarenta e poucos anos, disse: "Qualquer dia vamos colocar cadeiras estofadas para todos, do tipo dessas de teatro. Quem sabe é melhor esperar".

"Ah, o projeto de Nussbaum?", Brennerman riu. "Ele veio me ver logo depois que eu fui eleito presidente da irmandade, e disse que eu deveria começar uma campanha para o dinheiro das novas cadeiras. Ainda na semana passada ele falou comigo de novo. Faz quatro anos que ele amola cada novo presidente da irmandade com essa história das cadeiras, e o grupo das mulheres também. Respondi a ele que é o tipo de projeto que não desperta nenhum entusiasmo."

"Sei lá, essas cadeiras são tão desconfortáveis. E já temos o dinheiro para mais ou menos a metade."

"Pois é, é uma vergonha pensar que o dinheiro está ali parado, e nós não podemos botar a mão. Rapaz, se a gente pudesse usá-lo para o Fundo de Ação Social! Escuta, quem sabe o testamento da senhora Oppenheimer poderia ser interpretado de modo que a gente pudesse pelo menos estofar as cadeiras velhas", sugeriu Brennerman.

Gorfinkle abanou a cabeça. "Não ia adiantar nada. Só serviria para deixar as cadeiras mais altas, e elas já são bem altas. O problema não é tanto o assento, mas o encosto. Essas cadeiras são tão retas, tão duras! O único que gosta delas é o doutor Klein, o ortopedista. Depois do Yom Kippur ele recebe um monte de clientes com dor nas costas e cãibra nas pernas."

Brennerman riu. "Mas afinal quem foi que escolheu essas cadeiras?"

"Ninguém. Eles ficaram tão impressionados com a reputação do arquiteto — essas mesmas pessoas que têm o nome na plaquinha — que deixaram ele fazer tudo que lhe deu na telha. Pelo que entendi, as cadeiras foram copiadas de uma velha igreja da Inglaterra. Claro, para o arquiteto só interessava a aparência geral do conjunto; não é ele que vai sentar. É engraçado essa história dos assentos. Na sinagoga que meu pai freqüentava, o lugar em que a pessoa sentava era um negócio importantíssimo. Segundo a tradição, os figurões da sinagoga, os caras que tinham mais cartaz, mais *status*, sempre sentavam na frente. Quanto mais perto da arca, mais importante era a pessoa. Naquela sinagoga havia até mesmo uma fila de cadeiras encostadas na parede da arca, de frente para o resto da congregação. Lembro dos homens que sentavam lá — uns velhos de barba branca, com aqueles xales de oração bem compridos. Meu pai os chamava de *pnei*. Meu Deus, faz anos que eu não me lembrava dessa palavra! Em hebraico *pnei* significa 'rostos'. Meu pai me explicou que eles eram os 'rostos' da congregação, os mais versados e mais religiosos."

"Bem, acho que não tem ninguém assim na nossa congregação, exceto talvez o velho Goralsky e o senhor Wasserman."

"Acho que o Meyer Paff também se considera um deles."

Os dois deram uma risadinha.

"Mas tem uma coisa que me incomoda", continuou Gorfinkle. "Eu continuo achando que esse tipo de coisa — anunciar um novo programa de ação social para o templo — deveria ser apresentado na assembléia geral da congregação. Pensando bem, nós nem o apresentamos formalmente para a diretoria."

"Puxa, Ben, nós fizemos nossa campanha com base nesse programa. Não é nenhum segredo. E já que temos maioria, temos o direito de administrar as coisas à nossa maneira."

"Mesmo assim..."

"E você não percebe", disse o outro, ansioso, "apresentar a idéia no serviço da irmandade — essa é a beleza da coisa. Em primeiro lugar, vamos ter mais gente lá do que numa assembléia geral. Na última assembléia tivemos apenas cento e poucas pessoas. No serviço da irmandade, chegamos quase a trezentas. E como o rabino não está, não precisamos nos preocupar com o que ele vai dizer depois."

Gorfinkle deu uma risadinha. "E ele ainda não sabe, mas também não vai estar presente na assembléia de domingo."

"Não? Como assim?"

"Bem, ele estava planejando voltar para casa logo depois do serviço de sábado à noite, mas no sábado eles vão dar uma espécie de festinha para ele na universidade, pelo que me disse Stuart. Ele só vai conseguir voltar domingo de manhã. Naturalmente ele não vai querer dirigir à noite, pois o filhinho dele foi junto."

"Raciocínio correto."

"Mas não é o rabino que me preocupa; é Paff."

Brennerman sorriu. "Bem, não se preocupe com o Paff. Tenho umas idéias para dar um jeito nele."

6

Como não havia nenhum freguês, Meyer Paff olhou em torno um momento, inseguro, e foi então até o fundo da loja, onde o sr. Begg estava sentado, fitando-o com um olhar desagradável.

"Alô, sou Meyer Paff. O senhor Morehead disse que o senhor tem a chave da Casa Hillson, que o senhor é uma espécie de caseiro..."

"Eu moro ao lado, e fico de olho na casa", disse Begg.

Meyer Paff era um homem grandalhão, de movimentos lentos. Tudo nele era grande: sua cabeçona redonda, coroada por um tufo de cabelos loiro-acinzentados; seu narigão carnudo, os dentões quadrados, as grandes mãos avermelhadas, com os dedos como salsichas, os pés presos em sapatos deformados, como se não tivessem resistência para contê-los. Falava num rugido de baixo profundo, mal movendo seus lábios grossos, de modo que seu vozeirão parecia vir não da boca, mas da barriga. Mesmo assim, sentiu-se constrangido com o olhar fixo do outro.

"Morehead disse que falou com o senhor..."

"Falei com ele no telefone hoje de manhã."

"Então, se o senhor puder me emprestar a chave..."

Sem responder, Begg curvou-se e de algum lugar debaixo da escrivaninha tirou um papelão com uma mensagem a lápis: VOLTO DAQUI A UMA HORA.

"Ah, não precisa sair da sua loja. Basta o senhor me dar..."

"A casa está mobiliada, e eu não entrego a chave para estranhos", respondeu Begg, curto e grosso. Quando viu que

Paff ficou vermelho, acrescentou: "A esta hora do dia não há movimento. O senhor está de carro? Então venha atrás de mim".

A Casa Hillson e a edícula do caseiro ao lado ficavam num promontório conhecido como Tarlow's Point, recuadas cerca de dez metros da rua, sendo as duas únicas casas naquele trecho de rua. Uma cerca viva, feita de arbustos altos e densos, escondia o gramado da frente e prosseguia pelo lado do terreno, acabando por misturar-se com alguns pinheiros esparsos perto da praia.

Paff apontou para um caminho estreito, depois da cerca viva, que levava até a praia. "Faz parte da propriedade?"

"Bem, sim e não. Faz parte do terreno, mas é uma passagem pública. A família Hillson vem brigando com a Prefeitura por causa dessa passagem há muitos anos."

"Quer dizer que não é uma praia particular?"

"Bem, os Hillson dizem que sim. E a Prefeitura diz que esse terreno baldio do outro lado da rua", Begg indicou com o queixo, "tem direito de acesso à praia. Mas acontece que os Hillson compraram esse terreno há alguns anos, de modo que parece que a região inteira de Tarlow's Point é deles. Mas a Prefeitura diz que não, porque eles poderiam vender esse terreno em separado e o novo proprietário continuaria com direito de acesso."

"Sei."

Begg foi indo na frente até a porta da casa. "Eles estão vendendo tudo?"

"Pelo o que eu entendi, sim."

A porta dava para um pequeno vestíbulo e uma grande sala de estar. Havia três janelas, duas dando para o gramado da frente e a terceira de lado, dando para a edícula de Biggs, todas elas com cortinas de renda e pesados cortinados de veludo vermelho, muito antiquados, com sanefas no alto, e presas com tiras largas do mesmo veludo. Toda a mobília era coberta por grandes lençóis de plástico grosso, mas pelo que se percebia através do plástico parecia combinar com os cortinados de veludo — grandes sofás, cadeiras estofadas em damasco, mesas de mogno pesadas e desajeitadas.

"Mas essa casa era usada nas férias de verão? A mobília não é bem o que a gente espera..."

"Acho que essa mobília veio da casa dos Hillson em Cambridge. Naquela época as pessoas não jogavam fora uma boa mobília."

Begg foi levando Paff por um corredor que ia até os fundos da casa, abrindo portas de ambos os lados. A primeira porta revelou um pequeno gabinete com um sofá, prateleiras de livros, duas cadeiras e uma escrivaninha. Assim como a mobília da sala, o sofá e a escrivaninha estavam protegidos por capas de plástico. Os outros aposentos eram dormitórios, e em todos eles pelo menos a cama estava coberta com plástico. Paff deu umas pancadinhas na parede: "Esta parede é de verdade ou só uma divisória?"

"Acho que é de verdade."

Havia uma grande mancha de tinta numa parede do último quarto. Paff apontou para ela: "Alguém da família Hillson tem mau gênio?".

"Vândalos", foi a curta resposta de Begg. "Há uns dois anos os garotos do ginásio deram de arrombar essas casas de veraneio. Roubavam coisas, faziam a maior bagunça. É por isso que eu consegui este emprego. Quer ver o segundo andar?"

"Acho que não."

Estavam agora na cozinha, e da janela, através dos pinheiros, podiam ver o mar. "A maré está baixa", disse Begg, "mas quando está alta a água chega até o paredão e isola o Point do resto da praia."

"Fica tão alta assim?"

"Ah, chega a quase um metro."

Da frente da casa o terreno ia descendo até a praia, de modo que na porta dos fundos havia uma escadinha de uns dez degraus. "Podemos dar uma olhada nos fundos da casa?"

"Olhe aqui, moço, eu tenho de cuidar do meu negócio lá na cidade."

"Ah, claro", disse Paff. "Bem, o senhor pode ir voltando. Eu fico para dar mais uma olhada."

"Como queira." Begg abriu a porta de trás e Paff desceu os degraus. Begg trancou a porta, foi até a frente da casa e entrou no seu carro.

Paff chegou até os pinheiros e então virou-se para ver a casa. Tenho de voltar com uma fita métrica e tirar umas medidas, pensou. Quem sabe trazer um arquiteto. Tirar essas paredes internas. Mas talvez seja preciso colocar umas vigas. Eu poderia colocar uma cozinha de um lado, ou quem sabe no andar de cima e instalar um elevadorzinho, e o resto da casa fica só para as mesas. E para as pistas de boliche eu podia fazer um puxado nos fundos da casa. As pessoas teriam de descer uma escadinha até a pista, mas o salão de jantar ficaria mais tranqüilo. Com todas essas janelas em volta, dá para ver o mar. Seria bem gostoso e fresquinho o verão inteiro. Eu poderia asfaltar esse terreno do outro lado da rua...

Voltou para o seu carro e tentou resolver se iria para Lynn ou para Gloucester. Lynn ficava mais perto, mas para Gloucester a estrada era longa e agradável, passando ao longo da praia, e ele sentiu que esse relaxamento seria muito bem-vindo.

O gerente do boliche de Gloucester não tinha nada de especial para relatar; tudo caminhava nos conformes.

"Tem certeza de que não há nada de errado?"

"Por quê, senhor Paff? O senhor acha que eu não dou conta de administrar este lugar? Olha..."

"Não, Jim, tudo bem. É só que hoje foi um dia daqueles, em todos os lugares onde fui. Sabe como é?"

"Claro, claro. Já terminou de checar tudo?"

"Só falta Lynn; depois vou para casa."

"Bem, bom fim de semana, senhor Paff. E não se preocupe."

No boliche de Lynn não havia ninguém quando ele chegou, exceto o gerente, debruçado no balcão, tirando baforadas de um charuto.

"Pouco movimento hoje, hein, Henry?"

"Esse horário, logo antes do jantar, é sempre devagar, senhor Paff. O senhor costuma chegar antes."

"Fui para Gloucester primeiro. Tudo em ordem? Esses cinzeiros estão bem cheios..."

"Estou só tirando uma folguinha de cinco ou dez minutos. Daqui a uma meia hora vamos ter muito movimento."

"Você sai daqui a uma hora."

"Sim, isso se o Moose chegar na hora. Esta semana ele se atrasou todas as noites."

Henry ficou alerta vendo um carro com dois homens parar na porta. "Polícia", cochichou.

"Aqui? O que eles querem? O que está havendo?"

"Oi, pessoal", Henry cumprimentou os dois policiais à paisana. "Querem jogar um pouco?"

"Hoje não, Henry. Queremos apenas dar uma olhada por aqui." Um deles caminhou com passos decididos até o corredorzinho onde ficavam as toaletes. Henry saiu de trás do balcão para observá-lo. O policial parou em frente à porta que dizia DAMAS.

"Tem alguém aí?", perguntou.

"Não, mas aí você não pode entrar", disse Henry, indignado.

"Por quê?"

"Não sabe ler? Esse é o banheiro das mulheres."

"Pois eu estou me sentindo muito feminino." Abriu a porta e entrou.

O outro policial tinha esvaziado um cinzeiro no chão e estava agachado examinando o conteúdo. Paff chegou perto: "Escute aqui, que negócio é esse?".

"Quem é o senhor?"

"Meyer Paff. Sou o proprietário."

"Dá para sair da luz?" O policial levantou-se e foi para outra pista examinar os cinzeiros restantes. "Assuntos de polícia", explicou. "Recebemos uma informação e estamos checando. O senhor fica sempre por aqui?"

"Bem, eu venho... umas duas vezes por semana. Às vezes só uma."

"Vocês fazem uma tremenda sujeira e nem se importam", disse Henry. "Vocês vão deixar isso aí tudo no chão?"

"Claro, vamos deixar para a faxineira."

"Vocês têm mandado de busca?", perguntou Henry.

"Não, não", disse Paff. "Não importa, Henry."

O policial olhou para o gerente, surpreso. "Para que mandado de busca? Isso aqui é um lugar público, e meu colega teve de ir ao banheiro."

"Não ao banheiro das mulheres."

"Henry, por favor." Paff virou-se para o policial: "Escute, será que você poderia me dizer o que é que vocês estão procurando?".

"Maconha, doutor."

"Mas por que aqui?"

O outro policial veio chegando, abanando a cabeça em resposta ao olhar interrogativo do colega.

"Bem, recebemos uma informação e viemos checar. Você nunca vê a garotada se comportando de um jeito estranho, como se estivessem, assim, meio altos?", perguntou a Henry.

"Todos aqueles danados têm um comportamento estranho", disse Henry, indignado. "Isso não lhes dá o direito de vir até aqui..."

"Sem mandado de busca? Olhe aqui, seu moço, o dia que a gente vier *com* mandado, a gente arrebenta este lugar."

"Calma, sargento, não precisa se exaltar", disse Paff. "Nós sempre ficamos satisfeitos em cooperar com a polícia."

"Ah, é? Então diga isso ao seu funcionário."

Quando chegou em casa, a sra. Paff o recebeu na porta: "Onde você andou? Já é tão tarde, eu estava preocupada. Vá, vá lavar as mãos. O jantar está pronto há meia hora".

"Não estou com fome agora, Laura. Estou cansado. Mais tarde eu janto."

"Mas, Meyer, temos de ir à sinagoga. Hoje é sexta-feira."

"Acho que hoje vou deixar passar. Estou cansado."

"Vamos, Meyer, sente, coma alguma coisa, e você vai se sentir melhor. Depois vamos à sinagoga e você pode relaxar. Hoje é dia de serviço da irmandade. Você sempre gosta de assistir."

7

Quando Ted Brennerman se dirigiu ao púlpito, toda a congregação sentiu uma expectativa. Ele tinha a reputação de ser "uma figura" e um "cabeça quente". ("Aquele Brennerman fala tudo o que pensa. Ele sempre consegue se safar.") Apoiando-se no púlpito de uma maneira que obviamente lembrava o rabino Small, anunciou: "Boa noite, sou seu amigo, o rabino Brennerman". Houve risadinhas de aprovação, e ele continuou: "Agora falando sério, pessoal, já falei em público muitas vezes na vida, mas esta é a primeira vez que preciso dar um sermão. E para isso o sujeito precisa estar totalmente sóbrio". Houve mais risadinhas, pois na irmandade Brennerman tinha a fama de ser chegado a uma garrafa.

"Bem, então, quando vi que o programa dizia que eu faria o sermão, pedi ao nosso rabino que me emprestasse o seu livro de sermões. (Risos.) Bem, ele afirmou que não tinha nenhum livro desses, e que ele mesmo os inventa. Daí pensei comigo, já sei o que eu vou te dar de aniversário. (Risos.) Na verdade, ninguém aqui parecia mais o nosso rabino do que eu. Eu o considero um dos homens mais sábios e mais inteligentes que já conheci. E acho que ele demonstrou bem isso ao cabular o serviço de hoje. (Risos.)

"Assim, como não consegui nenhuma ajuda do nosso rabino, resolvi passar por cima da sua autoridade e consultei o chefe dele — o próprio Moisés. Sempre fale com o chefe — esse é o meu lema. Peguei a Bíblia da minha família e comecei a ler o Êxodo. Li em inglês mesmo, porque naquele momento eu estava sem os meus óculos de ler em hebraico. (Risos.) Bem, foi uma revelação — sem nenhum trocadilho. Todos nós conhecemos a história do êxodo do Egito, das Dez Pragas e tudo o mais, desde a nossa infância, da escola religiosa. Mas quando a gente lê isso na própria Bíblia, a gente realmente percebe que grandes palhaços eram aquele faraó e aqueles egípcios todos. E acho que os acontecimentos atuais no Oriente Médio demonstram que eles não criaram muito juízo nos últimos três mil anos. (Risos de apreciação.) Só que naquela época eles queriam que nós ficássemos, e agora eles querem que a gente vá embora. Será possível que eles não conseguem se decidir? (Risos.)

"Mas daí, enquanto eu continuava lendo, descobri que o nosso povo também não era muito mais esperto. Vejam só: eles acabavam de receber uma demonstração de altíssima classe do poder de Deus, como nunca havia sido dada à humanidade. Vezes e vezes sem conta Deus demonstrou que via os filhos de Israel com uma preferência especial. Ele enviou à terra nuvens de gafanhotos e de moscas, escuridão e morte, e em todos os casos os israelitas conseguiram se safar numa boa. Será que eles precisavam de uma prova ainda mais concreta? Pois bem, Ele lhes deu: dividiu as águas do mar Vermelho para deixá-los passar. E como os israelitas reagiram? A gente imagina que depois de tudo isso eles estariam cem por cento ao lado de Moisés. Mas não. Assim que eles perceberam que os egípcios estavam atrás deles, alguns — tenho certeza que não foram todos — começaram a reclamar com ele: 'Escuta, você nos trouxe até aqui para morrermos de fome no deserto? Por quê, lá no Egito não havia túmulos?'. E para os outros israelitas eles diziam: 'Você não lembra? Eu bem que avisei que nós devíamos ficar no Egito e servir aos egípcios. É melhor do que morrer neste deserto'. Bem, todos vocês sabem qual foi a resposta de Deus. Quando os egípcios vieram chegando, Ele juntou de novo as águas do mar e afogou todos eles.

"Mas isso acabou com as reclamações? Acabou com as dúvidas? Não, de jeito nenhum. A mesma coisa não parava de se repetir. Cada vez que a situação não era cem por cento *kosher*, esse grupinho — tenho certeza que era sempre o mesmo grupinho — começava a se manifestar. Isso aconteceu quando chegaram a Marah e a água ali era amarga. E outra vez quando havia pouca comida e eles tinham saudade das panelas cheias do Egito. Foi aí que Deus mandou o maná dos céus. E a mesma coisa quando ficaram sem água e pensaram que Deus ia deixá-los morrer de sede. Foi quando Moisés bateu na rocha com sua vara e tirou água da pedra. E aconteceu de novo quando Moisés subiu ao monte Sinai para receber as Tábuas da Lei. Quando viram que ele demorava para voltar, ficaram certos de que tinham sido abandonados, e obrigaram Aarão a fazer um bezerro de ouro para adorá-lo."

O tom de voz de Brennerman havia mudado, e a congregação lhe dava toda a atenção. "Vejam, Moisés lhes tinha dado um conjunto de leis. Não eram leis sobre rituais e orações; eram leis sobre a maneira de viver, leis necessárias para se manter uma sociedade em bom funcionamento. Naquela época a sociedade deles era bem primitiva, e eles precisavam de algumas regras éticas bastante elementares para fazê-la funcionar — leis como 'Não matarás', 'Não roubarás', 'Não darás falso testemunho'. Todos nós sabemos que é impossível viver numa sociedade na qual o assassinato, o roubo e o falso testemunho são permitidos ou tolerados. Uma sociedade assim iria desintegrar-se de um dia para o outro. Essas leis eram necessárias para a sociedade daquela época manter-se, crescer e prosperar. E não é isso, basicamente, a nossa religião? Um conjunto de regras para viver?

"Hoje, porém, nós vivemos numa sociedade mais complexa, que exige regras diferentes, ou talvez uma nova interpretação das velhas regras. Hoje sabemos que quando grandes segmentos da nossa população não têm alimento suficiente, nem roupa ou moradia — isso também é uma forma de assassinato. Quando impedimos que um negro leve seu protesto ao tribunal e apresente sua legítima queixa, essa é uma maneira de dar falso testemunho. E quando nossos jovens não têm permissão para ouvir a voz da sua própria consciência, e nós os forçamos a fazer a vontade da maioria, então estamos estabelecendo um outro deus — o deus Sistema. O que estou dizendo é que a verdadeira função de um templo, seja uma sinagoga ou uma igreja, é fazer com que a sociedade do seu tempo funcione bem, e nos dias de hoje isso significa ser líder em questões como os direitos civis, a justiça social e a paz internacional."

Brennerman ajustou o solidéu na cabeça. "Eu gostaria de ver o nosso templo adotar uma atitude positiva em todas essas questões, e fazer com que a nossa voz seja ouvida. Gostaria de ver o nosso templo aprovar resoluções sobre esses assuntos, e também comunicar a nossa posição à imprensa, e mandar cópias à Câmara dos Deputados e aos nossos representantes no Congresso.

"E gostaria que agíssemos com mais vigor ainda. Quando os nossos irmãos negros fazem uma passeata pela justiça social, gostaria de ver um grupo do nosso templo ali na passeata, junto com eles. E quando houver um julgamento sobre uma questão social, gostaria de ver um grupo do nosso templo lá na sala de audiências, para deixar bem claro que para nós essas questões são questões religiosas.

"E digo mais: gostaria que nós destinássemos uma verba para um Fundo de Ação Social, para podermos dar contribuições, em nome do templo, a várias causas merecedoras de apoio, como a Marcha da Pobreza em Washington, o auxílio legal para prisioneiros políticos no Sul do país, e até mesmo, ocasionalmente, apoiar candidatos para cargos públicos que representem os nossos pontos de vista, e que estejam concorrendo contra adversários intolerantes e reacionários.

"Minha atitude a esse respeito não é segredo nem surpresa para vocês, pois foi essa a plataforma que apresentei na minha campanha para a presidência da irmandade, e foi também a plataforma da atual administração do templo. E o fato de que vencemos a eleição indica que a maioria da congregação concorda conosco e nos deu um mandato para seguirmos em frente. E nossa plataforma pode ser resumida em poucas palavras: a função do templo é ajudar a democracia a funcionar.

"Como já disse, nada disso é surpresa para vocês, pois sempre defendemos essas idéias. Mas uma coisa é defender, outra é pôr em prática. Assim, hoje eu gostaria de anunciar o primeiro passo do novo programa do nosso templo. Acreditamos que a democracia deve começar em casa. Portanto, em vez do velho sistema de cadeiras reservadas, em que os melhores assentos sempre iam para os mesmos poucos indivíduos, vamos agora instituir um sistema sem reservas, com os assentos distribuídos por ordem de chegada na sinagoga. Nosso presidente, Gorfinkle, achou que eu deveria fazer esse aviso, já que é a irmandade que fornece os convites para os dias santos."

Ouviu-se um murmúrio de excitação. Brennerman, porém, continuou: "Bem, sei que nem todos os membros da congregação, nem da irmandade, concordam conosco sobre a nossa idéia da função de um templo. Sei que há os que acreditam que o templo deve ser apenas um lugar onde se vai recitar orações e realizar certos rituais. Creio que esse é o mesmo tipo de pessoas que ficaram preocupadas quando Moisés subiu ao monte Sinai e insistiram para que Aarão fizesse o bezerro de ouro. São as pessoas que não estão interessadas num engajamento verdadeiro, pessoas que têm medo de envolver-se numa polêmica. O que eles querem é uma religião em que você apenas realiza uma série de rituais religiosos. Diz as orações e... paff! — vai correndo adorar o bezerro de ouro. (Risos de zombaria.) Assim, eu considero isso a religião do... (aqui ele se conteve para não dizer de novo "paff!") do bezerro de ouro". Continuou por mais alguns minutos, comparando o que ele chamava de religião real com a religião do bezerro de ouro; e a cada vez tinha um cuidado exagerado para não dizer de novo "paff". Acabou fazendo um apelo à unidade, "para que possamos fazer da nossa organização religiosa a melhor do litoral norte".

Voltou ao seu assento ao lado de Gorfinkle, que se levantou e com ar grave lhe deu os costumeiros parabéns com um aperto de mão. Mas depois que voltaram a sentar-se, escondido atrás de seu livro de orações, Gorfinkle ergueu bem o polegar direito, mostrando sua total aprovação.

8

"Alô, Huguie. Como vai, rapaz? Aqui é o seu velho amigo Kevin O'Connor."

"Ã-hã." Hugh Lanigan, chefe da delegacia de polícia de Barnard's Crossing, não gostava de ser chamado de Huguie, nem gostava especialmente de Kevin O'Connor, chefe da delegacia da vizinha cidade de Lynn. Considerava-o um irlandês profissional, até mesmo um irlandês de teatro, já que era nascido nos Estados Unidos e seu forte sotaque era obviamente uma imitação. No máximo, era algo que poderia trazer uma vantagem política em Lynn.

"Você vai ao baile de primavera do chefe de polícia, não vai, Huguie?"

"Ainda não resolvi."

"Bem, gostaria de anotar seu nome desde já. Estou no comitê, e gostaria que a festa fosse um sucesso."

"Eu te aviso, Kevin."

"Não precisa preencher a ficha." Lanigan ficou divertido ao perceber que o sotaque irlandês desaparecera por completo. "Basta me dar uma ligada e eu anoto o seu nome com todo o prazer. Depois você me manda o dinheiro."

"OK, Kevin."

Mas o outro ainda não tinha terminado. "E, falando nisso, por acaso você conhece um tal de Paff, que mora aí na sua adorável cidade, um sujeito judeu?"

"Meyer Paff?"

"Isso mesmo."

"Conheço, sim", disse Lanigan, cauteloso. "O que você quer saber sobre ele?"

"Ah, só o normal. É um cidadão respeitável? Você já teve algum contato com ele — de negócios, ou algo assim?"

"Ele tem um bom nome aqui na cidade, nenhum registro policial, ficha limpa, se é isso que você quer saber. O que ele fez?" Mas Lanigan já havia anotado o nome de Paff num bloquinho.

"Bem, não sei se ele fez alguma coisa. Mas ele é dono de um boliche aqui em Lynn."

"Ele tem meia dúzia de boliches em várias cidades grandes e pequenas, em todo litoral norte", disse Lanigan.

"Eu sei, mas nenhum em Barnard's Crossing." Parecia uma acusação.

"Aqui não temos, mas o de Salem é bem próximo. O que acontece com o boliche de Lynn?"

"Bem", disse O'Connor, "alguns garotos andam fumando maconha e nos dando um pouco de trabalho, e o boliche é um ponto de encontro deles."

"E você acha que o Paff pode estar lhes vendendo o negócio?" Lanigan riscou o nome no bloquinho. "Não consigo imaginá-lo fazendo isso. Pra começo de conversa, ele é um dos figurões aqui da sinagoga."

"Ora, Huguie, nunca te ocorreu que isso poderia ser uma fachada?"

"Não, mas vou pensar no assunto — quando não tiver nada melhor a fazer."

"Você e as suas piadinhas. E vocês aí em Barnard's Crossing, não estão tendo trabalho com esse negócio?"

"Com o quê, fumo? Já tivemos um pouco", disse Lanigan, cauteloso. "Pelo que percebo, parece que o que chega até aqui vem de Boston."

"Bem, se você souber de alguma coisa, qualquer comentário sobre esse Paff, gostaria que você me informasse."

"Claro, Kevin. Fica tranqüilo, garotão." Lanigan desligou e ficou olhando fixo para o telefone um momento. Daí deu uma risadinha.

9

"Bonito sermão, Ted", disse Meyer Paff. A maior parte da congregação já havia saído do recinto das orações e estava no salão, onde os esperava um lanche. Paff, plantado no corredor central, esperava por Brennerman e Gorfinkle, que vinham descendo do púlpito.

"Você gostou mesmo?", perguntou Brennerman ansioso — um pouco ansioso demais.

"Claro, gostei muito", disse Paff com seu vozeirão que parecia um rufar de tambor. "O tempo todo eu estava pensando — veja só, nós aqui pagando ao rabino um belo de um salário. E para quê? Principalmente para fazer sermões. O resto do trabalho — fazer pequenos discursos de Bar Mitzvá, celebrar casamentos, visitar os doentes —, isso poderíamos pedir ao cantor, ou ao presidente. O principal eram os sermões. E agora você mostrou que qualquer moleque atrevido consegue fazer isso muito bem."

"Ora, ora! Escute..."

"Aqui não é lugar de brigar, Meyer", disse Gorfinkle baixinho.

"Quem está brigando?" Vários retardatários que iam saindo pararam para escutar. "Você acha que eu ia brigar dentro da sinagoga? Acredite, não fui educado assim. Seria o mesmo que eu subir no púlpito e insultar um membro da congregação."

"Insultar? Quem foi insultado?", perguntou Gorfinkle.

"Não sei. Quem sabe o doutor Edelstein. Ele não é a favor de que o templo se envolva em política. Acho que ele não gostou nem um pouco de ser chamado de adorador de ídolos. Ou quem sabe nem entendeu. Ele sempre se considerou um bom judeu. Ele ajudou a construir esta sinagoga e contribuiu com muito dinheiro para ela. Meu amigo Irving Kallen não estava aqui hoje, mas ele também já deu muito dinheiro para este templo. E talvez você não saiba, mas o fundo da família Kallen há anos vem contribuindo para a NAACP e os direitos civis dos negros. Mas Irving Kallen nunca sugeriu que só porque ele queria dar eu tinha de dar também.

"Você falou sobre os assentos que têm plaquinhas com nomes. Acho que você não deve ter reparado, mas ali no púlpito onde você estava falando, e na mesa de leitura logo atrás, e na própria cadeira em que você estava sentado, havia uma plaquinha de bronze dizendo que foi uma doação do fundo da família Kallen. Eles deram toda a mobília do altar, incluindo a arca e o microfone em que você estava falando. Talvez Kallen não teria doado tanto se soubesse que um sabidinho depois iria usar tudo isso para chamá-lo de adorador do bezerro de ouro."

"O dinheiro não é tudo", disse Gorfinkle, "e não dá o direito de..."

"Claro, eu sei que o dinheiro não é tudo. Há pessoas que em vez de ter dinheiro sabem falar e fazer discursos. Eu não fui à universidade como vocês, rapazes. Eu cresci pelas ruas, mas na rua aprendi muitas coisas. Uma delas é que falar é fácil. E quando um espertinho ficava ditando regras, nós dizíamos: 'Quero ver você apostar seu dinheiro nisso aí que você está falando'."

"Bom, deixe eu te dizer..."

"Só quero te fazer uma pergunta, Ted. É sobre o seu sermão. Não vou te perguntar qual foi o objetivo dele. Isso ficou bem claro: o templo está crescendo, está ficando muito grande para nós dois. Talvez você ache que seria melhor para todo mundo se você reduzisse um pouco o tamanho dele."

"Eu não..."

"Não, não, o que eu quero te perguntar é o seguinte: no seu sermão, ao ditar as leis da maneira como você fez, quem você pensava que era? Moisés? Ou Deus?"

10

Havia menos de vinte e cinco pessoas presentes na sexta-feira à noite na pequenina sinagoga da Casa Hillel, e o rabino Small desconfiou que alguns deles deviam ser não-judeus. Um, sentado bem atrás, com certeza não era judeu, já que estava vestido de preto com colarinho de padre. O rabino supôs que devia ser o diretor do Clube Newman da universidade, e confirmou o palpite quando o outro se aproximou no final do serviço para apresentar-se. O padre Bennett era um homem de trinta anos com aparência jovem, franzino como um garoto, e com o riso fácil.

O rabino brincou: "Espionando a oposição, padre?".

O padre riu. "No início achei que o senhor ia precisar de mim para completar o seu *minian*. Não é essa a palavra para quorum?"

"É isso mesmo. O comparecimento foi um pouquinho decepcionante."

"Na verdade, fiquei surpreso ao ver que o senhor conseguiu atrair tanta gente. A grande maioria dos alunos foi embora hoje à tarde, ou antes ainda — logo depois da última aula. Não que o rabino Dorfman atraia multidões, sabe como é. E aliás acho que eu mesmo só consigo uma quarta parte dos alunos que eu deveria conseguir", acrescentou rápido, como se quisesse evitar qualquer menosprezo ao rabino Dorfman. "No nosso caso, é compreensível: a Igreja está num estágio de transição, estamos tentando nos modernizar. Mas muitos dos nossos jovens estão com um pé atrás, como esperando para ver qual caminho a Igreja vai tomar. Eles não aceitam cegamente; eles questionam, discutem e argumentam."

"E o senhor acha que isso é perturbador?"

"De jeito nenhum", respondeu depressa o padre. "Mas muitas coisas que eles questionam nós não estamos em posição de responder. Veja a questão do controle da natalidade. Muitos dos nossos alunos católicos vêm de famílias grandes. Em geral eles são os primeiros da família a entrar numa universidade. Bem, conversando com eles a gente percebe que não estão planejando ter seis ou sete filhos, em absoluto; dois ou três no máximo, e isso significa usar métodos anticoncepcionais."

"E então?"

"Naturalmente, os católicos de renda mais alta já vêm fazendo isso há anos. Nos níveis sociais mais altos, a família grande é a exceção, não a regra. Mas esses jovens são de uma sinceridade espantosa. Se a Igreja estabelecer um regulamento que vai contra o bom senso deles, eles não vão apenas ignorar, como as outras gerações fizeram. É mais provável que se desliguem da Igreja completamente."

"Com a idade os jovens vão ficando mais sábios, ou pelo menos mais tolerantes", disse o rabino.

"Talvez", disse o padre Bennett, "apesar de que, francamente, espero que a Igreja também fique mais tolerante. Por exemplo, nesta questão de métodos anticoncepcionais, o papa nomeou um comitê para estudar o assunto, e a grande maioria era a favor de permitir o uso da pílula."

"Mas o papa se declarou contra a pílula."

"Por enquanto, sim. Mas há uma boa chance de que um dia desses ele mude a doutrina."

O rabino abanou a cabeça. "Ele não pode. Não pode mesmo fazer isso."

O padre sorriu. "Não é um dogma, sabe. E a Igreja é uma instituição muito humana."

"É também uma instituição muito lógica, e a questão da anticoncepção se choca com o conceito da santidade do casamento — e *esse* é um dogma."

"E qual é a sua posição?"

"Bem, nós vemos o casamento monogâmico como uma instituição altamente artificial que, no entanto, ainda é o melhor sistema que temos para organizar a sociedade. É como um contrato legal, que pode ser cancelado pelo divórcio caso se torne impossível para as duas partes continuarem. Mas para vocês o casamento é um sacramento e os casamentos são feitos no céu. Vocês não podem permitir o divórcio porque isso implicaria que o céu errou, e isso é impensável. O máximo que vocês podem conceder é a anulação — uma espécie de ficção legal que afirma que o casamento nunca aconteceu."

Tinham deixado a Casa Hillel e estavam caminhando devagar pelas bem cuidadas aléias do campus. Haviam agora chegado em frente à casa de Dorfman. "E na sua opinião de que modo a anticoncepção afeta nossos ensinamentos sobre o casamento?", perguntou o padre Bennett.

"A questão é saber qual é a função do casamento", disse o rabino. "Se é a procriação, então faz sentido considerar que se trata de um assunto do céu. Mas é difícil imaginar que o céu esteja muito preocupado com uma instituição que se destina, *grosso modo*, não à procriação, mas à recreação. E esse seria o efeito se o uso da pílula fosse tolerado."

Depois que o padre se despediu e a *baby-sitter* foi embora, deixando-os sozinhos, Miriam perguntou: "O que deu em você hoje, David? Você estava tentando provocar aquele padre Bennett, tão bonzinho?".

O rabino olhou para ela surpreso e abriu um sorriso. "É o tipo da discussão que eu nunca poderia ter com o padre Burke lá em Barnard's Crossing. Por algum motivo, aqui eu me sinto mais livre. Talvez seja a atmosfera acadêmica. Você acha que ele se aborreceu?"

"Não sei. Mas se é que se aborreceu, manteve a esportiva."

O professor Richardson morava numa velha casa vitoriana. Um amplo vestíbulo quadrado dava para a sala de estar, separado por portas de correr; do outro lado da sala havia outro par de portas de correr, que davam na sala de jantar. As duas portas estavam abertas, formando um único salão enorme, em forma de L. Às nove da noite de sábado a festa estava a todo o vapor. Grupinhos conversavam e bebericavam seus drinques. Num canto da sala algumas cadeiras se agrupavam em torno de uma mesinha, onde o rabino e a sra. Small estavam sentados com seu anfitrião, o professor Richardson, um homem juvenil, atlético, que a todo momento interrompia sua conversa com o rabino para pular da cadeira e ir receber alguém, logo trazendo o recém-chegado para apresentar. A sra. Richardson circulava entre os convidados, entrando de vez em quando na cozinha para trazer novas provisões de comida e bebida.

Invariavelmente os jovens perguntavam: "Por que vocês usam aquele xale cheio de franjas na sinagoga?". "Vocês precisam mesmo de dez homens para poder rezar?" "Essas suas leis alimentares — isso tudo eram medidas de saúde, não eram? Então para que vocês precisam delas agora que existem métodos modernos de refrigeração?" "O que está sendo feito para modernizar a sinagoga?"

A maioria dos professores também fez questão de vir, e eles, os mais velhos, também faziam perguntas, perguntas tolas, educadas, destinadas apenas a fazer a conversa andar: "O senhor é dessa região mesmo, rabino?". "Que tal o senhor achou a nossa escola?" "O senhor vem ficar no lugar do rabino Dorfman?"

Por outro lado, a maioria dos jovens, como ele logo percebeu, não veio para encontrar-se com ele, mas sim para encontrar uns aos outros. Ficavam em pequenos grupos; num canto, seis ou oito estavam sentados no chão, um deles de barriga para baixo, os velhos mocassins balançando no ar. Julgando por suas expressões intensas e risadas explosivas, imaginou que estavam contando piadas, provavelmente piadas maliciosas. Alguns que se aproximaram dele pediram desculpas por não ter comparecido ao serviço da noite anterior. Quando o aluno que era presidente do Clube Hillel acomodou-se na cadeira ao seu lado, o rabino comentou sobre isso. O rapaz concordou: "Sabe como é, rabino. Por mais que a gente enfeite a coisa na publicidade, sempre é um serviço religioso. Mas uma recepção como esta é uma festinha. A gente pode levar uma garota para um lugar assim, e fica sendo um encontro. Compreende?".

Um aluno alto, desajeitado, de cabelo loiro, aproximou-se. "Alô, rabino, olá, senhora Small." Era Stuart Gorfinkle.

"Ah, Stu, estávamos tentando te encontrar", disse o rabino.

"Sim, telefonamos umas duas vezes", disse Miriam, "e deixamos recado."

"Sei, recebi. Sinto muito não ter ido ao serviço ontem à noite no Hillel. Eu tinha um encontro."

"Tudo bem", disse o rabino. "Você volta para casa conosco? Estamos planejando sair amanhã de manhã lá pelas nove."

"Bem, rabino, acontece que dois rapazes que moram em Gloucester estão indo hoje, e me ofereceram uma carona..."

Parecia envergonhado, de modo que o rabino se apressou em dizer: "Claro, Stuart".

"Bem... olha, estive pensando em dar uma passadinha para visitá-lo amanhã à tarde, se o senhor estiver em casa." O rapaz sentou-se.

"Claro que sim. Estamos esperando a visita de vários alunos."

O padre Bennett veio chegando e puxou uma cadeira ao lado do rabino. Deu uma olhada para Stuart e cumprimentou inseguro, como se não tivesse certeza se o conhecia ou não. Depois sorriu para Miriam.

"Será que eu tenho de pedir desculpas para o senhor, padre?", perguntou o rabino. "Minha mulher achou que ontem eu fiquei provocando o senhor."

O padre riu. "É mesmo? A senhora sabe, senhora Small, que seu marido é um jesuíta. Quanto a mim, não sou muito forte nesses detalhes da argumentação teológica. Vocês têm um nome para esse tipo de raciocínio, não é verdade, rabino?"

"*Pilpul*, embora seja bem diferente das disciplinas jesuítas."

"Talvez não", disse o padre Bennett. "Mas como dizem os jovens da minha Igreja, cada um na sua, e o meu negócio é basicamente aconselhar. Tento incutir no meu pessoal uma fé simples, e deixo as sutilezas para os figurões da Igreja. O que eu sinto é que se a pessoa tem fé, todo o resto entra nos eixos. Já que todos nós estamos de acordo quanto a isso, considero essa a minha contribuição para o espírito ecumênico."

O rabino tossiu um pouco, como pedindo desculpas. "Bom, não é bem assim. Há uma diferença de orientação. Vocês, católicos, se orientam para o céu, ao passo que nós, judeus, nos contentamos com este mundo. Houve um santo na Idade Média que nunca riu..."

O padre citou: "Meu Salvador foi crucificado, e devo rir?".

"Esse aí. Na verdade, essa é uma atitude lógica à luz da sua teologia. Vocês aspiram à santidade. Nós nos contentamos com o nível humano. Naturalmente, não é por falta de fervor nem de aspiração da nossa parte. Mas acontece que nós acreditamos que se você aspira a algo acima do nível humano corre o grave perigo de cair abaixo dele."

"Mas a fé, rabino. Se você tem fé na majestade e na glória de Deus..."

"Ah, mas nós não..."

"Não têm fé?" O padre parecia chocado.

"Não uma fé que nos seja imposta. Não é um requisito da nossa religião, como da sua. Desconfio que é uma espécie de talento especial que algumas pessoas têm em grau maior que outras. Basicamente, nosso pensamento acompanha aquela passagem de Micá: 'O que o Senhor exige de ti, senão trilhar o Seu caminho?'."

"E não é a mesma coisa?"

"Na verdade, não. Você pode trilhar o Seu caminho e continuar tendo dúvidas sobre a Sua existência. Afinal, nem sempre podemos controlar nossos pensamentos. Quando você afirma que crê, isso não implica que logo antes da afirmação você duvidava? Nossas dúvidas não são acompanhadas pelos sentimentos de culpa e terror que afligem o seu povo. Psicologicamente, acho que é mais saudável."

"E o senhor, rabino, o senhor crê?"

O rabino sorriu. "Bem, assim como você ou qualquer outra pessoa, acho que às vezes sim, às vezes não."

Stuart Gorfinkle levantou-se. "Tenho de ir andando, rabino. Vamos pegar a estrada logo mais. Vejo o senhor amanhã, então, talvez?" Fez um aceno inseguro para o padre.

"Claro, Stuart."

"Dirija com cuidado", disse Miriam.

O rabino olhou em torno e percebeu que quase todos os jovens já tinham ido embora. Virou-se para Miriam e depois disse ao padre Bennett: "Bom, acho que talvez...".

Nesse momento o professor Richardson chegou. "Oh, o senhor não pode ir embora agora, rabino. Estamos esperando Lucius Rathbone — ah, olha ele aí." Apressou-se a receber o recém-chegado.

"Lucius Rathbone?"

"Um poeta", explicou o padre Bennett. "*Canções do gueto. Notas azuis*. É o poeta oficial da cidade. Richardson avisou que ele talvez viesse."

O rabino olhou para a porta com curiosidade e viu um mulato alto de uns quarenta anos, resplandecente num suéter branco de gola olímpica e um paletó de seda negra tipo indiano. No pescoço usava uma corrente de prata e um medalhão, que estava sempre segurando. Entre o bigodinho fino, como que desenhado a lápis, e o pequeno cavanhaque, seus dentes brancos e fortes rebrilhavam em rápidos sorrisos ao cumprimentar os presentes, enquanto Richardson, segurando-o pelo braço, o levava pela sala. Inclinando a cabeça para trás, olhava com os olhos semicerrados, destacando seu nariz aquilino, ouvindo as apresentações de Richardson.

Os dois se aproximaram. "Lucius, o rabino Small substituiu o rabino Dorfman esta semana. Esta é a senhora Small, o rabino David Small, Lucius Rathbone."

O poeta estendeu a mão e permitiu que o rabino a apertasse. Ainda segurando seu braço, Richardson apoiou a outra mão no ombro do rabino. "Agora que os jovens foram embora, rabino, vamos tomar um café sossegados lá na mesa."

"Professor, nós temos mesmo de ir embora. Nossa *baby-sitter*..."

"Com certeza o senhor tem tempo para um cafezinho."

O rabino deixou-se convencer. Havia uma dúzia de pessoas em volta da mesa, e a conversa em geral girava em torno do poeta.

"Lucius, você está trabalhando em algo de especial?"

"O que você achou da declaração de Prex sobre a Liga dos Estudantes Afro-Americanos?"

"Lucius, você já ouviu falar de um novo departamento de sociologia urbana?"

Ficou óbvio para o rabino que todas aquelas pessoas não tinham vindo para conhecê-lo, mas na esperança e na expectativa de encontrar o poeta. E ficou igualmente óbvio que ele desfrutava toda aquela atenção. Respondia às perguntas por vezes com sarcasmo, por vezes até com respostas caústicas, mas sempre com um tom peremptório de autoridade. E quando, uma vez ou outra, sua resposta embaraçava quem havia perguntado, ele lançava a cabeça para trás e dava uma enorme gargalhada, como para deixar bem claro que não tivera nenhuma intenção de hostilidade. Era uma espécie de brincadeira que fazia com eles. Quando notou que o rabino olhava para o relógio, disse, lá do outro lado da mesa: "O senhor não está pensando em ir embora agora, não é, rabino?", como se ressentisse a idéia.

"Sinto muito, mas temos de..."

O rosto do poeta assumiu uma expressão astuta. "Sabe, meu tio era rabino."

"É mesmo?", disse o rabino, mesmo sabendo que estava caindo numa brincadeira.

A voz de Rathbone mudou de repente para um tom mais alto, quase um falsete, e ele começou a falar no dialeto de rua do gueto negro. "Pelo menos era assim que nós o chamávamos. Ele era pastor, e tinha uma igrejinha que chamava de Templo de Sião. Era o reverendo Lucius Harper. Meu nome foi dado em homenagem a ele. Nós sempre o chamávamos de rabino Harper. Meu velho dizia que era uma religião que ele tinha inventado para cair nas boas graças do judeu que era dono do prédio, e talvez conseguir o aluguel de graça. Mas o nosso rabino Harper afirmava que fazia tudo aquilo com convicção, e que nós que éramos negros e pobres estaríamos melhor se ficássemos com o Velho Testamento. O que o senhor acha disso?"

"Naturalmente, concordo", disse o rabino.

"É mesmo? Então como o senhor explica que todas as lojas no nosso bairro que tiram proveito de nós são de proprietários judeus?"

"Puxa, Lucius..." O professor Richardson ficou passado.

Uma mancha rosada apareceu no rosto normalmente pálido do rabino. Respondeu em voz baixa: "Eu só conheço um comerciante judeu que tinha loja no bairro negro na cidade onde me criei. O pai dele abriu essa loja muito antes de o pessoal negro mudar para esse bairro. Ele com certeza não era rico. Não conseguia vender a loja, e também nunca conseguiu o dinheiro para fechá-la e começar outra em outro bairro. No fim, a decisão veio sozinha, quando houve uma revolta no bairro. Eles quebraram as vitrines e limparam todas as suas prateleiras".

O negro não se envergonhou; pelo contrário, olhou fixo para o rabino, e quando falou de novo foi mais uma vez na sua voz normal de barítono, com a pronúncia culta e num tom acusador: "E o senhor acha que eu devo ficar chocado porque o meu povo finalmente se revoltou e pegou de volta um pouquinho do que era legitimamente seu? Durante quatrocentos anos vocês nos oprimiram e nos brutalizaram, nos escravizaram, roubaram nosso legado e nossa virilidade...".

O rabino se levantou, e Miriam também. "Nós realmente precisamos ir andando, senhora Richardson." Virou-se para o poeta negro: "Durante esses quatrocentos anos de que o senhor fala, senhor Rathbone, meu povo estava vivendo nos guetos da Europa, na Polônia, na Rússia, na Alemanha, e lá não havia negros. Meu avô, que chegou neste país na virada do século, vindo de uma cidadezinha na Rússia, assim como todos os meus antepassados, nunca tinha visto um negro na vida antes de chegar aqui, e muito menos os escravizou, brutalizou e roubou sua virilidade". Miriam veio ficar ao lado do marido, e ele pegou seu braço. Agora o rabino fixou diretamente os olhos irados do vistoso poeta mulato. "Será que o senhor pode dizer o mesmo sobre os *seus* antepassados, senhor Rathbone?"

11

“Vocês me deram uma surra”, disse Irving Kallen com tristeza. “Você e o doutor.”

Meyer Paff abriu um largo sorriso. “Nada disso, Irving. É que essa foi a última rodada, e estávamos tentando ganhar uma graninha.”

“Não acredite nele, Irving”, disse o dr. Edelstein. Era um homem gorducho com um sorriso perpétuo (“É um amor de médico”, diziam seus clientes).

“Bem, vocês acabaram a rodada, não?”, perguntou Paff.

Kallen contou as fichas coloridas à sua frente. “Não. Vamos ver, eu perdi trinta e dois, não, trinta e sete centavos. Você é o grande ganhador da noite — como sempre.”

Paff juntou as fichas para guardar na caixa.

“É sorte”, disse Kallen.

“Nada disso, Irving. A gente tem de saber jogar”, disse Paff.

“Quem sabe você tem razão, Meyer. Meu jogo é o bridge.”

“Se a pessoa tem cabeça para cartas”, opinou Kermit Arons, “pode jogar qualquer jogo.”

“Bem, ontem à noite eu estava jogando bridge na casa de Nelson Shaffer...”

“Então é por isso”, disse Paff com segurança. “Se você joga cartas no sábado em vez de ir à sinagoga, da próxima vez que jogar você perde.”

“Bem, perdendo trinta e dois centavos, ou trinta e sete, acho que não fui tão castigado assim. Juntando as duas noites ainda estou ganhando *longe* de vocês. E pelo que ouvi dizer", acrescentou com malícia, "aposto que vocês se arrependeram de ter ido lá ontem à noite."

Paff deu de ombros.

"O que Brennerman fez com Meyer foi uma grande grosseria", disse Arons, "mas na verdade era dirigido contra todos nós."

"Você está falando das cadeiras?", perguntou o dr. Edelstein. "Eu, pessoalmente, prefiro sentar na fila de trás. Com os alto-falantes a gente escuta bem do mesmo jeito, e para falar a verdade até gosto de ficar perto da porta, para poder dar uma saída para respirar de vez em quando, sem todo mundo reparar."

"E se você descobrir que seu lugar é lá embaixo no saguão?"

"Como assim?"

"Ano passado precisamos fazer dois serviços, e um foi no saguão. Verdade?"

"Sim, mas os lugares no saguão foram para os membros mais novos; os veteranos..."

"Claro, mas a idéia agora é fazer um esquema de lugares mais democrático. Se não houver lugares reservados, quem chegar um pouquinho atrasado vai ter de ficar no saguão, porque todas as cadeiras no santuário já estão ocupadas."

"Acho que eu não iria me importar com isso", disse o doutor.

"Bem", disse Kallen, "eu não gosto de sentar atrás. E mais ainda, o meu velho considera os nossos assentos na primeira fila uma espécie de honra."

"E o que dizer do dinheiro que pagamos por esses assentos?", perguntou Arons. "Eu dei mil dólares para o fundo de construção — não foi uma promessa, foi dinheiro vivo — no tempo em que Becker era presidente. E com isso eu tinha direito de reservar meu assento todos os anos, o mesmo assento, vejam bem, até o último dia da venda de ingressos. Bem, eu considero isso um contrato que eu fiz com o templo, e se há alguém que deve cumprir os seus contratos me parece que é uma organização como um templo."

"Você tem cem por cento de razão, Arons", disse Irving Kallen. "Também penso assim. Se você não pode confiar na palavra de um templo, em quem vai confiar?"

"Certo, e o que a gente pode fazer?"

"Vou te dizer o que posso fazer, Meyer", disse Kallen, num tom decidido. "Ainda sou da diretoria. Eu poderia colocar o problema para a diretoria e exigir que eles tomem uma providência."

"E de que isso ia te adiantar? Tudo bem, eles iam tomar uma providência. Iam botar em votação, e iam votar em apoio a Gorfinkle. Lembre-se, eles têm uma nítida maioria."

"Bem, se a diretoria não cumprir a sua solene palavra, junto minhas bolinhas de gude e vou embora."

"Pra onde, Irving? Para Lynn? Para Salem? Onde ninguém te conhece?"

"Vou te dizer o que eu faria", disse Edelstein. "Eu ficaria, mas eles iam suar muito para conseguir um centavo de mim."

Paff abanou a cabeça. "Não ia funcionar. Pode funcionar numa igreja, mas não numa sinagoga. O nosso pessoal não pede; exige. Faz parte da tradição. Você conhece aquela velha piada: a única coisa em que dois judeus concordam é qual a contribuição que um *terceiro* judeu deve dar para a sinagoga. Não, se você desse menos do que deu no ano passado, na melhor das hipóteses todo mundo ia pensar que você teve um ano mau, que sua clientela está diminuindo. E quanto a não dar nada — esqueça. Eles simplesmente não iam te deixar em paz; iam te azucrinar a cabeça até você ceder."

"Meyer tem razão", disse Arons. "E sabe o que isso significa? Significa que daqui em diante *nós* vamos dar o dinheiro grande, nós e os nossos amigos, e Gorfinkle e o bando dele vão gastá-lo. E nem vão nos consultar, nem sequer por cortesia."

"Isso mesmo", disse Paff. "Vocês estão achando que esse novo sistema dos assentos foi apresentado para discussão na diretoria?"

"Como assim, foi uma idéia só de Ted Brennerman? Mas que raio, eles não podem fazer isso. Uma mudança como essa tem de ser discutida pela diretoria", disse Kallen.

Paff deu de ombros. "Ah, eles vão levantar a questão na assembléia, só para legalizá-la, e aí vão deixar a gente reclamar um pouco, e daí um deles vai passar para a próxima questão e zap!, a coisa vai ser aprovada assim", estalou os dedos. "E é assim que vai ser daqui em diante. Podem ir se acostumando."

"E é assim também que eles vão fazer com esse Fundo de Ação Social. Eles vão se apropriar de tudo quanto é verba, e vão gastar da maneira que quiserem. Nós vamos dar, e eles vão gastar."

"Ora, espera um pouco", disse Kallen. "Afinal, quanto vocês acham que eles vão querer para esse fundo? Quinhentos? Mil? E daí? Eu me lembro que meu velho me disse que anos atrás, em todas as nossas sinagogas, havia um fundo que o presidente controlava e gastava quando, por exemplo, algum sujeito pobre chegava na cidade e não tinha onde dormir, ou precisava de uma refeição..."

"Mas isso era caridade", disse Paff. "Esse dinheiro aqui é para ser usado para política. E o problema não é a quantia; é o princípio."

"Tudo bem, eles ganharam essa eleição, e estão no poder. Então no ano que vem vamos trabalhar um pouco mais e vamos ganhar deles."

"Não se iluda", disse Meyer Paff. Eles estão lá, e estão lá para ficar. Eles têm uma atitude diferente da nossa em relação a esse negócio todo. Eles vêem a organização do templo como uma corporação — o que aliás é verdade, claro, no aspecto legal. Quando Wasserman era presidente, ou Becker, e até mesmo Mort Schwarz, eles nomeavam alguém para a diretoria porque o sujeito estava trabalhando muito para a sinagoga, ou porque eles esperavam que trabalhasse. A idéia era conseguir os melhores homens. Mas essa turma de Gorfinkle — a maioria trabalha em grandes empresas, são administradores, executivos —, eles consideram a coisa como uma corporação comercial: se você tem a maioria das ações, você assume todos os cargos principais e preenche toda a diretoria com os homens do teu bando. Então daqui para a frente o comitê de nomeação não vai nomear ninguém se não tiver certeza de que o cara concorda com o pensamento deles."

"Bem, o mínimo que podemos fazer é uma tremenda barulheira amanhã, na reunião da diretoria", disse Arons, "e mobilizar bastante gente para nos apoiar..."

"Não podemos", disse Paff com seu vozeirão de baixo.

"Por que não?"

"Porque não temos nada para as pessoas apoiarem. O que vamos fazer? Pedir que eles apóiem o nosso direito de conservar nossos lugares na frente? Ora, seja prático."

"Bem..."

"Talvez amanhã a gente tenha um motivo melhor", disse Kallen.

"E o que vai acontecer amanhã?", perguntou Paff.

"Bem, como eu disse, ontem à noite eu estava na casa de Nelson Shaffer. Nelson é um bom amigo, mas ele costuma se dar com sujeitos mais próximos de Gorfinkle, como Bill Jacobs e Hymie Stern. Tive a impressão, a partir de algumas coisas que Nelson deu a entender, que Gorfinkle estava planejando anunciar os novos comitês amanhã, e que algumas nomeações vão ser muito discutíveis do nosso ponto de vista e do ponto de vista de muitos membros da congregação."

"Como por exemplo?", perguntou Edelstein.

"Como nomear Roger Epstein presidente do Comitê do Ritual, para começo de conversa", disse Kallen.

"Ele não teria coragem!", disse Edelstein.

"Por que não? É o seu melhor amigo. As duas famílias são tão próximas que elas..."

"Mas escuta, é o Comitê do Ritual", insistiu Edelstein. "Aquele homem não conhece nem uma palavra de hebraico. Se o rabino não anunciasse a página, ele nem saberia qual é a próxima oração. Ele nunca tinha estado numa sinagoga antes de entrar aqui. Os pais dele eram radicais, liberais. E a mulher dele não é judia, é *gói*.

"Quando ela se converteu, ela se tornou judia", lembrou Meyer Paff. "É o que diz a lei. Mas isso daí é uma caixinha que não precisamos abrir. Se Gorfinkle nomear Epstein para esse cargo, de qualquer modo será um golpe contra a congregação. E não estou dizendo isso porque sou eu que vou estar sendo substituído."

"Tudo bem", disse Arons, "então assim que ele anunciar, a gente faz um barulhão."

"Não", disse Paff com veemência. "Tenho uma idéia. Quando Gorfinkle anunciar seus comitês na assembléia de amanhã, nós não dizemos nem uma palavra. Ficamos ali sentados de boca fechada."

Todos olharam para ele. "E a que leva isso?"

"Confiem em mim. Estou dizendo a vocês que tenho uma idéia. Desculpem, rapazes, mas não posso contar agora. Vamos esperar para ver o que acontece amanhã, e vocês me acompanhem. Se eu não disser nada, vocês também não dizem nada." Olhou em volta da mesa. "Alguma vez eu já decepcionei vocês?"

12

"Mas por que o Comitê do Ritual?", perguntou Roger Epstein.

O casal Gorfinkle fazia questão de visitar seus bons amigos, os Epstein, pelo menos uma vez por semana, em geral sábado à noite. Iam juntos ao cinema, jogavam bridge ou às vezes apenas sentavam na sala para conversar, como neste sábado à noite. Roger Epstein esperou as mulheres entrarem na cozinha para falar.

"Qual é o problema, Roger?", perguntou Ben Gorfinkle.

"Bem, você conhece as minhas qualificações. E se o rabino objetar?"

Gorfinkle deu uma risadinha. "Como ele pode objetar se nem vai estar na assembléia amanhã?"

Roger Epstein era um homem baixinho e gordinho, careca e com um tufo de cabelo na frente, que ele costumava puxar quando estava perturbado. Deu um puxão: "E daí? Então ele vai objetar quando voltar. E ele vai ter razão".

"Ele não vai ter razão", disse Gorfinkle, peremptório. "Nomear comitês e chefes de comitê é simplesmente uma função administrativa do presidente."

"Mas esse é o Comitê do Ritual! Ele supervisiona toda a ordem dos serviços. Por isso é atribuição do rabino, creio eu. E o que entendo eu de ritual? Além disso, a minha mulher..."

"Escute, Roger, você acha que precisa ser especialista? Você acha que Paff quando estava nesse cargo era especialista em ritual? É para isso que existe o rabino. Na minha opinião, o Comitê do Ritual está para a congregação assim como o comitê escolar aqui da cidade está para os cidadãos. Você não precisa ser professor nem educador para ser membro do comitê escolar. Para isso temos o superintendente escolar, os diretores e professores. O que nós queremos no comitê escolar é apenas uma pessoa sensata que tenha em mente, em primeiro lugar, o bem de todos nós. Bem, é a mesma coisa com o Comitê do Ritual. Há uma ordem estabelecida das orações, que aparece no livro de rezas. Se houver alguma pergunta especial, o rabino pode responder. E quanto ao resto acho que você cumpre o papel perfeitamente."

Epstein ainda não estava convencido. "Mas por que eu?"

"Bem, para começar, o Comitê do Ritual é que distribui os serviços de honra, especialmente nas grandes festas — o que é muito importante —, e quero na chefia um homem de minha confiança. E outro motivo, você é um artista..."

"Artista comercial", disse Roger Epstein com um gesto de desprezo.

"Um artista", insistiu o amigo. "Há um aspecto visual nos serviços religiosos, e é preciso alguém com sensibilidade artística para realizar isso."

"Bem..."

Lá da cozinha, Samantha Epstein chamou: "Rapazes, o café vai estar pronto em um minuto". Ela veio até a porta: "Que tal umas broinhas?". Samantha era uns bons cinco centímetros mais alta que o marido; loira de olhos azuis, com os zigomas destacados, parecia uma filha de viking.

"Para mim só café", disse o marido. "São muitas calorias."

"Ora, amor. Hoje você pode sair do regime. Você se comportou bem a semana inteira."

"Bem, então está certo. Já que você está me forçando."

"Você vai aceitar, não vai, Ben?"

"Claro."

Lá de cima, Didi, filha do casal, chamou: "Você está fazendo café, mamãe?".

Dali a um momento entrou na sala e acenou para as visitas. Era uma mocinha esguia, delicada, com o cabelo repartido ao meio com duas tranças.

"Você estava em casa aqui esse tempo todo?", perguntou o pai. "O que você estava fazendo?"

"Falando no telefone, é claro", a mãe respondeu por ela.

"Ah, mamãe", protestou Didi, e virou-se para Ben Gorfinkle. "Nós vamos fazer um piquenique na praia segunda à noite. Quando é que o Stu vem para casa?"

"Provavelmente domingo lá pelo meio-dia", disse Gorfinkle.

"Puxa, espero que ele ainda não tenha compromisso. Vai estar o pessoal todo que veio passar as férias em casa. Alguns vão chegar amanhã, por isso combinamos o piquenique para segunda-feira."

"Onde vai ser, querida?", perguntou a mãe.

"Lá em Tarlow's Point."

"Segunda-feira... tem pouco tempo para preparar. Você já ligou para todo mundo?"

"Para alguns. Bill Jacobs, Sue Arons, Adam Sussman. Mas muita gente só vai chegar hoje bem tarde, ou então amanhã. A maior parte deles devo encontrar na casa do rabino amanhã à tarde."

"Por quê?", perguntou Gorfinkle. "Ele vai dar alguma reunião?"

"Ah, todo o pessoal da classe de pós-confirmação costuma dar um pulo lá no primeiro domingo de férias. Sabe como é, uma recepçãozinha, tipo casa aberta. O pessoal conversa, comenta como vão as coisas na universidade."

"Hã... interessante." Gorfinkle estava mesmo interessado. "Como assim? Quer dizer, como foi que essa... essa tradição começou?"

"Não é tradição. É que às vezes ele dava as aulas de confirmação na casa dele, e nós meio que adquirimos o hábito de ir lá... assim, de vez em quando."

"Quer dizer que ele é popular com vocês jovens? Vocês todos gostam dele?"

Didi considerou a pergunta. A questão lhe parecia exigir reflexão, não porque ela não tivesse certeza de seus sentimentos, mas porque eram difíceis de expressar em palavras. "Ele não é exatamente um sujeito divertido", disse, hesitante, "e não tenta bancar o jovem, nem se fazer de nosso amigo. Ele não tenta ser nada, creio eu, mas..."

"Sim?"

"É um igual, acho que é isso", disse ela, encontrando por fim as palavras. "Quando a gente está com ele, a gente não se sente criança."

13

O rabino telefonou para Wasserman assim que chegou em casa no domingo. Apanhou-o justamente voltando da reunião de diretoria.

"Senhor Wasserman? É o rabino Small. Sinto muito não ter conseguido voltar a tempo. Me ofereceram uma festinha na universidade no sábado à noite. Eu não sabia de nada, foi uma surpresa."

"*Nu*, acontece. Se a festa era para você, você tinha de ir."

"Diga, aconteceu alguma coisa na reunião? Algo de especial?"

"Bem, Gorfinkle anunciou os novos comitês, como eu imaginei."

"Sim? E que tal?"

"Bem, se ele nomeou gente para trabalhar, acho que está tudo bem. Afinal, não nomeou nenhum idiota. Mas se o que ele está querendo é provocar briga, essas nomeações vão servir para isso também."

"Puxa, foi tão ruim assim? E o que disse Meyer Paff? Ele estava lá?"

"Ah, estava, sim. E foi a única coisa boa, porque ele não disse nem uma palavra, nem Paff, nem Edelstein, nem Kallen, nenhum deles. Quer dizer, imagino que eles estão cedendo, e por algum tempo vamos ter um pouquinho de paz. Mas quanto tempo será que vai durar?"

Mas o rabino estava perturbado. "Como assim, não disseram nem uma palavra? Eles tiveram chance de falar? Houve tempo para discussão?"

"Tempo de sobra, mas não houve nenhuma objeção, nenhuma discussão, nem uma palavra, estou lhe dizendo."

O rabino esperou que Wasserman dissesse mais alguma coisa, mas não veio mais nada. Por fim falou: "Não gosto disso".

"Por que não?", disse Wasserman. "Você se lembra, eu falei que é como um casamento. Se não surge uma divisão explícita, a coisa pode ser consertada."

"Sim, mas se eles não dizem nada, se o marido insulta a mulher e ela nem se dá ao trabalho de responder, isso significa que ela já se decidiu e nada mais faz diferença. A mim parece que Meyer Paff deveria ter reagido. E também não gosto do fato de os outros também ficarem em silêncio."

"Você acha que eles já decidiram alguma coisa? Bem, talvez. É possível. Depois do que aconteceu sexta-feira à noite no serviço da irmandade..."

14

"Tudo bem, Meyer", disse o dr. Edelstein enquanto Paff ia abrindo caminho no trânsito. "Ficamos ali sentados de boca fechada, como você nos pediu, e Gorfinkle nomeou mesmo Roger Epstein como presidente do Comitê do Ritual, e Ted Brennerman como presidente do Comitê de Assentos. Depois daquele sermão dele na sexta-feira, ele continua na mesma linha. Então, qual é o grande plano?"

Logo depois da reunião de diretoria, Paff insistiu com Edelstein, Kallen e Arons para que fossem dar uma volta no seu carro. "Prometo trazê-los de volta daqui a meia hora, para vocês poderem almoçar em casa. Tenho algo para mostrar a vocês, rapazes."

Pisou no breque e parou o carro em frente à Casa Hillson. Durante o caminho ficara em silêncio, recusando-se a ceder, dando uma risadinha satisfeita como única resposta às perguntas dos amigos. Agora disse: "É aqui, rapazes".

Os três se entreolharam e depois olharam para ele. "Aqui é o quê, Meyer? Você está louco? O que acontece?"

Meyer olhou para Edelstein e depois virou-se para o banco de trás, onde estavam Kallen e Arons. "Isto que vocês estão vendo, cavalheiros, é o local do novo templo. Um imóvel de primeira, de frente para a praia. Você disse que poderíamos sair fora, Irving, e eu te disse que não havia para onde ir. Muito bem", fez um gesto largo para abranger tudo o que via à frente, "o lugar é este."

Ninguém disse nada, mas Meyer Paff não ficou nada constrangido com o silêncio, que fez sua voz profunda parecer ainda mais tonitruante. "Todos nós já demos enormes quantias em dinheiro para o templo. E será que eu, será que nós vamos deixar um bando de novatos recém-chegados nos darem ordens e nos dizer que estão assumindo o controle e que nós devemos cantar noutra freguesia?"

"Você está dizendo que quer fazer uma nova sinagoga aí nesse troço caindo aos pedaços?", perguntou Edelstein, colocando em palavras o que todos estavam sentindo.

"Estou querendo dizer que quero usar esse troço, como você diz, para o novo templo. Esta casa tem cento e cinqüenta anos mas é sólida, porque é assim que se construía antigamente. Naturalmente, vai custar algum dinheiro para a reforma..."

"Algum dinheiro?", disse Arons. "Uma fortuna, isso sim."

"E daí? Eu comecei a ganhar dinheiro muito tarde, não consigo mudar meus hábitos. A Laura fica me dizendo que eu devia mandar fazer meus ternos sob medida. 'Agora que você tem, gaste', ela diz. Mas não consigo. Não me interesso por roupas, não quero me incomodar com isso. Quando jogo pôquer, jogo na base dos tostões, e já reparei que tenho tanto prazer em ganhar noventa centavos como se fossem noventa dólares. E o Irving fica igualmente chateado quando perde trinta e dois centavos."

"Foram trinta e sete."

"Isso aí! Por causa de trinta e sete centavos. Percebem? Nenhum de nós iria apostar mais do que pode perder, e assim não faz diferença se são centavos ou dólares; a gente se diverte do mesmo jeito. Eu costumava trocar de carro cada três ou quatro anos; agora troco de dois em dois anos. Cada vez que vou à concessionária, Al Becker tenta me convencer a comprar um Lincoln. 'Um homem como você deveria ter um carro grande.' Por quê? Por acaso eu sou um garoto, um rapaz de colégio? Tenho de sair por aí dirigindo um carrão para impressionar algum brotinho? Para mim, um carro só serve para ir de um lugar para o outro, e estou acostumado com carros pequenos. Mas a sinagoga — aí já é outra conversa. Eu ajudei a construí-la. Jake Wasserman começou, mas eu estava do lado dele, soltando grana toda vez que era necessário. E agora que o Gorfinkle e a turma dele querem roubar a sinagoga, e bem na cara da gente, será que nós vamos ficar sentados e continuar dando dinheiro para eles, para eles gastarem do jeito que quiserem? Por quê, por acaso nós somos um bando de árabes e vamos correr e nos esconder nas nossas tendas? Nada disso, vamos brigar; vamos dar trabalho para eles, fazer um pouco de concorrência."

"Mas o dinheiro..."

"E daí? Se eu não uso meu dinheiro nas coisas que não me interessam, e também não uso nas coisas que me interessam, então onde eu vou usá-lo?"

"Mas o que exatamente você está planejando?", perguntou Edelstein.

"Eles estão pedindo oitenta mil..."

"Oitenta mil? Por essa casa velha?"

"De frente para a praia, Irving, de frente para a praia. E há um bom terreno do outro lado da rua, que faz parte do negócio. Dá para fazer um ótimo estacionamento. Olha, podem acreditar, bom até como investimento."

"Você está dizendo para a gente comprar esse lugar à vista, assim, com nosso próprio dinheiro?"

"Nós e alguns outros que tenho em mente. Podemos formar uma sociedade e comprar a casa. Daí nós a vendemos para a organização da nova sinagoga — pelo preço de custo — e pegamos umas promissórias pelo nosso dinheiro. Enquanto isso, já vamos deduzindo do imposto de renda. Quando a organização da sinagoga levantar o dinheiro ela nos paga. Aí nós ficamos quites e ainda fizemos uma coisa boa." Ele abaixou a voz, confidencialmente: "Para ser franco, no começo pensei na coisa como um negócio comercial".

"Você estava pensando em fazer um outro boliche aqui?"

"Isso mesmo. Mas não só um boliche. Ia ser uma combinação de boliche com restaurante, talvez uma lanchonete e uma danceteria, ou quem sabe bilhar em vez de boliche — o bilhar agora está muito na moda. Mas ontem à noite quando conversávamos comecei a pensar no que tinha acontecido na véspera, na sexta-feira..."

"O sermão de Ted Brennerman?"

"Olha, aquilo foi apenas o clímax. O dia todo, indo de uma cidade a outra, não tive nada mais que aborrecimentos. Sabe como é, aqueles dias. Assim, ontem quando estávamos conversando pensei comigo: para que eu preciso abrir mais um negócio? Na minha idade? E comecei a pensar neste lugar como uma sinagoga. Hoje em dia muitos templos são casas reformadas — e muitas nem chegam aos pés dessa aqui, com certeza. Poderíamos colocar mais umas vigas e tirar as paredes internas do andar térreo. Ali poderíamos fazer o santuário; há lugar para umas duzentas pessoas sentadas, facilmente. Teríamos de colocar um novo aquecimento e talvez trocar os encanamentos. Mas é só isso. A estrutura é sólida. E todas as salas e quartos no segundo e no terceiro andar poderiam ser usados como salas de aula."

"Quer dizer que você acaba ficando com uma casa velha caindo aos pedaços", disse Kallen, "com um monte de quartinhos que você vai transformar em salas de aula, e um santuário que, por melhor que você arrume, sempre vai ficar com cara de uma sala de jantar emendada com uma sala de estar. Como aquela sinagoga em Salem que começou com cinqüenta membros e hoje continua com cinqüenta membros. Faz dez anos que eles tentam levantar dinheiro para construir e ainda não conseguiram."

"Certo, Irving, mas há uma diferença, meu caro. Nossa casa fica de frente para o mar."

"E daí?"

"Deixa eu te mostrar." Paff foi levando os três pelo caminho até a praia, conversando enquanto caminhava.

"Me digam, por que as pessoas entram numa sinagoga? Um ou outro talvez queira virar um alto figurão, mas a grande maioria não quer ser da diretoria. Eles sabem que custa dinheiro, que os diretores sempre têm de dar uma contribuição. A maioria apenas quer um lugar para freqüentar nos dias santos e uma escola para mandar os filhos. Mas depois que você inaugura, não é isso que mantém o templo funcionando. Os grandes feriados são apenas três dias por ano. E as orações diárias — não existe nenhuma sinagoga em toda esta área que consiga dez homens para o *minian* todos os dias da semana. E nos serviços de sexta-feira à noite, quantas pessoas nós temos hoje? Umas cinqüenta? Ou setenta e cinco? Então para todas essas coisas o nosso lugar seria suficiente, e mais que suficiente."

Parou de repente para deixá-los apreciar bem a vista para o mar. "O que realmente atrai os membros são as acomodações para Bar Mitzvá e casamentos — ou seja, as festas. Agora pensem no saguão do nosso templo, que é tudo que temos para as festas. Comparem com o que nós podemos oferecer aqui na Casa Hillson." Levou-os até o paredão que dava para o mar. "Imaginem isso aqui no verão, quando o pessoal faz a maioria dos casamentos. Imaginem um pátio aqui na frente, com vista para o mar. Veja bem, o sujeito tem um casamento na família, vai gastar no mínimo três mil dólares numa festa, até dez mil, e a mulher e a filha estão decididas a fazer tudo certinho, com todos os detalhes. Ele próprio pode não se importar — ele é apenas o cara que assina os cheques. Mas *elas* se importam. Elas dão uma olhada no saguão no subsolo, na nossa sinagoga atual, e daí vêm aqui nos visitar. Nós mostramos a elas que podem fazer seu casamento numa bela mansão antiga, de frente para o mar, e se o tempo estiver bom a festa pode ser ao ar livre. Aliás, vocês sabem que esse é o costume dos judeus ortodoxos — fazer o casamento ao ar livre, sob a luz das estrelas. Quem vocês acham que iria fechar o negócio, a sinagoga velha ou a nossa? Com certeza a nossa. E nós podemos até nos dar ao luxo de escolher. Não iríamos aceitar qualquer um como membro. A pessoa tem de fazer uma requisição, e nós não iríamos dar a aprovação de imediato. E se vocês acham que isso não iria atraí-los..."

"Mas Meyer, e se a mesma coisa acontecer de novo?", perguntou o dr. Edelstein. "E se depois de algum tempo os novos membros começarem a ser mais numerosos que nós, e tentarem tomar o controle?"

"Já pensei nisso", disse Paff. "E acho que podemos evitar isso com bastante facilidade. Basta a gente limitar o número de membros na diretoria, e escrever no regulamento que todos os fundadores são membros permanentes. Não há problema, pode crer. E vou lhes dizer mais uma coisa: não me importo se não atrairmos tanta gente nos primeiros dois anos. Estou meio cansado desses gerentes de lojas de sapatos, agentes de seguros e vendedores de porta em porta que estão lá dirigindo as coisas. Essa turma do Gorfinkle é um bando de pés-de-chinelo. Eu preferiria que o nosso templo tivesse o nosso tipo de gente, pessoas que quando a gente faz um evento não precisa agarrá-los pelo colarinho e espremer o dinheiro para dois convites."

"Quando podemos dar uma olhada lá dentro?", perguntou Kallen, e Paff percebeu que tinha lhes vendido a idéia.

"Assim é que se fala!", disse jovialmente. "Está vendo aquela casinha do lado? Faz parte da propriedade. Tem um velho filho da mãe morando lá, uma espécie de zelador. Ele tem a chave." Paff foi levando os outros até a casinha do zelador e tocou a campainha. "Também tenho umas idéias para esta casinha", continuou Paff. "Que tal se aqui fosse a sala de vestir da noiva? Talvez ligada à casa principal por uma passagem coberta. Ou, melhor ainda, mais salas de aula para a escola? Ou mesmo um clubinho com mesas de pinguepongue e uns aparelhos de ginástica para a garotada?"

"Acho que ele não está", disse Arons depois de esperarem vários minutos.

"Querem saber de uma coisa", disse Paff, "vou pegar a chave com o corretor e podemos nos encontrar aqui amanhã à noite. Que tal oito e meia?"

"Para mim tudo bem."

"Para mim também."

"Para mim também", disse Arons. "Mas escute, Meyer, você teve essa idéia ontem à noite, certo?"

"Certo."

"Então me diga, por que você estava tão ansioso para que a gente não dissesse nada na reunião hoje de manhã? Me parece que se nós tivéssemos armado uma briga, teríamos conseguido uma porção de gente..."

Paff abanou a cabeça com determinação. "Você está errado, Kermit. Olha, anos atrás havia um pequeno armazém em Chelsea, onde minha mãe, que descanse em paz, costumava fazer compras. Os donos eram dois irmãos, Moe e Abe Berg. Daí os dois brigaram, Abe saiu e começou outra loja na mesma rua. Mas, apesar de a nova loja ser dois quarteirões mais perto da nossa casa, minha mãe sempre continuou comprando de Moe. E quando ela carregava aqueles pacotes dois quarteirões a mais, isso tinha um significado. Quando meu pai, que descanse em paz, lhe perguntava por que ela não comprava na loja nova, ela dizia: 'De que jeito? Todo mundo vai pensar que estou comprando lá porque acho que Moe estava errado e Abe estava certo. E na minha opinião era Moe que estava certo'. Estão vendo, desse jeito não estamos pedindo às pessoas para definirem de que lado estão. Não vamos pedir que decidam quem tem razão e quem não tem, porque se eles decidirem contra nós eles não vão nos procurar, mesmo se nós oferecermos um preço mais baixo pela anuidade."

"Concordo", disse Kallen. "Mas acho que seria bom se pudéssemos atrair alguns membros mais respeitados da comunidade. Se Wasserman e Becker viessem para nós..."

"Wasserman nunca viria", disse o médico, abanando a cabeça.

"Acho que eu sei o que poderia atraí-los", disse Arons de repente.

"Ah, é?"

"Se conseguirmos que o rabino venha primeiro."

Todos olharam para Arons e depois viraram para Paff.

"Não creio que o rabino venha", disse Paff. "E nem sei se queremos. Ele é muito independente."

"Ele é popular com a rapaziada", disse Arons, obstinado. "Os jovens gostam dele. E vocês sabem como são os jovens hoje em dia. Quem manda no galinheiro são eles. Nenhum deles gosta da escola hebraica. E quem pode culpá-los? Assim, se o rabino estivesse conosco, e os garotos gostando dele, os pais poderiam vir também, nem que fosse apenas para garantir que as crianças iriam à escola."

"Nesse ponto você tem razão", disse Paff. "O que me preocupa é que acho que eu não conseguiria vender a idéia para ele."

"Aposto que Wasserman conseguiria."

"Mas ele não iria fazer isso", disse Paff. "Lembre-se, vocês estão tentando usar o rabino para conseguir Wasserman."

"E que tal o Becker?", perguntou Kallen.

"Aposto que ele concordaria. E ele tentaria vender a idéia para o rabino. Daí, se nós conseguíssemos o rabino, poderíamos conseguir Wasserman."

"Essa sim é uma idéia", disse Paff. "Sabem de uma coisa, vou passar na casa de Becker amanhã." Deu uma piscadela: "Já está na hora de eu trocar meu carro. Desta vez, quem sabe vou me interessar por um Lincoln".

15

Miriam abriu a porta do gabinete do rabino para dizer que o sr. Carter tinha chegado.

"Senhor Carter?"

"Sim, David, é o carpinteiro. Veio arrumar as janelas e colocar as venezianas."

O sr. Carter, um homem grandalhão, estava parado na porta, segurando sua pesada maleta com as ferramentas de carpinteiro na mão grande e calejada, sem por isso fazer a menor inclinação nos ombros largos, como um executivo carregando uma pasta leve. O cabelo negro lhe caía na testa; o rosto bronzeado e enrugado indicava que passava a maior parte do tempo ao ar livre.

"Combinei com a madame para vir hoje de manhã", disse ele, "mas quando cheguei aqui a casa estava fechada e não tinha ninguém. Hoje não tenho muito tempo, mas posso ir começando, e termino amanhã ou terça-feira."

"Não conseguimos voltar a tempo; chegamos apenas uma hora atrás." O rabino franziu a testa. "Francamente, senhor Carter, não gosto da idéia de o senhor trabalhar no domingo, que é como se fosse o seu Shabat, seu dia de descanso. Não está certo."

"Ah, não é o meu Shabat, rabino, e todo o pessoal da cidade sabe disso. Não se preocupe com o que eles vão pensar..."

"Como assim? Por acaso o senhor é o ateu da cidade?", perguntou o rabino com um sorriso, levando-o para dentro para mostrar-lhe as janelas quebradas.

"Não, não sou ateu. Não vou à igreja, mas não sou ateu. Eu guardo o sábado, mas é o seu sábado, não o domingo."

"Adventista do Sétimo Dia?"

"Não, apesar de que concordo com muitas coisas em que eles acreditam. Eu guardo o sábado porque esse é o dia que Deus me mandou guardar."

"Como assim, Deus lhe disse?"

"Bem, é difícil explicar de que maneira, exatamente, Ele me disse. Veja, não foi com palavras, mas se formos traduzir em palavras, seria algo assim: 'Raphael, depois de passar seis dias fazendo o universo e tudo que existe nele, Eu descansei, e isso foi bom. E o que é bom para Mim é bom para você também, pois fiz você à Minha imagem. Quero que você trabalhe seis dias todas as semanas, e descanse no sétimo. Esta é a proporção certa. E uma coisa é tão importante quanto a outra'."

O rabino olhou para ele em dúvida, pensando que o homem talvez estivesse brincando, mas Carter tinha a expressão franca, sem malícia.

"E quando foi que isso aconteceu?", perguntou o rabino, cauteloso, sem saber com que tipo de pessoa estava lidando.

"O senhor quer saber quando foi que Deus me deu essa ordem?"

"Quero saber quando foi que Ele falou com você."

O carpinteiro riu. "Rabino, isso acontece o tempo todo. Às vezes mais do que em outras ocasiões. Às vezes quase todos os dias, durante uma semana. E daí passam-se várias semanas e eu não escuto nada. A primeira vez que tive um intervalo como esse fiquei muito preocupado. Tentei fazer contato, rezei. Perguntei: 'Será que este seu servo fez alguma coisa que ofendeu ao Senhor?'. E não consegui nenhuma resposta naquele dia, mas logo no dia seguinte Ele falou de novo comigo, e me disse para não me preocupar se eu não ouvisse a Sua voz — que Ele não iria falar comigo a não ser que tivesse algo bem definido que quisesse me dizer. E que se eu não ouvisse nada da parte d'Ele, isso significa que tudo está indo bem, nos conformes. E pensando bem é verdade que durante todo aquele tempo as coisas estavam indo bem para mim — sem problemas, sem nada de errado, só a rotina normal."

Carter já começara a trabalhar, e continuou enquanto falava. Raspou a massa velha das esquadrias e pegou uma colherada de massa de uma lata, enrolando-a nas mãos. Endireitou-se, e o rabino se espantou ao ver que, embora sua pele fosse morena, seus olhos eram de um azul-claro penetrante.

"Foi logo depois que eu me casei. Eu e minha mulher tínhamos acabado de voltar da lua-de-mel nas cataratas do Niágara, e estávamos fazendo umas visitas para a família dela, sabe como é, tias, tios, ela queria me mostrar para todo mundo — e também para as minhas tias e tios, para eu apresentá-la. Naquele tempo isso era costume. Bem, estávamos visitando os tios dela, a tia Dorset e o tio Abner. Eles moravam em Lynnfield. E havia outras pessoas na casa — primos, coisa e tal. E de repente, enquanto estávamos todos conversando na sala, e a tia Dorset estava servindo umas frutas, escutei uma voz dizendo: 'Levante-se, e Eu vou falar com você'. Daí me levantei e ouvi uma voz falando, e a voz me disse o primeiro capítulo do Gênesis.

"Bem, acontece que durante toda a minha vida eu nunca tinha lido a Bíblia, mas quando voltei a mim aquele dia na casa da tia Dorset eu era capaz de repetir aquele primeiro capítulo do Gênesis quase palavra por palavra."

"E o que disseram a sua mulher e o resto do pessoal?"

"Eles me disseram que eu apenas fiquei ali em pé e não falei com ninguém durante alguns minutos. Eles pensaram que eu estava tendo um ataque, quem sabe uma catalepsia, acho que até chegaram a falar em chamar um médico."

"E então?"

"Então a mesma coisa aconteceu no dia seguinte. Eu estava trabalhando numa casa quando aconteceu, e a voz me disse outro capítulo. E assim fui escutando um capítulo cada dia, até passar por todo o Pentateuco."

"E então?"

Carter abanou a cabeça. "Depois disso, só recebia mensagens quando precisava delas." Carter cortou um pedaço de corda fina e passsou-a pelos pesos da janela.

"Como assim, quando você precisava?"

Carter puxou a cordinha para ver se a polia estava funcionando. "Bem, rabino, veja, por exemplo aquela vez em que a cidade votou a favor da fluorização da água. Fiquei preocupado com isso, não achei que fosse uma boa idéia. Não gosto desse negócio de produtos químicos no corpo da gente. Mas aí tinha o médico que estava cuidando da minha mulher quando ela teve o nosso último filho, eu conversei com ele sobre esse negócio, e ele era a favor. Daí fiquei na dúvida, já que ele era um homem estudado, respeitado. E daí recebi uma mensagem, e compreendi que era eu quem estava com a razão." Fechou a janela e virou-se para o rabino. "Olhe para mim, rabino. Tenho cinqüenta e oito anos e nunca fiquei doente nem um dia na minha vida. Tenho todos os meus dentes, e não uso óculos. Isso tudo porque levo uma vida correta. Não como carne, não como açúcar. Não tomo café, nem chá, nem refrigerante."

"A proibição de comer carne foi uma dessas instruções que você recebeu? Não é exatamente igual às leis alimentares que estão no Pentateuco."

"Bem, rabino, sim e não. Ele espera que a gente use a nossa inteligência." Aparafusou a moldura da janela. "Veja, lá diz 'Não matarás'. E diz também que não se pode comer nenhuma parte de um animal vivo. Assim, parece que isso exclui a carne. Eu sei que lá também diz quais os tipos de animais que se pode comer — os que têm o casco partido e que ruminam, mas imagino que isso é feito para a grande massa das pessoas, os que não têm a força das suas convicções. É como jogar um osso para um cachorro — é para aqueles tipos que tinham saudade das panelas cheias do Egito. Eles não conseguiam tirar aquela carne do organismo. Assim, Deus lhes permitiu comer certos tipos de animais. Mas é claro que Ele ficaria mais satisfeito se eles não comessem carne nenhuma."

"Compreendo."

"Houve outra vez em que me senti realmente perplexo, e recebi uma mensagem d'Ele. Foi quando o meu filho mais velho..."

O rabino perguntou quantos filhos o sr. Carter tinha.

"Tenho cinco, três meninos e duas meninas. Meu mais velho é o Moses. Quem sabe o senhor já ouviu falar nele, o Moose Carter? Eles o chamam de Big Moose, porque é um rapagão bem alto. Ele foi um ótimo jogador de rugby no ginásio. No ano passado eles quase ganharam o campeonato estadual. A fotografia do meu garoto saía no jornal toda hora. Ele recebeu convite de sessenta e sete universidades, imagine, rabino, sessenta e sete universidades querendo o meu garoto."

O rabino mostrou que estava impressionado. "E ele também é bom aluno?"

"Não, só bom jogador. Algumas universidades até mandaram gente para vê-lo, treinadores, caçadores de talento. Ofereciam a ele todo tipo de coisas. Imagine, um chegou a oferecer até garotas."

"Garotas?"

"Pois é. Falou que lá naquela universidade tem uma porção de garotas bonitas, ricas e loucas para casar com uma grande estrela do rugby, um herói do esporte. O sujeito disse isso e ainda piscou para o meu garoto e falou: 'Ou então você nem precisa casar com elas'. Chutei esse cara para fora de casa. Eu não queria que meu garoto fosse para universidade nenhuma, e com certeza não para essa aí. Queria que ele arranjasse um emprego e fosse trabalhar. Mas no fim ele acabou aceitando um desses convites — para uma universidade no Alabama. Eu queria impedir, mas a mãe dele fazia questão que ele fosse."

"E como foi? Deu certo?"

O carpinteiro abanou a cabeça com tristeza. "Ele ficou lá até o Natal, até o fim da temporada do campeonato, e daí eles o mandaram embora. Como ele machucou o joelho, não tinha mais nenhuma utilidade para eles; além disso, estava indo mal nos estudos. Daí voltou para casa. Já faz três meses que está conosco e ainda não conseguiu trabalhar uma semana seguida. Trabalha umas duas noites por semana num boliche lá em Lynn e de vez em quando faz algum bico para ganhar um dinheirinho. Acho que minha mulher também enfia alguns dólares no bolso dele de vez em quando. Ela o protege porque ele é o mais velho." Carter abanou a cabeça outra vez. "Eu já falei para ele vir trabalhar comigo e aprender a minha profissão, mas ele me disse que isso não dá dinheiro, que o dinheiro hoje em dia está em vendas, que ele quer ser comerciante. Olha, rabino, aquela universidade estragou o garoto. Se não fosse a minha mulher, eu mandava ele embora de casa."

Carter ergueu-se e deu uma olhada na sala. "Acho que por hoje é só, rabino. Demorei um pouco mais do que esperava. Não vai dar para terminar hoje, mas não se preocupe. Quando eu começo um trabalho, eu termino."

"Tudo bem", disse o rabino Small, observando enquanto ele guardava com cuidado as ferramentas na maleta. "Estou esperando um grupo de jovens que vão me fazer uma visitinha mais tarde."

"Volto amanhã ou terça-feira, dependendo de como eu estiver de serviço."

"Muito bem, senhor Carter. Venha quando tiver tempo."

16

"Daí ele disse: 'Vou dar a cada um uma cópia da lista dos novos comitês. Peço a vocês que levem a lista para casa para examiná-la com calma, e na próxima reunião, daqui a três semanas, podemos votar com inteligência para confirmar os nomes'." Inconscientemente, Malcolm Marks estava imitando o tom de voz do presidente. Agora voltou à sua voz normal: "Aí ele passou umas folhas mimeografadas, e fiquei observando Meyer Paff. Ele pôs a lista na mesa na sua frente e ficou lendo, passando o dedo pelas colunas e lendo baixinho os nomes. Daí chegou no nome de Roger Epstein como presidente do Comitê do Ritual, e achei que ele ia ter um enfarte".

"Mas por que ele haveria de ficar tão nervoso?", perguntou a mulher de Malcolm. "Com certeza ele sabia que Ben Gorfinkle não ia nomeá-lo de novo."

Marks nem tentou esconder sua impaciência: "Claro que não. Mas Roger Epstein, pelo amor de Deus!".

O telefone tocou. "Eu atendo", disse sua filha Betty, na outra sala. E dali a um momento: "É para mim".

"Bem, o que há de errado com Roger Epstein?"

"Como pessoa, talvez nada. Na verdade, Roger Epstein é um tipo muito idealista, que carrega o mundo nas costas. Só que se trata do Comitê do Ritual. Se fosse o Comitê de Construção, ou o Comitê de Associação, ou mesmo o Comitê de Assentos para os dias santos — que são todos comitês importantes —, tudo bem, Roger seria ótimo. Mas para o Comitê do Ritual é diferente. Aí a pessoa deveria ser em primeiro lugar um tipo religioso, isto é, que não trabalha sábado e só come estritamente *kosher*; não só isso, mas também alguém que conhece as regras do ritual. A bem dizer, teria de ser praticamente um rabino. Certo, não temos muitos tipos assim. Talvez Jake Wasserman; assim de cabeça não lembro de mais ninguém."

"Mas então, se não há ninguém capaz, o que há de errado com Roger Epstein?"

"Bem, não é exatamente que não haja ninguém capaz. O que estou dizendo é que se não temos a pessoa certa que deveria ser presidente do Ritual, teríamos de ter alguém que parece OK, pelo menos aparentemente. Veja Meyer Paff: talvez ele não entenda muito da religião, mas ele come *kosher*..."

"Ah! Só porque a sogra mora com ele, e ela não comeria lá se eles não tivessem dois jogos de louça diferentes, para a carne e para o leite. Ele não ia deixá-la morrer de fome, ia?"

"Pois é isso que eu estou dizendo. Não importa se ele realmente acredita no negócio, com tanto que faça. É isso que eu estou dizendo, tem de estar OK na superfície."

"Tudo bem. Mas daí o que aconteceu?", perguntou a mulher.

"Como assim?"

"Quando Paff viu que Roger Epstein foi nomeado presidente do Comitê do Ritual. O que aconteceu? O que ele fez? O que ele disse?"

"Nada!", respondeu o marido, triunfante.

Ela o olhou espantada. "Então qual é o problema? Por que tanta confusão?"

"Você não percebe? Meyer Paff é a locomotiva desse templo, desde que foi construído. Ele nunca foi presidente, mas sempre foi a eminência parda. E na sexta-feira à noite Ted Brennerman lhe passou uma carraspana bem ali, em público. E não venha me dizer que Gorfinkle não sabia o que Ted estava planejando. E segundo que eu ouvi dizer — nós estávamos lá embaixo no saguão naquela hora, e não vimos — que Meyer Paff pegou Ted Brennerman lá no corredor do santuário e lhe deu uma boa lavada." Marks girou a mão: "*Mezzo a mezzo*; digamos que foi um empate. Paff falou duro com Ted, muito mais do que Ted lhe falou, mas por outro lado poucas pessoas ouviram Paff, e todo mundo ouviu Ted. Sim, digamos que foi um empate.

"Muito bem, segundo *round.* Gorfinkle não quis deixar barato e foi à luta com algo assim: 'Vamos, Paff, pegue suas armas. Não tenho medo de você, e estou provando isso nomeando meu amigo Roger Epstein como presidente do Ritual — não só um cargo que era seu, mas um cargo muito especial. Normalmente eu nunca nomearia Epstein para isso, devido à sua história familiar, mas estou fazendo isso agora, na primeira oportunidade depois daquela sexta-feira, só para te mostrar quem manda aqui. Sendo assim, vá-se embora ou então cale-se'."

"Daí ele se calou."

"Nada disso. Meyer Paff não desiste assim tão fácil, nem tem medo de briga. Ele só foi dar uma voltinha, por assim dizer, um passeiozinho de bicicleta para sair da frente de Gorfinkle e guardar suas energias para o próximo *round.* O que o pessoal comentou depois da reunião é que ele vai juntar a turma dele e tentar tomar a cidade, ou então queimar tudo."

"Como assim, queimar tudo? Ele quer botar fogo na sinagoga?"

"Claro que não! É só uma figura de linguagem", disse Marks com altivez. Depois abaixou a voz: "Falei com algumas pessoas que disseram que não vai ser surpresa se ele sair da nossa sinagoga e fundar uma nova".

"Só porque Roger Epstein foi nomeado presidente do Ritual?"

"Por isso e outras coisas também", disse Marks, na defensiva. "Esse negócio já vem se armando há muito tempo."

A mulher olhou para ele. "E você, como fica nessa história?"

"Pois é, justamente. Estou no meio do caminho, digamos. Fui nomeado por Schwarz, e ainda tenho mais um ano de mandato. Sou mais ou menos amigo de Ben Gorfinkle e Roger Epstein, mas por outro lado também sou amigo da turma de Meyer Paff. Afinal de contas, Deus nos livre, se alguém precisasse de uma operação nós chamaríamos o doutor Edelstein, não é mesmo? Assim, posso ir tanto para um lado como para o outro. O que eu acho é que os dois lados vão querer o meu voto."

Sua filha Betty entrou na sala. Era baixinha, como os pais. Seu cabelo loiro repartido de lado lhe descia até os ombros; uma mecha se enrolava sobre a orelha presa por uma boina, escondendo parte do olho esquerdo. Onde o cabelo estava repartido via-se a raiz escura, indicando que já era hora de uma nova tintura. Seus olhos castanhos inocentes adquiriam uma expressão maliciosa com a sombra azul e uma linha fina de lápis realçando os cílios. Seus seios erguiam-se agressivos sob o suéter colante, e ao andar o traseiro rebolava sugestivamente.

A mãe levantou a vista, numa pergunta automática.

"A turma vai fazer um piquenique amanhã à noite em Tarlow's Point", explicou ela. "Quem ligou foi a Didi Epstein, querendo saber se eu posso ir."

O sr. Marks lançou um olhar significativo para a esposa, mas ela pareceu não notar. "Você falou que vai, querida?"

"Falei. Ela disse que o Stu Gorfinkle vai passar aqui para me pegar, amanhã lá pelas cinco."

"Didi falou quem mais vai estar lá?", perguntou a mãe.

"Sue Arons, Gladys Schulman, Bill Jacobs, e acho que Adam Sussman também — sabe, todo o pessoal que está na universidade e veio passar as férias em casa."

"É uma boa idéia", disse a mãe. "Vai ser ótimo ver de novo todos os seus velhos amigos."

Quando ela saiu da sala o sr. Marks disse: "Está vendo, a coisa já começou".

"O quê?"

"O pessoal já está tentando se engraçar conosco. Durante todo tempo em que a Betty estava no ginásio, ninguém lhe dava a menor bola – aquela garota Didi Epstein, o Stu Gorfinkle, todos eles sempre agiam como se a Betty não estivesse à altura deles."

"Ridículo! Pois ela não foi à casa de Didi Epstein para um *brunch* depois da formatura ano passado?"

"Claro, a classe inteira foi convidada."

"Não senhor. Eles começaram a convidá-la antes disso – quando ela foi aceita na universidade feminina de Connecticut. Olha aqui, ela tem mais inteligência no dedo mindinho do que eles têm na cabeça – e eles sabem muito bem disso. Aquele Stu Gorfinkle foi recusado por todas as universidades em que tentou entrar, e teve de ir para a última da lista, Massachusetts State. E Didi acabou indo para uma escola de artes em Boston – ora, pelo amor de Deus, ela tinha certeza de que iria estudar em Wellesley, porque a mãe dela estudou lá. E aquele Sussman então, aquele franguinho, nem me fale – lembro muito bem que a mãe dele contou para todas as mulheres num almoço da irmandade que o filho dela tinha se matriculado em Harvard, Yale e Columbia. E olha só – acabou entrando numa faculdadezinha vagabunda lá em Ohio, dessas que nunca ninguém ouviu falar."

"Tudo bem, tudo bem, mas você pode escrever o que eu estou dizendo..."

O telefone tocou. "É para você, papai", disse Betty.

"Quem é?"

"É o senhor Paff."

O sr. Marks lançou para a esposa um sorriso triunfante e saiu da sala para atender o telefone.

17

Aos domingos o jantar costumava ser apenas um lanche na casa dos Gorfinkle; mas como Stu estava em casa, a sra. Gorfinkle se sentiu culpada por não lhe dar uma refeição quente. Assim, quando ele entrou e perguntou o que havia para jantar, ela respondeu: "Que tal uns hambúrgueres? Tem pãezinhos e batata frita".

"Ah, claro, qualquer coisa está bom."

"Pois eu bem que gostaria de comer um hambúrguer para variar", disse o pai. "E uma Coca."

"Para mim, leite", disse Stu.

"Leite com hambúrguer?", questionou o sr. Gorfinkle.

"Você virou *kosher* de repente desde que é presidente da sinagoga?", perguntou Stu com sarcasmo.

"Não, mas na minha própria casa não gosto de ver ninguém comer leite com carne."

"Mas num restaurante você não se importa? Para mim isso não faz sentido", disse o filho.

Gorfinkle não gostou de ser desafiado pelo filho, mas tentou não demonstrar. "Em relação à comida o gosto nunca faz sentido, Stu. É o que eu acho. Sua mãe, por exemplo, nunca serve manteiga com carne. Quando eu era criança, só pensar nisso me virava o estômago. Mas quando estou num restaurante sempre espero que o pão venha com manteiga."

Ficou ainda mais aborrecido quando sua esposa trouxe uma jarra de leite para a mesa, e automaticamente — como sempre acontecia quando ficava zangado ou irritado — revirou os cantos da boca num sorrisinho gelado que não tinha o menor laivo de humor, como seus subordinados na fábrica já haviam descoberto a duras penas.

"É que ele está tão magro", disse ela como pedindo desculpas, ao encher o copo de Stu.

Gorfinkle desviou a vista da mulher e perguntou abruptamente ao filho: "Onde você esteve a tarde inteira?".

"Ah, o pessoal deu um pulo na casa do rabino. Ele meio que espera isso. Eu fui também nas férias de Natal. É uma espécie de recepção aberta para o pessoal."

"E o que ele tinha a dizer?" Gorfinkle não pôde deixar de acrescentar: "Com certeza não falou sobre as regras da comida *kosher*".

"Ah, não. Só conversamos sobre o que estamos fazendo na universidade. Didi Epstein brincou com ele falando da escola de arte — disse que está aprendendo a fazer imagens de ídolos."

"Essa Didi", disse a sra. Gorfinkle. "Aposto que o rabino a achou insolente."

"Não creio. Ele disse que não se importava, contanto que ela não adore esses ídolos. Aí ela lhe falou de um quadro que está pintando, Moisés recebendo as Tábuas da Lei, e ele disse que gostaria de vê-lo. Ela prometeu trazer amanhã." Stu deu uma risadinha. "Ele é um sujeito muito liberal. Vocês deviam ter visto lá em Binkerton, na festa que deram para ele."

"Ah, é?", comentou a mãe.

"Estava lá um tal de padre Bennett, que é chefe do Clube Newman — é uma espécie de Clube Hillel dos católicos. O padre veio conversar quando eu estava sentado ali perto, e o rabino o provocou um pouco sobre a religião. Tudo com muita delicadeza, muito composto. E daí o padre vira e pergunta qual a posição dele quanto à fé. Perguntou direto: 'O senhor crê?'. Daí o rabino deu um sorriso e disse: 'Acho que sou como você: às vezes creio, às vezes não'. Foi bem legal."

"Bem, não acho isso nada apropriado para um rabino", disse a sra. Gorfinkle, sem achar nenhuma graça.

"Por que não?"

"Bem, se ele é rabino, me parece que o mínimo que ele pode fazer é acreditar o tempo todo."

"É exatamente aí que você está errada. Você acredita o tempo todo? E o papai?"

"Espera aí, um momento", disse o pai, severo. "Eu não acredito, e acho que sua mãe também não, mas há uma diferença — nós não somos rabinos. Sua mãe está dizendo que, como rabino, é obrigação dele acreditar. Vá lá que ele fale assim com um padre quando estão sozinhos. Afinal, os dois estão na mesma profissão. Mas com certeza ele não devia ter dito isso na sua frente, nem na frente dos outros rapazes que estavam lá."

"Por que não?", perguntou Stuart.

"Porque você não tem idade nem maturidade para..."

"E esse negócio todo que está acontecendo bem aqui na sinagoga, eu também não tenho idade nem maturidade para compreender?"

"O que está acontecendo na sinagoga?", perguntou o pai em voz baixa.

"Vai haver um racha", disse o filho, esquentado. "É isso que está acontecendo."

A voz de Gorfinkle estava presa, controlada. "O rabino disse isso? Ele disse que vai haver um racha?"

"Não, não exatamente — mas não pareceu surpreso quando Sue Arons lhe perguntou sobre isso."

"Sei", disse Gorfinkle. "E o que foi que ele falou?"

"Bem, já que você quer saber", disse Stuart, agressivo, "ele disse que não há motivo para um rompimento e que se isso acontecesse a culpa seria dos dois lados."

Gorfinkle tamborilou na mesa. "Sei. E ele disse qual seria a atitude dele caso ocorresse esse... racha?"

"Sim. Uma praga sobre as duas casas."

"Uma praga...?"

"Ele não usou exatamente essas palavras, claro." Stu não escondeu que ficava exasperado com a maneira literal de seu pai compreender as coisas. "O que ele disse é que se houver uma divisão, ele não vai mais trabalhar."

Gorfinkle repuxou os cantos da boca. "Ele não devia ter dito isso — não para vocês, garotos."

Stu percebeu que seu pai estava zangado, mas não gostou da implicação de que ele e seus amigos não tinham nada a ver com isso. "O que você quer dizer com 'vocês garotos'?"

"Quero dizer que ele estava tentando influenciar vocês, e ele não tem esse direito."

"Mas não é justamente essa a tarefa de um rabino — influenciar as pessoas, em especial os jovens?"

"Existe a influência legítima e a influência totalmente fora da linha. Quando o rabino sobe no púlpito e explica sobre a nossa religião e nossas tradições, isso é legítimo. É para isso que ele é pago. Mas ele não deve interferir na política da sinagoga. Se ele preferir um lado ao outro, deve manter sua opinião só para si mesmo. E quando ele impõe o seu ponto de vista a um bando de garotos que não conhecem todas as implicações da questão, então ele saiu da linha. E acho que vou ter uma reuniãozinha com ele e lhe dizer tudo isso."

"Escute", disse Stu, de repente preocupado, "você não pode fazer isso."

"E por que não?"

"Porque ele vai saber que fui eu que te dei a informação."

"E por que você acha que ele lhe disse tudo isso? Acha que ele não sabia que tudo isso ia passar para mim e para os outros pais?"

"Ele nem pensou em nada disso. Ele não iria fazer isso. O rabino é um cara direito."

"Direito? Ele está apenas tentando segurar o seu emprego."

Stu botou o sanduíche no prato, afastou a cadeira e levantou-se, branco de raiva. "É isso aí, você pode arruinar uma organização e tudo bem — uma organização que para você é uma coisa secundária, um *hobby* que faz você se sentir importante. Você não liga a mínima para nada disso, nem come *kosher*, nem nada — mas quando uma pessoa que está envolvida na coisa de corpo e alma tenta conservar a organização, aí você trata de expulsá-lo."

"Acaba de comer, Stu", pediu a mãe.

"Senta aí", ordenou o pai. "Você não sabe o que está falando."

Mas o rapaz fugiu da mesa.

"Stu, aonde você vai?", chamou a mãe.

"Vou sair!"

Dali a um momento a porta bateu.

"Por que você sempre briga com ele?", queixou-se a sra. Gorfinkle.

"Porque ele é um idiota!" Gorfinkle também levantou-se da mesa.

"Aonde você vai?"

"Dar uns telefonemas."

Mas o telefone tocou assim que ele foi pegá-lo. Era Ted Brennerman. "Ben? Aqui é o Ted. Ouvi dizer que o Meyer Paff e a gangue dele vão começar a recrutar gente."

"Como assim, para votar contra as minhas nomeações? Naturalmente..."

"Não, Ben, não é para tentar nos derrubar na votação — é para sair fora e fundar outra sinagoga."

"Como você ficou sabendo?"

"Malcolm Marks. Meyer Paff ligou para ele."

"E eu acabo de descobrir que o rabino está buzinando na orelha dos garotos para eles fazerem pressão sobre os pais. Acho que estou começando a compreender. Escute, temos de ter uma reunião sobre isso, e ainda hoje, esta noite. Você tem a lista dos membros da diretoria? Bem, você sabe quem está conosco cem por cento. Comece a ligar para eles. Ligue para os que começam com A até N, e eu ligo para o resto. Vamos nos encontrar aqui na minha casa, lá pelas dez horas. É tempo mais que suficiente para todo mundo vir."

18

Moose Carter tirou da gaveta um par de meias. Embora fosse segunda-feira e quase meio-dia, ainda não estava vestido. Sentou-se na beira da cama e calçou as meias distraído, contemplando seu problema imediato — dinheiro. No quarto ao lado sua irmã Sharon estava deitada na cama lendo. Disso ele tinha certeza: ela estava sempre lendo.

"Ei, Sharon", chamou, dirigindo-se à parede, "você tem um trocado sobrando?"

"Não." Moose não esperava nada mais que isso, mas valia a pena tentar. Encostou o rosto na parede e falou com intensidade: "Sabe, estou com um emprego em vista. É um sujeito em Boston...". Ouviu a cama dela ranger e a porta bater com estrondo. Ela saíra do quarto.

"Bruxa", ele falou baixinho.

Levantou o colchão para tirar a calça de flanela cinza que tinha colocado ali na noite anterior. Ao vesti-la pensou nas possibilidades oferecidas pelo quarto de seu irmão Peter. O garoto entregava jornais e sempre tinha um dinheirinho, mas recusava-se a emprestar um centavo que fosse. Dava mais valor ao dinheiro do que à sua própria pele. No momento não estava em casa. Por outro lado, o garoto sabia esconder a grana muito bem, e se Sharon o ouvisse andando pelo quarto do irmão iria dedar. Seus ombros estremeceram involuntariamente quando se lembrou da última vez que foi pego "pegando emprestado" do cofrinho de Peter. Seu pai mostrara toda a sua desaprovação — com um pedaço de pau de dois dedos de largura.

Ainda debatendo internamente as chances de uma rápida batida no quarto de Peter, escolheu uma camisa amarela do seu magro suprimento. Ouviu a porta de baixo abrir e fechar, indicando que a mãe voltava das compras. Raios, ela vai ter de me dar, pensou, e depressa acabou de vestir-se. A gravata preta, já com o nó, precisava apenas de um rápido puxão para ajustar. Vestiu o paletó esporte, enfiou os mocassins e desceu a escada correndo.

A mãe estava na cozinha guardando as compras. "Vai sair com alguma garota?", perguntou com azedume, vendo como ele estava vestido.

Moose sorriu, um sorriso largo e contagioso. "As garotas são para a noite, mãe, você sabe disso. Estou indo para a cidade."

"Cidade?"

"É, Boston. Tenho uma oportunidade de emprego. Um negócio muito especial. Talvez eu volte tarde para casa."

"Seu pai não gosta quando você não está na mesa para jantar."

"Claro, mãe, eu sei, mas vou voltar de carona."

"Quer dizer que você não tem dinheiro nem para o ônibus?"

"Só tenho dez centavos. A verdade é essa. Tive de comprar umas coisas na loja para um serviço que eu fiz para o velho Begg, ele esqueceu de me pagar e eu esqueci de pedir."

"Ele também não te pagou pelo serviço?"

"Não, ele só me paga na sexta-feira, no fim da semana."

"E aquele senhor Paff do boliche?"

"Ele vai me pagar hoje à noite."

"E você acha certo que um garoto como você fique andando de carona por aí? Por que você não arranja um emprego fixo?"

"Carpinteiro como o papai? Não, obrigado. Sempre me virei desde que voltei para casa, não é verdade? Uma vez ou outra a gente fica duro. Acontece com qualquer um. Mas se der certo esse negócio que eu vou ver hoje minha situação está resolvida."

"Que negócio é?"

"Ah, é um trabalho com promoções. Esse sujeito que eu conheço — foi meu colega de escola quando eu estava em Alabama — está vindo para o Norte e vai fundar uma organização."

"E você vai vê-lo sem nenhum tostão no bolso?"

"Bom, eu não vou *dizer* a ele que estou duro", disse o rapaz, mal-humorado.

"Ele vai ver na sua cara. Vai ler nos seus olhos", disse a mãe. "Como eu estou lendo." Remexeu no bolso do avental e tirou uma bolsinha de moedas. "Pronto, toma dois dólares. É só isso que eu posso te dar, mas dá para você ir e voltar de ônibus." Estendeu-lhe duas notas amarrotadas. "E não deixe de voltar para o jantar."

"Puxa, mãe. Pode ser que eu tenha de ficar para conversar sobre o emprego. Talvez ele me convide para jantar. Não posso sair correndo e dizer que tenho de voltar para casa porque meus pais estão me esperando para jantar."

"Bem, se você for atrasar, telefone. Peça desculpas, diga que tem um compromisso que precisa cancelar, telefone e avise que vai atrasar. É assim que se faz. E se esse sujeito é um homem de negócios de verdade, ele vai te respeitar por isso."

"OK, mãe. Acho que você tem razão. Obrigado pelo dinheiro, valeu. Te devolvo na sexta-feira, no máximo."

Tirou do armário sua capa de chuva bege, levantou a gola e examinou-se no espelho do corredor. Ficou satisfeito com o que viu — aquele jovem universitário, direitinho como na revista *Playboy*. Viu no espelho que sua mãe o estava observando, e que estava orgulhosa. Deu uma piscadela no espelho, dizendo alegre: "Até mais", e saiu.

19

Didi tampou o fone com a mão e cochichou para a mãe: "Lembra aquele colega de escola que eu te falei, Alan Jenkins? O rapaz negro? Bem, ele está em Lynn e quer vir até aqui. O que eu digo?".

"Diga para ele vir, se você quiser", disse a sra. Epstein num tom objetivo. "Ele tem carro?"

"Tem moto. Mas e o piquenique?"

"Convide-o também se ele quiser ir."

"Você acha que tudo bem?"

"Não vejo por que não. Que tal é esse rapaz, afinal?"

"Ah, é um pouco mais velho do que a maioria dos calouros; ele trabalhou uns dois anos antes de entrar na faculdade. É supertalentoso. E é um cara muito legal, muito agradável — quer dizer, não é amargurado, nem — sabe como é — agressivo como alguns deles. Bem, lá na escola, como é uma escola de arte, não faz nenhuma diferença. Nós não o vemos como uma pessoa diferente, sabe como é."

"Nesse caso...", a sra. Epstein deu de ombros.

Didi destampou o fone e disse: "Alan? Desculpe a demora. Olha, uns colegas de escola vão fazer um piquenique na praia. Você não gostaria de ir?... Umas seis ou oito pessoas... Você pode? Ótimo... Ah, lembrei de uma coisa; prometi para o nosso rabino mostrar a ele aquele quadro que estou fazendo na escola — sabe qual é, Moisés e as Tábuas da Lei? Então, daria para você me buscar na escola?... Não, não vamos demorar... Ótimo, então faça assim: pegue a estrada da praia que sai de Lynn e siga até o primeiro sinal...".

* * *

Alan deu uma acelerada no motor e desligou-o. Didi, de calça branca, desmontou do assento de trás, e Alan foi levando a moto a pé até a garagem. "Esse rabino parece um sujeito legal", disse ele. "Engraçado, estava esperando um velho de barba branca. Pensei que todos os rabinos tinham barba."

Didi riu, divertida. "Não, só a rapaziada da escola tem barba. Na verdade, pensando bem, nunca vi um rabino de barba."

"Imaginei que ele iria falar como um pastor — sabe como é, sobre Deus, essas coisas."

"É que o rabino não é propriamente um pregador; é mais como um professor", explicou ela. "Aliás, segundo o nosso rabino, a verdadeira função dele é interpretar e aplicar a lei — como um advogado ou um juiz."

A sra. Epstein os recebeu na sala. "É a primeira vez que vem a Barnard's Crossing, Alan? Didi já falou muito de você." Era um rapaz bonito, um mulato escuro cor de café. Os lábios, embora azulados, não eram grandes demais. O nariz também era bem formado. Tinha o cabelo bem curto, e ela ficou satisfeita ao ver que ele não fazia nenhum esforço para alisá-lo. Tinha altura média, mas um peito largo e os ombros quadrados, que no momento pareciam tensos. "Sim, senhora. Já estive no litoral norte algumas vezes, em Lynn. Conheço um sujeito em Lynn — um homem que às vezes vende uns quadros meus..."

"Um *marchand*? Não sabia que havia uma galeria de arte em Lynn", disse ela, oferecendo uma cadeira.

"Não, senhora, não é bem isso. Ele tem uma livraria com cartões, presentes, coisas assim. E quando há espaço ele costuma colocar na parede alguns quadros meus, e quando vende algum ele me paga."

"E você vende muitos?", perguntou ela.

Ele riu, com uma risada bonita, aberta. "Ainda não dá para viver de renda. Estou indo para Nova York amanhã cedo, e esperava que ele tivesse algum dinheiro para mim." Abanou a cabeça: "Nada — apesar de que, segundo ele, há uma ou duas pessoas interessadas num quadro".

"E que tipo de quadros você pinta?"

"Ah, Alan faz uns quadros abstratos maravilhosos..."

Uma buzina tocou lá fora. "É o Stu. Venha, Alan", disse Didi.

"Leve um suéter, querida. Lá no Point faz frio."

"Não precisa, mãe, não há necessidade."

"Bem, querida, então divirta-se. Até logo, senhor Jenkins. E boa sorte com seus quadros."

20

Quando Moose se viu abrindo caminho entre latas de lixo e crianças que gritavam com vozes agudas, esparramadas pela rua inteira no South End de Boston, começou a sentir dúvidas. Era claro que antigamente a rua devia ter sido muito bonita; era dividida ao meio por um canteiro largo, com bancos de madeira a intervalos regulares. Mas a grama, mesmo agora no início da primavera, parecia descuidada e o lixo se acumulava debaixo dos bancos — papéis, latas, garrafas. Recuadas na calçada viam-se casas com fachadas de pedra, outrora grandiosas, com seus degraus de granito e suas balaustradas de ferro batido. As portas de madeira entalhada, que sem dúvida já haviam tido pesadas aldravas e maçanetas de bronze, mostravam muitos anos de uso; no lugar da aldrava havia um buraco na porta, e em vez da maçaneta, apenas um buraco redondo com um pedaço de couro dependurado, para puxar a porta. A pintura descascada e cheia de bolhas mostrava camadas de cores diferentes. Ao lado da porta havia janelas compridas e estreitas, indicando uma sala de pé-direito alto. Mas a maioria das janelas estava trincada, e uma fora substituída por um pedaço torto de compensado. As calçadas e as paredes estavam cobertas de *grafitti* feitos a giz.

Moose encontrou o número que procurava e subiu a escada. Sem encontrar a campainha (havia apenas um buraco por onde saíam dois fios), tamborilou na porta com a mão. Esperou um momento e, sem receber resposta, abriu a porta, que era de mola e logo se fechou batendo com força. Ouvindo o barulho, uma velha meio desgrenhada enfiou a cara no vestíbulo e olhou para ele, curiosa.

"Estou procurando o senhor Wilcox", disse Moose.

"Último andar, última campainha", disse ela, fechando a porta.

Moose então notou uma fileira de portinhas de correio e apertou o botão debaixo daquele nome. De imediato veio um "Alô" no interfone.

"Sou Moose Carter, senhor Wilcox", disse Moose no interfone. "Liguei para o senhor ontem."

"Pode subir."

Ao entrar, sua insegurança inicial logo se tranqüilizou. O quarto era grande e bem mobiliado. No chão havia um tapete oriental e nas paredes quadros a óleo em pesadas molduras douradas. Grandes poltronas estofadas se espalhavam pelo quarto, e diante de uma grande janela, de onde se viam os telhados da vizinhança, havia um corpulento sofá. Ao lado via-se uma escrivaninha de mogno entalhado com tampo de mármore, e atrás dela uma moderna cadeira giratória de couro preto, com pés cromados.

Quanto ao próprio Wilcox, não era como Moose esperava. Com sua calça de flanela e paletó de lã, lembrava um jovem professor universitário, como os que conhecera no colégio. Tinha o cabelo castanho curto, um pouco grisalho nas têmporas; sua maneira de tratar era tranqüila e amigável.

"Que bela vista", disse Moose, chegando à janela.

"Gosto daqui", disse Wilcox. "Gosto de sentar naquele sofá ali e ficar só olhando os telhados. É muito relaxante."

"É bacana mesmo", disse Moose. "Eu até não..." Interrompeu a frase no meio.

"Não esperava? Julgando pela aparência da rua? Muitas casas aqui estão sendo compradas e reformadas, como esta." Sorriu, um sorriso bondoso. "É uma espécie de urbanização das favelas feita pela iniciativa privada. Este apartamento aqui era de um artista amigo meu. Ele o alugou por um período longo e o transformou num estúdio, o que explica essas janelas tão grandes. Daí ele resolveu ir para a Europa. Na verdade, essa localização é muito conveniente."

"Aqui é o seu escritório, senhor Wilcox?"

O outro olhou especulativamente e depois respondeu: "Faço alguns negócios aqui". Indicou o sofá a Moose e sentou-se na outra ponta, de frente para ele. "Você disse que tinha interesse em trabalhar conosco."

"Isso mesmo, senhor Wilcox."

"Bem, a nossa mercadoria não é difícil de colocar na cidade, e há muitos varejistas que compram o negócio sozinhos. Compram de Deus e todo mundo, e acho que eles até se viram bem. Mas nós não trabalhamos desse jeito. Somos uma organização. À primeira vista parece que custa um pouco mais, mas nosso pessoal acha que vale a pena. Quando você compra de nós, pode ter certeza que o negócio é bom. Não precisa se preocupar em saber se está misturado com orégano, capim ou coisas piores, o que poderia te causar muitas encrencas. Se você tiver clientes para outras coisas, podemos arranjar, mas quando a gente vende fumo o que a pessoa leva para casa é fumo. É assim que eu gosto de trabalhar.

"Há vantagens em trabalhar com uma organização", continuou Wilcox. "Nós controlamos a concorrência. Se alguém chega na cidade, consegue uma partida e passa para seus amigos, ou vende a preço de custo, nós não nos incomodamos com isso. Mas se entra no seu território um traficante — aí a gente cuida disso. E se você se meter em alguma encrenca e a gente puder dar um jeito, damos um jeito. Naturalmente, uma das vantagens de você trabalhar conosco é que a garotada toda te conhece e você pode trabalhar na base da amizade com os clientes lá na sua cidade. Isso é bom."

Moose hesitou. "E quanto ao..."

Wilcox fez que sim. "Sim, o território já foi dividido, mas não estamos inteiramente satisfeitos com a maneira como está sendo trabalhado. Pode-se dizer também que o território já está grande demais para um homem só." Refletiu um pouco. "Talvez esse seja o melhor argumento. É preciso duas pessoas para trabalhar bem num bom território. Você pode ir vê-lo e falar que nós dissemos que você vai trabalhar com ele. O arranjo é meio a meio, só isso. Naturalmente, ele pagou pelo seu estoque atual, de modo que você pode lhe oferecer para vender isso na base da comissão ou porcentagem. Digamos uma quarta parte. Eu diria que é mais ou menos isso. Uma quarta parte do estoque antigo, e meio a meio no estoque novo. Vamos ver como as coisas caminham por algum tempo, e depois quem sabe faremos algumas mudanças."

"Que mudanças?"

"Bem, se as coisas caminharem como estou esperando, não há razão para você não ficar com o negócio todo algum dia. Daí podemos transferir esse sujeito — isso mesmo, poderíamos transferir *ele* para outro território. É assim que a gente costuma trabalhar. Transferimos ele para outro território." Wilcox abriu uma cigarreira sobre a mesa e ofereceu um cigarro a Moose.

"E quando eu poderia começar?", perguntou Moose, acendendo seu cigarro.

"Por que não agora mesmo? Amanhã, depois de amanhã, hoje mesmo se você puder."

"Bem, quando o senhor vai falar com ele? Quer dizer, quando vai avisá-lo?"

Wilcox sorriu: "Achei que era você que iria avisá-lo".

"Eu? Mas... e se ele não acreditar em mim?"

"Bem, eu estava justamente contando com você para fazê-lo acreditar. Pode considerar isso uma espécie de teste. Sim, isso mesmo — é uma espécie de teste. Num negócio como o nosso, não tem muita gente trabalhando. Cada um trabalha por si. Não podemos ter um sujeito que telefona para o escritório central cada vez que tem um probleminha. Então, você já tem suas instruções." Mediu Moose de cima a baixo e sorriu: "Você parece bem *convincente*. Aposto que vai saber o que fazer. Naturalmente, se ele entrar em contato conosco, nós lhe diremos qual é a situação".

"Ah, claro, senhor Wilcox, compreendo. E gostaria de dizer que eu agradeço pela chance, e vou fazer o melhor..."

Wilcox deu um sorriso sardônico.

"Falando sério, senhor Wilcox. Eu..."

Wilcox interrompeu com um gesto: "Todo mundo tenta tirar uma fatiazinha a mais. Nós já esperamos por isso. Mas olha lá, não exagere na ambição". Tirou a carteira do bolso. "Você precisa de um dinheirinho de bolso para quebrar o galho até começar?"

"Seria bom."

Wilcox folheou um maço de notas e tirou duas notas novas de vinte. "Bem, digamos que é um adiantamento. Só um minuto." Deixou a sala e voltou em seguida com uma bolsinha de plástico de tabaco, que atirou para Moose. "Este aqui é um pacote de cem gramas. Pode considerar isso uma espécie de promoção, ahn — amostra grátis. Mas depois deste aqui é tudo dinheiro vivo, batido em cima da mesa. Entendeu?"

"Claro, claro. Obrigado."

Wilcox foi até a caixa de cigarros e apertou uma molinha do lado. A bandeja de cima girou, mostrando outra camada de cigarros por baixo — um tanto irregulares e obviamente feitos em casa. "Pegue uns dois para você", ofereceu.

"Poxa, que legal."

Wilcox sorriu: "É um truque. Naturalmente, não se pode confiar nisso aí se a polícia estiver mesmo a fim de procurar". Moose tirou um cigarro da caixa, rolou-o nos dedos e aspirou o cheiro profundamente.

"Acho que é melhor você não fumar aqui. Leve alguns com você. Tem uma cigarreira? Espere um minuto." Abriu a gaveta da escrivaninha e tirou uma cigarreira de prata alemã. Enfiou vários cigarros artesanais dentro da tira de elástico: "Tome". Quando Moose estendeu a mão, teve outra idéia. Pegou vários cigarros comuns na parte de cima da caixa de cigarros e os enfiou ao lado dos outros: "Agora você tem aqui uma boa variedade".

21

Boa parte da praia era de pedras, e a pouca areia que havia era grossa, cheia de pedregulhos. Mas era bem escondida, sobretudo porque se situava numa espécie de península. E quando a maré subia — o que aconteceria em breve — ficava rodeada de água por três lados. Os galhos quebrados do bosque de pinheiros ofereciam muita lenha para a fogueira, e havia ainda muita madeira trazida pela maré.

Bill Jacobs, que fora monitor no acampamento nos últimos dois anos, assumiu o comando automaticamente. "Pessoal, alguém coloque a cerveja e a Coca-Cola na água para gelar. Vocês aí, peguem umas pedras grandes para a fogueira, e as garotas podem apanhar madeira."

"Ei", disse Adam Sussman, "lembram quando fizemos um piquenique aqui alguns anos atrás — os Escoteiros do Mar? Você estava, Stu?"

"Sim, me lembro. Houve um problema qualquer com a fogueira. A praia não é pública; ela pertence aos Hillson. Nós não tínhamos licença, foi isso. Ei, Didi, você pediu licença para fazer fogueira hoje?"

"Não é preciso", disse Didi, de repente apreensiva. "Tenho certeza que não. É só no verão."

"Bem, o máximo que eles podem fazer é nos chutar daqui", disse Stu filosoficamente. Daí riu, e Didi viu que ele estava tirando um sarro dela. Atirou nele um punhado de areia: "Puxa, Stu, você me enganou mesmo — licença para a fogueira, imagine!".

"Bem, vamos esperar escurecer", disse Sue Arons. "É aí que a fogueira fica legal."

Todos se dispersaram para realizar suas tarefas. Bill colocou as pedras grandes num círculo para fazer a fogueira; depois que os rapazes terminaram, ajudaram as garotas a recolher madeira. Dali a pouco já havia uma pilha bem grande e Bill mandou parar: "Tudo bem, pessoal, já temos o bastante".

"Uma cerveja cairia muito bem agora", disse Adam.

"Isso aí, concordo", disse Stu. Olhou para o relógio: "Raios, tenho de ir embora às seis e meia para levar meus pais até Lynn".

"Mas é bem aí que vamos começar a fazer a comida", reclamou Didi. "Você vai perder tudo."

"Foi o único jeito de eu conseguir o carro", respondeu Stu. "Mas eu volto logo. Ei, quem está com a cerveja?"

"Quando você vai acender o fogo, Bill?"

"Não sei. Depois que escurecer e nós ficarmos com fome. Alguém está com pressa?"

"Não, vamos esperar um pouco mais."

O mar estava calmo, quase estranhamente calmo. Ouvia-se o bater suave das ondas contra o paredão. À distância vinha o grito das gaivotas. Sem ser isso o ar estava parado, e havia algo nessa quietude que parecia restringir a conversação. Todos agora haviam formado pares, e a conversa era entre casais, em voz baixa. Bebericavam cerveja pensativos e esperavam a noite baixar.

Adam Sussman deitou a cabeça no colo da sua namorada; incentivados pelo exemplo, os outros também começaram a manobrar para ficar em posições mais íntimas. De repente Sussman sentou-se e exclamou chateado: "Puxa vida!".

"O que acontece?"

"Temos companhia." Apontou para uma figura solitária que vinha chegando.

"Ei, é o Moose Carter", disse Stu.

"O presente que Deus mandou para as mulheres", disse Didi.

"Ei, Moose", Bill Jacobs fez um aceno preguiçoso.

"Ei, pessoal. Oi, Bill, oi, Stu. Olá, Didi, oi, Sue. Oi, Betty, *baby*, onde você tem andado?" Daí viu Alan Jenkins. "Olha só que legal, temos um piquenique integrado! Inter-racial no duro, hein, *my brother*."

"Pega uma cerveja aí e se manca", disse Bill Jacobs, severo.

"Falou, *my brother*, é isso aí. É como a gente costuma dizer lá no Alabama — sacou, *brother*?"

Abriu a lata de cerveja e disse: "Alguém já viu isso?". Jogou a cabeça para trás e despejou a cerveja garganta abaixo sem fazer nenhum movimento com o pomo-de-adão.

"Alan Jenkins, Moose Carter."

Nenhum dos dois estendeu a mão, mas ambos disseram "oi".

"Toma mais uma", sugeriu Bill Jacobs.

"Acho que vai cair bem", disse Moose. "Quem sabe vou até sentar para tomar essa." Quando viu Stu abrindo lugar para ele perto de Alan Jenkins, disse: "Vou sentar aqui com a minha antiga namorada, a Betty — na frente do ônibus, se você não se importa, viu".

Didi sentiu a mão de Stu apertar-se dentro da sua. Olhou o relógio: "São seis e meia. Se você tem mesmo de ir pegar seus pais, é melhor ir andando".

"Quem sabe é melhor eu ficar por aqui mais um pouco", murmurou ele.

"Não, vai embora", sussurrou ela. "Vai dar tudo certo."

Foi só depois que Stu já havia saído há alguns minutos que caíram as primeiras gotas de chuva.

22

Quando era a sua vez de dar palestra para os estagiários sobre administração de pessoal, Ben Gorfinkle sempre terminava com uma pequena exposição sobre o subordinado recalcitrante.

"Ao lidar com um subordinado que saiu da linha, mesmo que você esteja com todos os trunfos na mão e puder despedi-lo assim, estalando os dedos, é melhor lhe dar primeiro uma chance de corrigir-se. Pois se ele for um bom sujeito e se emendar, seu problema está resolvido. Mas se você despedi-lo vai ter de arranjar um substituto. E como é que você sabe que esse novo não vai ser tão ruim quanto o velho? Fazer uma reunião é uma boa idéia."

Na segunda-feira, assim que voltou da fábrica para casa, ligou para o rabino. "Rabino, gostaria de marcar uma reuniãozinha com o senhor. Na verdade nós ainda não conversamos pessoalmente desde que eu assumi a presidência, e acho que há muitas coisas que nós temos de passar a limpo."

"Quando você quiser."

"Às vezes é uma boa idéia programar a reunião com bastante antecedência, para deixá-lo ruminar um pouco as coisas. Em outras ocasiões você pode achar melhor conversar logo, sem aviso prévio, de modo que ele seja pego de surpresa, despreparado. Tudo depende das circunstâncias."

"Que tal hoje à noite?"

"Vou à sinagoga às sete."

"Tenho um jantar nessa hora, mas se pudermos nos encontrar um pouquinho antes..."

"Tudo bem."

"Stu está com meu carro..."

"Posso ir à sua casa", disse o rabino.

Quando o rabino apertou a mão de Gorfinkle, não pôde deixar de pensar que com cada um dos presidentes do templo sua relação fora diferente. Com Jacob Wasserman, o primeiro presidente, aquele que o escolhera, havia não só respeito mútuo, mas uma verdadeira amizade. Apesar da diferença de idade, gostavam um do outro; naquele primeiro ano em Barnard's Crossing o casal Wasserman convidara o rabino e sua mulher para jantar em muitas ocasiões, e o casal Small também tinha liberdade de aparecer na casa deles domingo à tarde para uma xícara de chá e um bom papo. Naquela época precisara muito da amizade do presidente. Em retrospecto, percebeu que era então incrivelmente jovem e inexperiente, e que apenas a forte amizade de Wasserman e o respeito que o velho desfrutava de toda a comunidade o haviam salvo de inúmeros embaraços, incluindo o embaraço supremo de não ter seu contrato renovado depois de um ano de experiência.

Com Al Becker, que assumira depois de Wasserman, suas relações eram muito diferentes. Originalmente Becker fora o líder da oposição, e apenas pela pura sorte de ter conseguido ajudá-lo num assunto pessoal o rabino conseguira ganhá-lo. Becker sentia-se culpado por ter lhe feito oposição no início, e tornou-se não só respeitoso como às vezes até açucarado demais. Como resultado, Becker era o seu maior defensor, mas o rabino nunca se sentia inteiramente à vontade com ele.

Morton Schwarz, o terceiro presidente, antecessor de Gorfinkle, não tinha essa atitude para com o rabino. Era amistoso e às vezes até brincava com ele a respeito de seus pequenos defeitos, como sua crônica falta de pontualidade e sua tendência para esquecer os compromissos que, na verdade, não desejava cumprir. Mas na cabeça de Schwarz esse era um caminho de mão única; quando, uma vez ou outra, o rabino respondia na mesma moeda, tinha certeza que o outro o considerava presunçoso. Contudo, ele amadurecera nos anos que passara em Barnard's Crossing, e a atitude do presidente o divertia, não o aborrecia. O fato de ter recebido um contrato de cinco anos talvez tivesse algo a ver com isso.

Quanto a Ben Gorfinkle, a coisa era muito diferente. O rabino conhecia sua capacidade por ter se sentado com ele na diretoria por vários anos, mas houve poucas oportunidades de trabalhar juntos. As poucas vezes em que se relacionaram foi de uma maneira neutra, nem amistosa nem hostil.

"Comece deixando-o à vontade. Crie um clima amistoso."

Gorfinkle levou-o até a sala e quando ambos sentaram disse: "Está confortável, rabino? Prefere essa cadeira?".

"Não, esta aqui está ótima."

"Incentive a discussão, mas mantenha-o na defensiva."

Deu um sorriso benigno: "Rabino, gostaria que o senhor me dissesse qual é o seu conceito sobre o propósito e a função de uma sinagoga, e o que o senhor considera responsabilidade do rabino para com a instituição".

O rabino reconheceu o movimento de abertura e declinou. Sorriu. "Passei meia dúzia de anos fazendo exatamente isso. Naturalmente você não me chamou aqui com tanta urgência, e sob a pressão de outro compromisso, para me ouvir sintetizar tudo que venho falando desde que cheguei aqui. Tenho certeza de que você tem algo para me dizer."

Gorfinkle concordou com a cabeça. Ficou em silêncio um minuto e então disse: "Sabe, rabino, acho que o senhor não compreende qual é o propósito do templo. Acho que nenhum rabino compreende. Eles estão envolvidos demais; têm um interesse profissional".

"É mesmo? Quem sabe você pode me explicar melhor."

"No seu lado da discussão, pareça franco e aberto. Faça-o sentir que você não está tentando esconder nada."

Gorfinkle ignorou a ironia do rabino. "O senhor pensa que a sinagoga começa com um grupo de religiosos, e depois atrai outros religiosos." Abanou a cabeça: "Pode ser que haja um homem realmente religioso, como talvez o Wasserman, mas o resto está interessado na coisa apenas como organização. E uma vez que a organização tem sucesso — e isso exige muito trabalho — o grupo original acaba virando um peso para a organização, e outro tipo de pessoa tem de assumir. Às vezes os fundadores ficam tão inchados com seu sucesso que não dá mais para conviver com eles. Eles se comportam como se fossem donos daquilo tudo porque foram eles que começaram. Isso exerce um efeito negativo nas pessoas novas. É isso que aconteceu aqui, e de certa forma foi assim que eu me tornei presidente. Mas a coisa vai mais longe: começar um empreendimento exige um tipo diferente de talentos do que os necessários para manter a coisa funcionando. São dois tipos diferentes de pessoas".

"Ambos são judeus", o rabino observou.

"Isso é apenas um detalhe, rabino."

"Detalhe? Numa sinagoga?"

Gorfinkle confirmou: "Isso mesmo. O senhor sabe que há duas facções no templo, a minha e a outra liderada por Meyer Paff. Agora Paff, apesar de ser ortodoxo, não está lá muito preocupado com o judaísmo nem com a religião em geral. Todo esse pessoal envolvido no templo, tanto homens como mulheres, o senhor acha que é porque são religiosos? Ou porque a religião é importante para eles?". Abanou a cabeça com vigor: "Não, rabino. O senhor sabe no que eles estão interessados? Estão interessados no templo como uma organização.

"Cada um quer ser alguma coisa, quer ser alguém. Quer ter uma sensação de realização, de fazer alguma coisa. O sujeito estudou, foi para a universidade, e sonhou ser alguém, ser importante. Daí arranjou um emprego, ou abriu uma lojinha, e achou que por fim estava a caminho. E agora, com trinta e cinco anos de idade, percebe que não vai ser presidente dos Estados Unidos, nem general de um exército; não vai ganhar o prêmio Nobel; sua mulher não é uma artista de cinema e seus filhos não são gênios. Ele começa a perceber que esse negócio de levantar de manhã, ir trabalhar e voltar para casa para dormir, e levantar de novo na manhã seguinte para trabalhar — isso aí não vai sofrer nenhuma mudança dramática. Sua vida inteira vai ser mais ou menos desse jeito, até ele morrer. E quando morrer a família vai se lembrar dele, e pronto, acabou-se.

"Isso é uma coisa muito dura de se engolir numa sociedade como a nossa, em que todo mundo parte do princípio de que pode ser presidente dos Estados Unidos, ou pelo menos milionário. Daí essas pessoas se atiram no trabalho, na organização, para poder ser alguém. Antigamente havia certas organizações civis em que eles podiam usar um uniforme bacana e ter um título bacana. Só que esses lugares estão um pouco fora de moda, e numa cidade bem ianque como Barnard's Crossing não é fácil para um recém-chegado, seja judeu ou não, mas especialmente um recém-chegado judeu, entrar na política da cidade. Mas o templo é uma organização deles. Ali cada um pode fazer alguma coisa, ser alguém. Há a sinagoga, há a irmandade, e para as mulheres também há a irmandade feminina e a organização Hadassah. Basta se dedicar um pouquinho, e mais cedo ou mais tarde a pessoa se torna alguém. Vira presidente de um comitê, ou representante de alguma coisa. Seu nome começa a sair nos jornais. E se o senhor acha que isso não é importante, converse com qualquer mulher que, digamos, dobrou os guardanapos para o almoço da Hadassah e não viu seu nome mencionado no comitê que organizou o almoço.

"Mas voltemos a Meyer Paff. O tempo todo em que dirigia as coisas, ele era importante. Agora que ele não está mais dirigindo, acabou-se a importância, e isso o irrita."

"Se fosse apenas por isso", disse o rabino com suavidade, "será que ele teria contribuído com quantias tão grandes, e trabalhado tanto, e dedicado tanto tempo?"

Gorfinkle deu de ombros: "O que é uma quantia grande para o senhor, rabino, não é uma quantia grande para Meyer Paff. A pessoa se estabiliza num certo padrão de vida. Depois que começa a ganhar um monte de dinheiro, acha que pode mudar esse padrão radicalmente? Você compra um carro maior, mais um ou dois ternos, e paga um pouco mais por eles; tem mais alguns pares de sapatos, e paga um pouco mais por eles. Isso tudo ainda não é nada. Há uma vasta quantidade de dinheiro sempre entrando, e você nem consegue gastar — longe disso. Então o que você faz com ele? Usa para propaganda. Você sai da sua casa de trinta mil dólares e se muda para uma mansão de cem mil dólares. Você compra quadros; você arranja um decorador. E por quê? Será que é porque você de repente adquiriu sensibilidade artística? Nada disso. Você fez sucesso, mas você não se sente diferente. Então você faz as coisas que provam para os outros que você fez sucesso. A inveja e o respeito deles fazem você se sentir alguém. Alguns começam a ostentar a riqueza, outros surgem com mulheres de aparência cara. Outros, como Paff, dão seu dinheiro para várias instituições beneméritas".

"E você?", perguntou o rabino.

"Se você for desafiado, não hesite em reconhecer seus próprios pontos fracos. Isso cria uma atmosfera melhor."

Gorfinkle deu de ombros: "Reconheço que eu não sou diferente". Abriu um largo sorriso. "Poderíamos até dizer que sou um exemplo clássico. Sou engenheiro eletrônico. Na época em que me formei no MIT, o campo era relativamente novo. Eu me formei num bom lugar na minha classe, e imaginei que seria chefe de um grande laboratório de eletrônica quando tivesse trinta anos. Mas acontece que veio a guerra, e isso me atrasou. Daí, quando pude começar, descobri que nem sempre as promoções vão para os mais capazes — pelo menos não nas grandes indústrias. Ser judeu também não ajudava nem um pouco. E daí os Ph.D.s começaram a aparecer em cena — idiotas com diploma. Isso também não ajudou nada. E então, o que você faz? Se você é um homem casado com um filho, não pode voltar para a universidade. Você muda para outro emprego que parece que vai levar a alguma coisa. E naturalmente não leva. Você tenta de novo, e isso também não dá resultado. Eu até cheguei a mudar para uma firma pequena em que havia uma conversa sobre comprar ações — só conversa —, mas havia uma chance de crescer com a companhia, e a companhia parecia que ia crescer. Até aceitei um pequeno corte no meu salário, porque achei que era a minha última chance. Nesse negócio você tem de conseguir as coisas quando está na casa dos trinta, senão não consegue mais.

"Durante algum tempo parecia que as coisas iam bem. E daí nós fomos vendidos para uma grande rede, um gigante, e lá estava eu de novo trabalhando para uma grande empresa. Então agora, que eu estou com quarenta e cinco, sou chefe de seção, ou seja, gerente. Provavelmente é isso que vou ser até me aposentar. Reconheço que quando primeiro me lancei na política da sinagoga era porque eu achava que podia fazer alguma coisa melhor. Ainda acho que isso também faz parte. Mas não me iludo. Sei que o principal naquilo é eu ser alguém, ter influência sobre as pessoas ao meu redor."

"Você não está sendo muito cínico e perdendo o ponto principal, como sempre acontece com o cinismo?", perguntou o rabino.

"Como assim?"

"Bem, você disse que alguns aparecem construindo uma mansão, ou com outros tipos de ostentação, enquanto outros contribuem para uma boa causa. Essa é a grande diferença entre as pessoas, não é mesmo? Hoje em dia, somos todos psicólogos e psiquiatras amadores. Todos nós temos a pretensão de conhecer as motivações das pessoas. Mas será que conhecemos mesmo? Em última análise, a única maneira de julgar é pelos resultados, e quem usa sua riqueza para uma causa nobre, mesmo com ostentação, é melhor do que quem a usa só para a ostentação. A sua maneira de ver o templo é uma maneira muito cínica, se me permite dizer, senhor Gorfinkle. Mas o cínico não passa de um idealista desiludido. Nós, judeus, nos referimos a nós mesmos como uma nação de sacerdotes, e segue-se daí que se fôssemos totalmente leais para com o nosso ideal passaríamos todo o nosso tempo na sinagoga, estudando e orando. Aliás, chegamos até a tentar. Nas aldeiazinhas da Polônia e da Rússia havia homens que faziam exatamente isso. Mas alguém tinha de trabalhar, e em geral eram as esposas. Eu pessoalmente não gosto disso. É uma das minhas objeções ao mosteiro e ao convento. Não creio que a melhor maneira de viver neste mundo é evitá-lo. Nossa religião é uma religião prática, na qual o *parnusse*, o meio de vida, é tão importante quanto a oração, e o mundo é tão importante quanto o templo."

"Se ele disser alguma coisa semelhante à sua opinião, mostre-a, mesmo se você tiver de torcer as palavras dele um pouquinho para encaixar as coisas. A psicologia disso é que ele está ansioso para se livrar da enrascada, e você está lhe dando uma maneira de escapar com dignidade."

"Então por que", Gorfinkle interrompeu depressa, "o senhor vem sempre objetando ao nosso programa, rabino? É isso mesmo que nós queremos: fazer os membros perceberem que o templo faz parte do mundo e tem um papel a desempenhar no mundo."

"Não faço objeções ao seu programa enquanto tal, embora ache que cada indivíduo deve decidir essas coisas sozinho. O que me preocupa é que o programa começa a antagonizar o outro lado, a ponto de que há perigo de que eles realmente deixem a organização do templo. Tenho visto sinais disso já há algum tempo nas reuniões de diretoria. Para ser justo, o outro lado também vem sendo igualmente intempestivo. Nesses últimos meses quase não tem havido discussões sobre o mérito das causas. Em vez disso, tudo que o seu lado propõe o outro lado veta; e quando são eles que fazem sugestões, são tratados da mesma forma pelo seu grupo, e pela mesma razão. Nenhuma organização pode sobreviver com essas lutas internas. Só que nos últimos dias você abandonou o pouco de compostura que estava mantendo até agora. O sermão do senhor Brennerman..."

"O que é que tem o sermão dele?"

"Ele não tinha direito de abusar do privilégio do púlpito daquela maneira."

"Um momento, rabino. Eu ouvi aquele sermão, e o senhor não ouviu. De maneira geral eu o aprovei." Gorfinkle revirou os lábios naquele seu sorriso sem humor.

"Então você é igualmente culpado, senhor Gorfinkle."

"O senhor esquece que eu sou o presidente..."

"Da organização do templo, senhor Gorfinkle. O púlpito pertence ao rabino."

"Eu não sabia disso, rabino", disse Gorfinkle em voz mansa. "É isso que diz a lei judaica?"

"É o que diz a lei da cortesia! Como rabino, sou superintendente da escola religiosa. Será que eu teria a pretensão de tomar uma classe do professor, sem primeiro pedir permissão a ele?"

"*Às vezes vale a pena ceder num ponto de pequena importância.*"

"Bem, talvez Ted tenha saído um pouco da linha, mesmo. Ele é um tipo entusiasmado e se empolga demais."

"E ontem, na reunião de diretoria, você nomeou Roger Epstein como presidente do Comitê do Ritual."

"O que há de errado com Roger Epstein?", perguntou Gorfinkle, indignado.

"Como pessoa, nada. Mas ele não tem nenhuma experiência no templo e nunca assistiu uma reunião antes de vir aqui. O presidente do Comitê do Ritual é quem aprova a ordem dos serviços. Sendo assim, o grupo do senhor Paff, que é mais conservador, pode considerar isso uma afronta deliberada."

"Um momento, rabino. Eu escolhi Roger Epstein porque o Comitê do Ritual é o mais importante e ele é o meu melhor amigo. Não estou preocupado com a ignorância dele sobre a ordem do serviço. Imagino que o senhor e o cantor podem muito bem organizar tudo isso. Mas o presidente do Comitê do Ritual distribui os lugares de honra nos feriados. Nosso pessoal dá uma grande importância a isso, e com razão. Já notei que durante todo o tempo em que Meyer Paff foi presidente do Comitê do Ritual ele aproveitou o cargo para se promover na política. Mas já que estamos falando de falta de compostura, rabino, será que é correto juntar um bando de garotos, incluindo meu próprio filho, e lhes dar uma palestra sobre esses assuntos do ponto de vista da oposição? Isso não é abusar do seu privilégio?"

"Garotos? Nós aceitamos um menino de treze anos como membro da comunidade. Ele pode ser chamado para ler a Torá, que é a instrução para a congregação. Pode até mesmo chefiar o serviço. Será que esses estudantes universitários, rapazes inteligentes de dezoito ou dezenove anos, são imaturos demais para compreender o que acontece na comunidade do seu templo?"

"Escute, rabino, não quero saber dessa sua enrolação talmúdica. Vejo isso como política, e estou lhe dizendo que quero dar um fim nisso."

O rabino sorriu. "Você está dizendo que quer que eu pare de conversar com os jovens?"

"Estou dizendo que o senhor não deve conversar com eles sobre os assuntos do templo. E não estou lhe pedindo. Estou mandando."

"Só que você não pode mandar. O rabino aqui sou eu, e sou eu quem decide o que devo dizer aos membros da comunidade judaica."

"Sua discussão pode chegar num ponto em que você percebe que não há chance de acordo nem reconciliação. Quando você chegar nesse ponto, chega de luvas de pelica. Baixe o cacete com toda a força."

"O senhor já disse o bastante, rabino, para me provar que o senhor faz parte do esquema de Paff. Não estou surpreso. Eu já desconfiava, e o pessoal do meu grupo também. Tivemos um encontro ontem à noite, e quero lembrar ao senhor que nós representamos uma nítida maioria na diretoria. Ficou resolvido que eu iria conversar com o senhor e lhe mostrar que o seu comportamento não é correto, na esperança de que haja uma mudança. É esse o propósito da nossa reuniãozinha. Mas quando eu disser a eles o que se passou nesta conversa, juntamente com a sua atitude arrogante em relação à religião em geral, que ultimamente vem me chamando a atenção, tenho certeza que eles vão decidir terminar o seu contrato conosco.

"Naturalmente o senhor pode lutar contra, mas o senhor é um homem inteligente, e tenho certeza de que compreende que se um rabino luta pelo seu emprego e perde, isso põe em risco suas chances de conseguir outro emprego. Posso lhe dizer agora mesmo que o senhor vai perder, e que depois dessa reunião o senhor não vai mais ser rabino." Gorfinkle levantou-se, indicando que a reunião estava terminada.

"Não foi você quem me deu o *smichá*", disse David Small, levantando-se também, "e você não pode retirá-lo. Eu sou o rabino da comunidade judaica de Barnard's Crossing. O templo me paga, mas não sou empregado do templo, e não preciso de nenhum templo nem sinagoga para exercer minhas funções."

Lá de fora veio o som alto e persistente de uma buzina de automóvel.

Gorfinkle deu de ombros: "Sinto muito, rabino. Meu filho chegou, tenho de ir embora".

23

Wilcox, com o colarinho desabotoado e o nó da gravata desfeito, com as duas pontas penduradas, reclinava-se para trás na poltrona, as pernas descansando numa almofada, em paz com o mundo. Já sabia, pela maneira como a coisa começou, que essa viagem ia ser do tipo em que o tempo vai ficando mais lento até se transformar num ritmo profundo, pulsante. Conseguia escutar o movimento lento e regular do mecanismo de seu relógio. Então, como num acompanhamento, ouviu tocar a campainha, um toque profundo e insistente. Levantou-se para atender. Não foi um movimento simples, mas uma série de aventuras na qual cada parte de seu corpo desempenhava um papel significativo, como a complicada manobra de um exército ou como um balé em que seus braços e pernas, mãos e dedos tinham papéis separados. Cada um tinha de se movimentar na hora certa. E embora parecesse que o ato de abrir a porta, receber seu visitante e depois voltar para a sua poltrona tivesse levado horas, não se sentia cansado com esse tremendo esforço. A figura na cadeira diante de si tornou-se cada vez maior, como um balão inflável. Daí cada vez menor, e de novo maior. E contudo essa mudança de contornos não era absolutamente alarmante. Era até divertida, especialmente quando percebeu que se tratava apenas da respiração normal do sujeito que estava observando. Pensando com objetividade, chegou à conclusão de que o homem devia ter subido as escadas correndo, porque parecia respirar pesadamente; tinha gotas de suor na testa que ele acompanhava uma a uma, enquanto desciam pelo cabelo, passando por cada ruga na testa e por fim se dissipando na floresta das sobrancelhas. O homem estava dizendo alguma coisa que ele compreendia perfeitamente, mas que parecia ridícula demais para merecer sua atenção. Parece que tinha estacionado o carro na esquina, ou algo do gênero. Que sujeito ridículo. Por que isso haveria de ter interesse? E a sua dificuldade em encontrar a campainha do apartamento. Parece que ele havia perguntado a uma mulher qual era a campainha. Que importância tinha se a mulher sabia ou não qual era o apartamento? O homem tinha uma queixa, estava injuriado. Isso ele compreendia. Compreendia não só com a mente; a coisa se registrava em ondas de ressentimento na sua própria pele. E era desagradável. E ele queria dar um fim naquilo. Falou de uma grande distância, explicando àquela tola criatura. E pelo jeito o outro compreendeu, pois levantou-se da cadeira. Não era uma pessoa brilhante, com certeza. Não tinha a inteligência de um homem. Não. Nem mesmo a inteligência de um cão. Nem de um animal muito inferior. Nem mesmo a inteligência de uma minhoca. Talvez de um micróbio, pois em vez de ir até a porta, como lhe foi ordenado, ele vinha vindo na sua direção. Ah, por fim compreendeu. O outro estava se despedindo formalmente. Deveria levantar? Deveria estender a mão? Mas o homem estava estendendo os dois braços, não para pegar a sua mão, mas sim as duas pontas da sua gravata. Era assim que a pessoa se despedia? Seria essa uma nova cerimônia? Então sentiu o aperto no pescoço, depois a dor e a pressão, a pressão e a dor.

E daí mais nada.

24

O sr. Carter olhou em torno da mesa devagar, e seus olhos pousaram num lugar vazio à sua direita. Sua esposa, do outro lado da mesa, e seus filhos alinhados de ambos os lados, os dois meninos à direita e as duas meninas à esquerda, estavam sentados eretos, as mãos cruzadas apoiadas na beira da mesa, esperando o pai dar graças.

"E onde está Moses?", perguntou.

"Ainda não voltou para casa", disse a esposa. "Foi até Boston arranjar um emprego, e deve ter parado para comer alguma coisa. Ele avisou que talvez fosse atrasar."

"E você não lhe disse que eu quero que ele esteja aqui na hora do jantar? Será que ele mesmo não sabe disso? E se ele se atrasou não poderia dar um telefonema? Será que nós não temos telefone em casa?"

"Ah, papai", disse a esposa, "para que se preocupar com esse menino o tempo todo? Talvez ele não tenha encontrado um telefone por perto. Ou talvez tenha telefonado e estava ocupado. Do jeito que as meninas usam o telefone, é um milagre alguém conseguir ligar."

"Não concordo que ninguém entre e saia desta casa a hora que quiser. Isto aqui é uma família, e vai continuar sendo. É uma questão de moral. Quando cada um vai a qualquer lugar e come a qualquer hora que lhe dá na telha, onde quer que esteja, a família começa a se desmanchar. A refeição é um sacramento, todas as pessoas desta família vão participar."

"Quem sabe ele foi pego na tempestade", sugeriu a esposa, "e esperou até terminar. O que deve ter acontecido é que ele viu que ia se atrasar, tomou um lanche em algum lugar e daí foi direto para o boliche. Aliás, pensando bem, acho que Moose disse que eles querem que ele chegue no trabalho um pouco mais cedo na segunda-feira."

"Basta", disse o marido. "Não vou esperar mais. Agora vou dar graças. Se ele chegar depois, não vai comer. Não vou permitir que nenhum membro da minha família coma aqui sem antes ouvir uma bênção decente."

Olhou em volta da mesa e viu todas as cabeças abaixadas. Daí apertou as mãos convulsivamente e fechou os olhos com força. Durante um minuto inteiro ficou em silêncio, tentando projetar a mente, alcançar alguma coisa, alguma coisa. Daí jogou a cabeça para trás e dirigiu a voz para o teto: "Senhor, nós Te agradecemos pela Tua compaixão, por nos dar nosso sustento para fortalecer nossos corpos, para que possamos realizar o Teu trabalho. Nós obedecemos aos Teus mandamentos, e na nossa mesa não há carne de nenhuma criatura, mas apenas os frutos da Tua boa terra. Se pecamos perante Teus olhos, é porque somos fracos e falhos na nossa compreensão. Perdoa-nos, ó Senhor, e trata-nos com compaixão". Continuou então: "Eu Te agradeço ó Senhor, sou Teu servo, e Te obedecerei".

Abriu os olhos e olhou ao redor. "Agora podemos comer."

A família comeu em silêncio. Ninguém arriscou fazer qualquer comentário que pudesse irritar o sr. Carter, e todos estavam ansiosos para sair da mesa o mais rápido possível. O sr. Carter também comia num silêncio emburrado, os olhos fixos no prato. Quando a refeição terminou e os pratos foram retirados, os jovens se apressaram a sair da sala de jantar.

O sr. Carter continuou sentado no seu lugar à mesa, ouvindo os ruídos da cozinha, enquanto sua mulher e as meninas lavavam os pratos. Sua mulher entrou na sala.

"Ainda está chovendo muito, pai", disse ela. "Estava pensando se não é melhor Michael pegar o carro e ir até o centro da cidade para ver se Moose está por lá..."

Carter olhou para ela e ela achou difícil sustentar o seu olhar. "Eu vou procurá-lo", disse ele.

"Ah, eu sou apenas uma velha com mania de se preocupar. Não há necessidade de ninguém ir. Logo mais ele vai estar aqui..."

O telefone tocou, e Sharon correu para atender.

"Deve ser Moose", disse a sra. Carter.

Mas Sharon voltou dizendo: "Era do boliche. Eles querem saber onde está o Moose e por que ele não apareceu".

Mas o sr. Carter já tinha vestido sua capa de chuva e estava saindo de casa a passos largos. Parou na garagem e escolheu um pedaço de madeira forte. Deu alguns golpes no ar para testá-lo e então sentou na direção do carro, colocando cuidadosamente o pedaço de pau no assento ao lado.

25

O rabino queria um tempo para organizar seus pensamentos antes de ir para casa, para decidir o que iria dizer a Miriam, ou melhor, como iria lhe dizer. Havia começado a chover assim que ele entrou no carro, e agora, enquanto dirigia sem rumo pelas ruas da cidade, caía uma chuva grossa, batendo no pára-brisa com tanta força que os limpadores não davam conta. De vez em quando o céu de repente ficava claro como o dia, com relâmpagos ofuscantes seguidos quase de imediato pelo barulho do trovão. Dava medo, e no entanto, como aquilo combinava com seu estado de espírito, dava também uma certa exaltação.

Queria conversar sobre aquele assunto com alguém antes de encontrar Miriam, mas não havia ninguém na cidade com quem ele tivesse a liberdade de conversar francamente, exceto — não pôde deixar de sorrir — Hugh Lanigan, o chefe de polícia, um irlandês agradável, de cara vermelha. Os dois tinham uma relação antiga, muito honesta — talvez, pensou com ironia, porque nenhum tinha nada a ganhar do outro. De repente percebeu como numa situação desse tipo, em que cada pessoa da congregação estava ou de um lado ou de outro, o rabino ficava isolado. Naturalmente havia Jacob Wasserman que, como uma espécie de veterano da congregação, costumava ficar acima das facções. Os dois sempre tinham gostado um do outro, e ele respeitava o discernimento e a compreensão do velho. Num impulso, virou o carro e foi até sua casa.

A sra. Wasserman era uma mulher maternal. Ao ver quem era, insistiu, até mesmo pegando-lhe no braço, para que entrasse, entrasse logo:

"Não faz mal, rabino, que importa se o tapete ficar um pouquinho molhado", disse enquanto ele limpava os pés no capacho.

"Quem é?", perguntou o marido, lá de dentro. "O rabino? Entre, rabino, entre. Deve ser algo muito sério para trazê-lo até aqui numa noite dessas. Mas estou feliz em vê-lo. Faz tempo que não o vejo. Ultimamente não é tão fácil para mim ir à oração da manhã. Sabe como é — se o tempo não está muito bom, fico na cama mais um pouco. Becker está aqui comigo; jantou aqui hoje. Se o senhor quer falar em particular, ele pode fazer companhia à minha mulher na cozinha. Eu não ficaria com ciúme. Mas se são negócios do templo, então quem sabe o senhor gostaria que ele ouvisse também."

"Sim, acho que pode ser uma boa idéia", disse o rabino.

O velho levou-o até a sala, e sua esposa os seguiu. "Veja, Becker, tenho outra visita", exclamou. E para a esposa: "Por que você não faz uma xícara de chá para o rabino?".

"Acabo de encontrar o senhor Gorfinkle", disse o rabino, e lhes contou o que havia transpirado. Francamente, esperava que a notícia explodisse como uma bomba. Mas em vez disso os homens ficaram impassíveis.

"Quer dizer que ele ameaçou não renovar o seu contrato no outono?", perguntou Becker, para certificar-se de que tinha compreendido bem.

"Não. Ele disse que iria recomendar que o contrato fosse cancelado agora."

"Ele não pode fazer isso; o senhor tem um contrato. Além disso, é uma coisa que tem de ser votada pela diretoria inteira."

"E daí?", disse Wasserman dando de ombros. "Eles lhe pagam o dinheiro que falta, e se Gorfinkle tem a maioria, que diferença faz se for votado pela diretoria inteira ou não?"

O rabino esperava que Becker reagisse com hostilidade. Em vez disso, olhou para Wasserman e disse: "Conto para ele?".

De novo o velho deu de ombros: "Que hora melhor do que essa?".

"De certa forma, rabino", começou Becker, "é engraçado o senhor vir aqui hoje à noite. Sabe, hoje Meyer Paff veio me ver. Parece que vai haver uma divisão no templo, e Paff queria que eu e Wasserman ficássemos com ele."

"E vocês concordaram?"

"Para nós é fácil, rabino. Como nós dois somos ex-presidentes, somos membros permanentes da diretoria. E entrar em outro templo é apenas questão de pagar uma anuidade extra. É como uma doação. Mesmo quando eu era presidente, era membro da sinagoga de Lynn, e Jacob é membro tanto de Lynn como de Salem. Mas enquanto Meyer Paff me explicava o assunto, o nome do senhor entrou na discussão. Paff me pediu que conversasse com o senhor para entrar no novo templo, com um contrato a longo prazo e um aumento de salário. Era isso que eu estava discutindo com Wasserman logo antes de o senhor chegar."

O rabino olhou para Wasserman, mas o rosto do velho estava impassível. "Eu não imaginava que o senhor Paff era meu fã", disse para Becker.

"Olhe, rabino, não vou tentar enganá-lo. Tenho certeza de que, embora Meyer Paff aprecie seu trabalho, a esperança dele ao convidá-lo é que o senhor atraia outros membros. E o senhor nem dá importância a uma melhora na sua situação?"

"E como eu estaria melhorando minha situação, senhor Becker?"

"Seriam mais três mil dólares por ano, e um contrato a longo prazo. Mesmo que esta briga com Gorfinkle não tivesse acontecido, o senhor nem tem certeza se seu contrato seria renovado. Acho que isso representa uma melhora na sua situação. Se o senhor não tem certeza, pergunte à sua esposa, que é quem faz as compras no mercado."

Mas o rabino replicou: "Na situação atual, senhor Becker, sou o rabino dos judeus de Barnard's Crossing. Sou o rabino da comunidade toda, e não só de uma determinada sinagoga. E é assim que considero a minha função. O rabino não faz parte da mobília do templo".

"Mas o cantor..."

"O cantor é diferente. Ele precisa de um templo, ou pelo menos de uma congregação, para exercer sua função. Ou será que ele pode cantar sozinho, para si mesmo? Mas o rabino não precisa. Sem dúvida, se a comunidade continuar a crescer, mais cedo ou mais tarde será fundado um templo reformista e uma parte dos nossos membros vai sair e entrar nele. E sem dúvida irão conseguir um rabino. Mas essa divisão se dará por motivos ideológicos, e portanto é justificada. O rabino deles será o rabino dos judeus reformistas de Barnard's Crossing, enquanto eu permaneço o rabino dos judeus conservadores."

"Mas acontece de uma congregação se dividir", insistiu Becker.

"Com demasiada freqüência, talvez. Se a divisão não ocorre por motivos ideológicos, então é por motivos geográficos. Os judeus começam a sair de uma área e mudar para outra, e como ir de carro à sinagoga é considerado uma profanação do sábado, funda-se outra sinagoga para que se possa ir a pé. Isso também seria razoável.

"Mas a divisão que vocês estão planejando não é nem ideológica nem geográfica. Vocês vão ter no novo templo o mesmo tipo de judeus que freqüentava o velho, e o serviço será praticamente igual. Na verdade, vocês estão criando um templo para fazer concorrência, e gostariam que eu fosse o seu rabino. Não, obrigado. E tampouco eu continuaria no meu emprego atual nessas condições. Uma sinagoga não é um empreendimento comercial, em que a competição é boa para os negócios. Mas vocês vão acabar pensando na sua sinagoga desta maneira, e vão forçar Gorfinkle e o grupo dele a terem essa mesma mentalidade. 'Venha para o nosso templo — temos ar-condicionado e cadeiras mais macias. Nosso cantor tem a voz melhor, e nosso rabino dá sermões mais curtos e mais interessantes. Venha comemorar seu Bar Mitzvá ou seu casamento no nosso salão. Também oferecemos bônus e descontos aos clientes.' "

"Escute aqui, rabino..."

"Meyer Paff não precisa de mim. Um templo não precisa de um rabino, nem um rabino precisa de um templo. As funções de um rabino no templo — liderar as orações e dizer os sermões — são a parte menor dos seus deveres. Quanto à primeira, qualquer garoto de treze anos pode desempenhar; a segunda — não é para a maioria das pessoas um alívio quebrar a monotonia e o tédio do serviço religioso? Não, senhor Becker, não tenho nenhuma intenção de ser a nova atração de um novo templo."

"Mas se o Gorfinkle conseguir os votos para botar o senhor para fora..."

O rabino olhou para Wasserman, numa pergunta silenciosa.

O velho abriu os braços. "Neste mundo, rabino, em primeiro lugar a gente tem de ganhar a vida. Veja, Paff está lhe oferecendo um emprego, e até um salário maior. Tudo bem, talvez as condições não sejam perfeitas. E onde é que elas são perfeitas? Mas é um emprego, é um ganha-pão, um *parnusse*."

O rabino mordeu os lábios, vexado. Pensara que pelo menos Wasserman fosse compreender. "E por acaso Barnard's Crossing é o único lugar onde eu posso ganhar a vida? Não, senhor Wasserman, se esta divisão realmente acontecer, não vou aceitar contrato nem do grupo do senhor Paff nem do senhor Gorfinkle. Vou-me embora de Barnard's Crossing."

26

Enquanto Stuart Gorfinkle dirigia, voltando de Lynn para o piquenique, sentiu um ressentimento nada razoável contra seus pais, especialmente seu pai. Por que havia sempre alguma condição para lhe emprestar o carro? Seus pais apenas iam jantar na casa de sua tia Edith; seu tio podia muito bem vir buscá-los. Pensou com seus botões, preocupado, se o pessoal teria encontrado abrigo em algum lugar quando a chuva caiu com força. E os relâmpagos, será que foram tão fortes na praia como na estrada para Lynn?

A chuva amainara; agora era apenas uma garoa forte. Em Tarlow's Point estacionou e foi descendo pela vereda. Quando chegou ao bosquezinho de pinheiros, viu que não havia ninguém na praia. Julgando pelo lixo, as latas de cerveja vazias e os sacos de celofane, percebeu que todos foram embora às pressas.

Viu então uma flecha desenhada num tronco de árvore. Cauteloso, seguiu até a casa e subiu a escadinha de trás. Encostou o ouvido na porta e tentou escutar, mas não ouviu nada. Deu a volta na casa, foi até a porta da frente e ouviu de novo; daí tentou uma batida tímida. Esperou, e desta vez achou que ouviu alguma coisa. Bateu de novo com mais força e chamou: "Sou eu, o Stu. Pessoal! Vocês estão aí?".

No mesmo instante a porta se abriu e seus amigos apareceram, amontoados na entrada.

"Ei, vocês me enganaram direitinho!"

"Achamos que você não ia voltar. Deixamos uma flecha feita com batom. Você viu?"

"Como foi que vocês entraram?", perguntou Stu. "A porta estava aberta?"

"Não, entramos por uma janela nos fundos."

"Bem", disse Stu, "é melhor a gente ir andando. A polícia costuma passar por aqui para dar uma checada. Eles têm uma lista de todas as casas vazias."

Todos se amontoaram no carro e Stu deu a partida. Do banco de trás Adam Sussman perguntou: "Escute, pessoal, e o Moose?".

"O que tem ele?", perguntou Stu.

"Ele está lá na casa. Ele desmaiou e tivemos de botá-lo na cama."

"É melhor a gente ir buscá-lo. Não podemos deixá-lo lá dentro desse jeito."

"Não tem lugar para ele no carro, muito menos no estado em que ele está."

"Ele não foi convidado para o nosso piquenique."

"Sim, mas foi ele quem nos salvou da chuva."

"Quero ir para casa", gemeu uma garota. "Meus pais devem estar morrendo de preocupação."

"Vamos andando, Stu", disse Bill Jacobs. "Depois a gente pode voltar para buscá-lo."

Por último Stu e Bill Jacobs levaram Didi para casa, e Alan Jenkins foi junto porque sua moto estava estacionada na garagem de Didi. A casa dos Epstein estava escura quando chegaram, e na mesa da cozinha Didi encontrou um bilhete de sua mãe: "Fomos ao cinema — talvez depois vamos tomar um café em algum lugar".

"Pessoal, vocês querem um café?", perguntou ela.

"Sim, alguma coisa quente cairia bem", disse Bill Jacobs.

"Eu devia ir pegando a estrada", disse Jenkins, "mas tudo bem, aceito um café também."

"Mas e o Moose?", perguntou Stu.

"Ele não vai apodrecer", disse Bill Jacobs, rindo. "Ele ainda pode durar umas boas horas."

Stu abanou a cabeça: "Do jeito que ele virou aquelas latas... Mesmo assim, a gente não imaginaria que a cerveja faria tanto efeito nele. No colégio eu vi caras que ficavam tomando cerveja a noite inteira...".

"Não foi a cerveja", explicou Bill Jacobs, "apesar de que ele tomou umas boas latas. O problema é que assim que entramos na casa ele encontrou uma garrafa de uísque. Daí ele veio com aquele mesmo truque — sabe, aquele negócio de jogar a cabeça para trás e virar tudo de uma vez. Ele deve ter tomado metade da garrafa em dois goles."

"Meia garrafa?", disse Stu, espantado. "E ele desmaiou? Completamente? Apagou mesmo? E o que vocês fizeram, deixaram ele deitado no chão?"

"No chão!" Bill ficou indignado. "Não, ora essa, pusemos ele numa cama."

"Bem, como dizem, do chão não passa", disse Stu.

Alan Jenkins riu e Bill disse, sério: "Do jeito que nós pusemos ele na cama, ele não vai cair para lugar nenhum".

"Nós encontramos uma capa de plástico", explicou Jenkins, "dessas de cobrir os móveis, e o enrolamos bem enroladinho."

"Como se enrola um bebê num cobertor", acrescentou Bill com satisfação.

Didi chegou com o café. Tomaram em silêncio, cada um imerso em seus pensamentos.

Stu disse então de repente: "Ei, como é que nós vamos entrar lá de novo? Espero que a gente não precise passar pela janela. Vocês fecharam a porta, não foi?".

"Não tem problema", disse Bill Jacobs. "Deixei a fechadura destrancada."

Jenkins botou a xícara na mesa e levantou-se, com preguiça. "É melhor eu ir andando. Tenho de acordar cedo amanhã."

"Escute", disse Bill. "Como o Stu vai dirigir, não tenho certeza se consigo dar conta do Moose, se ele começar a fazer alguma gracinha. Você não pode nos dar uma mão?"

Jenkins sorriu, abanando a cabeça: "Você está pedindo para a pessoa errada. Por mim, ele pode ficar lá até mofar. Se eu fosse vocês, esquecia dele".

Quando o ronco da moto de Jenkins foi morrendo ao longe, Stu perguntou: "Qual é o problema dele?".

Didi respondeu: "Moose ficou enchendo a paciência dele a noite inteira. Francamente, acho que Alan tem razão de não querer ajudar".

"Bem, isso nos deixa numa enrascada", disse Bill Jacobs. Foi até a janela e olhou para fora. "E a chuva começou de novo."

Ficaram sentados conversando, esperando a chuva amainar. De vez em quando um dos três ia até a janela para olhar as ruas castigadas pela chuva.

De repente um relâmpago iluminou o céu, seguido por um estrepitoso trovão, e a sala mergulhou na escuridão.

"Deve ter queimado o transformador", disse Bill Jacobs, olhando a rua escurecida. "Quem sabe foi uma pane no gerador; a rua inteira está escura."

"Tem alguma vela por aí, Didi?", perguntou Stu.

"A... acho que sim." A voz de Didi parecia amendrontada na escuridão, e Stu sentiu a mão dela procurando a sua. Ele passou o braço nos ombros dela e disse:

"Sabem de uma coisa? Em vez de ficar aqui sentados no escuro, por que nós três não entramos no carro e vamos até lá buscar Moose? Do jeito que a chuva está caindo, não vai durar muito".

27

O sr. Morehead pediu desculpas: "Acredite, senhor Paff, se eu não tivesse de ir buscar minha mulher no aeroporto...".

"Mas eu já combinei com as outras pessoas que entraram no negócio que iria encontrá-los lá na casa. O senhor podia ter me avisado antes."

"Ela era para vir amanhã, senhor Paff. Acabo de receber um telefonema dela do aeroporto de Nova York. Escute, de qualquer modo o senhor não precisa de mim. Vocês podem conseguir a chave no..."

"Não me mande procurar outra vez aquele filho da mãe do Begg. Ele vai me dizer que não pode sair nem um minuto daquela lojinha de dois tostões, e que não pode me dar a chave porque eu vou roubar a mobília. Mobília! Já vi móveis melhores num velório. Vou até lá com o caminhão e vou tirar de lá todos aqueles móveis horríveis, cheios de cupim."

O outro deu uma risadinha. "Begg é um velho ianque, é isso aí. Mas escute, que tal se eu deixasse a chave em Lynn?"

"Pois justamente tenho de tratar de um assunto no boliche de Lynn."

"Bem, então está ótimo. O senhor conhece a farmácia na esquina do meu edifício? Vou deixar a chave ali, e o senhor pode pegá-la."

"Tudo bem. Mas cuide para não haver nenhum problema. Dê o meu nome a eles, diga a eles como eu sou para não haver dúvidas quando eu for buscá-la."

"Não se preocupe, senhor Paff. E pode examinar a casa o quanto quiser. Apenas peço que apague as luzes e tranque a porta quando sair."

No boliche de Lynn o gerente o cumprimentou: "Sua esposa acaba de ligar, senhor Paff, e disse para o senhor telefonar para um tal de Kermit Arons".

Arons estava cheio de remorso. "Puxa, Meyer, você nem imagina o que aconteceu. Marquei o encontro com você para hoje, mas esqueci que é aniversário de casamento da minha cunhada. Ela está dando uma festança, e se eu não for é melhor começar a discutir agora mesmo com meu advogado meus direitos de visita aos meus filhos. Quer dizer que para esta noite é melhor você não contar comigo. Sinto muito."

"Mas temos de agir depressa, Kermit. Não podemos ficar enrolando."

"Então vai em frente. O que sei eu a respeito de imóveis? Se vocês disserem que está bom, para mim tudo bem. O que vocês decidirem, eu concordo."

Assim que desligou, o gerente veio falar com ele. "Escute, senhor Paff, o Moose está atrasado outra vez. Liguei para a casa dele e ele não estava. Eu ainda não jantei."

"Bem, por que você não dá uma saidinha para comer alguma coisa na rua? Eu fico no seu lugar, e arranjo alguém para ficar aqui hoje. O Frank, do boliche de Malden, disse que pode trabalhar qualquer noite menos sexta-feira."

"Bem, e se o Moose chegar?"

"Se ele chegar enquanto eu estiver aqui, vou despedi-lo. E se ele não aparecer vou lhe dizer amanhã que está despedido. Escute, não demore muito; tenho um encontro."

"Claro, senhor Paff. Vou só comer um hambúrguer e tomar uma xícara de café. Escute, conheço um rapaz de toda a confiança; tenho certeza de que se o senhor contratar..."

"Depois a gente conversa sobre isso. Vai comer."

O outro foi saindo, mas Paff o chamou de novo. "Escute, por acaso a polícia esteve aqui de novo desde..."

"Ah, não se preocupe, senhor Paff. Eu sei como lidar com eles."

"Bem, é isso que eu queria te dizer. Relaxe. Não deixe eles irritados. Compreendeu?"

"Claro, senhor Paff."

"Não discuta; coopere."

Enquanto o outro estava fora, o telefone tocou. Era o dr. Edelstein. "Meyer? Sua esposa me deu esse número e disse que você devia estar aí. Acabo de receber um chamado e tenho de ir até Lawrence dar uma consulta."

"Mas doutor, o Kermit Arons também não pode vir. Ele tem de ir ao aniversário de casamento da cunhada, e agora você..."

"A vida é assim, Meyer."

Estacionado debaixo de um poste de iluminação, do outro lado da Casa Hillson, Meyer Paff resolveu que esperaria só mais cinco minutos por Irving Kallen e depois iria embora. Era mais fácil conseguir dinheiro do que tempo dos seus amigos, refletiu com amargura. Não estava apenas aborrecido; sentia-se fisicamente desconfortável. Por causa da chuva, tinha de ficar com as janelas do carro fechadas, e lá dentro estava quente e abafado. Poderia entrar na casa, já que estava com a chave, mas lembrou-se do que Begg dissera sobre vândalos que já haviam arrombado a porta em várias ocasiões, e não quis entrar sozinho. Além disso, a casa, meio escondida atrás da cerca viva, parecia agora escura e atemorizante. E os raios e trovões não ajudavam em nada a situação.

Olhou o relógio e viu que já estava lá havia quase meia hora. Deu uma olhada insegura para a estrada e, não vendo nenhum carro, ligou a chave e foi embora.

28

"... Não, senhora, ligue para a companhia de eletricidade. Mas posso lhe dizer também que não há necessidade de ligar. Eles já sabem. Acabou a luz em todo este lado da cidade. Caiu um raio no gerador."

O sargento Hanks virou-se para o soldado Smith, que havia desabotoado a jaqueta e relaxava com uma xícara de café. "Rapaz, que noite! Umas cem pessoas já ligaram para a companhia elétrica, e quando não conseguem falar com eles depois ligam para nós."

Smith deu um sorriso compreensivo, mas o sargento estava de volta no telefone. "Departamento de polícia de Barnard's Crossing, aqui é o sargento Hanks... Sim, senhor Begg... Ah, sim, essa é uma das casas que as nossas viaturas sempre estão patrulhando... Não, senhor, não tivemos nenhum chamado... O senhor disse que a luz estava acesa?... Engraçado — acabou a força em todo este lado da cidade. O senhor não está com nenhuma luz acesa, não é verdade?... Ah, antes... Não, senhor, eu *não* estava falando com a minha garota nem com a minha esposa... Bem, sinto muito, faz uma hora que não paramos de receber ligações por causa da falta de luz... Sim, senhor, vou mandar uma viatura verificar..."

Virou-se na cadeira giratória: "Que filho da mãe!".

"Begg? Não há dúvida", disse o soldado. "Eu já lhe contei daquela vez que ele..."

"É melhor eu chamar a viatura", interrompeu o sargento. "É típico desse velho controlar a hora. Bob, está me ouvindo?... Aqui é Hanks... Quando você passou por Tarlow's Point?... Hã-hã... Bem, dê uma passada por lá, sim? Aquele velho Begg disse que viu uma luz acesa por lá... Não, logo antes do gerador pifar... OK."

29

Sentaram-se os três no banco dianteiro, com Didi entre os dois rapazes. Stu ligou o limpador de pára-brisa a toda velocidade para dar conta da chuva que batia com força. "Não tenho nenhuma inveja daquele Jenkins andando de moto neste temporal."

"Ah, ele pode parar em algum lugar até a chuva melhorar", disse Bill Jacobs.

Estacionaram em frente da Casa Hillson, e Stu tirou uma lanterna do porta-luvas.

"Ei", disse Bill, "a porta está aberta."

"Quem sabe Moose acordou e saiu", disse Stu, esperançoso.

"Pode ser, mas é melhor a gente dar uma olhada. Me dá a lanterna." Bill subiu a escada com Stu atrás. Abriu a porta da frente e iluminou a sala com a lanterna. Daí foi seguindo pelo corredor até o estúdio onde haviam deixado Moose. Parou na porta e jogou o facho da lanterna no sofá. Ali estava algo que parecia um gigantesco casulo de plástico, de um branco prateado.

Stu deu uma risada nervosa. "Puxa, vocês embrulharam ele direitinho. Mas por que cobriram a cabeça dele também?"

Mas Bill já estava no sofá. "Nós não o deixamos deste jeito. Me ajuda aqui!"

A figura estava completamente enrolada. Uma ponta da capa plástica cobria-lhe a cabeça, enfiada nas dobras que embrulhavam o corpo.

Bill Jacobs puxou com força essa ponta e, com a ajuda de Stu, desenrolou o resto da capa plástica. O rosto de Moose estava curiosamente branco. Bill Jacobs encostou a mão na testa e nas faces. Estavam frias. Passou a lanterna para Stu e começou a esfregar as mãos da figura deitada no sofá. Deixou-as então cair, com repugnância.

"O que acontece?", cochichou Stu.

"Acho que ele está morto."

Enfiou a mão debaixo da camisa para ver se sentia o coração bater.

"Assim não dá para ver", disse Stu. "Temos de encostar um espelho na boca dele."

"Não tenho espelho nenhum", disse Bill com violência. "Encoste a lente da lanterna."

Stu lhe passou a lanterna, mas Bill disse: "Vamos dar o fora daqui já".

Os dois foram saindo, primeiro andando e logo correndo. Desceram os degraus em atropelo e correram para o carro. Stu abriu a porta enquanto Bill dava a volta para entrar pelo outro lado.

"Cadê o Moose?", perguntou Didi, cedendo o lugar na direção para Stu.

"Não importa." Stu ligou a chave no contato, mas antes de engatar a marcha um carro veio a toda a velocidade e parou bem na sua frente, com os faróis altos batendo nos seus olhos. A porta de Stu foi aberta por um policial de revólver na mão. "Alto lá", ordenou. "Agora saiam, vocês três."

30

Harvey Kanter, cunhado de Ben Gorfinkle, era dez anos mais velho que ele. Embora em particular fosse ateu, radical e irreverente, em público, como editor chefe do jornal *Times-Herald* de Lynn, era republicano, conservador e firme defensor do *status quo*. Escrevia editoriais apoiando a censura aos livros, a oração obrigatória nas escolas, a lei e ordem nas cidades, e atacava o movimento hippie, as rebeliões estudantis e o bom tratamento proporcionado aos criminosos. Era um homem alto, magro e ossudo, com uma mecha de cabelo grisalho jogada para trás em desalinho. Tudo nele era impaciente. Era um homem nervoso, inquieto; não conseguia ficar sentado; ou levantava e ficava andando para lá e para cá, ou, se continuava sentado, escorregava para a frente na cadeira, ou dobrava uma perna, ou virava-se de lado se a cadeira era de braços, apoiando as costas num braço e as pernas no outro.

Sua atitude para com Gorfinkle era de uma certa gozação e desprezo, e sua esposa, Edith, também costumava adotar um ar de superioridade para com sua irmã mais nova, a sra. Gorfinkle. Mesmo assim, os Gorfinkle vinham jantar quando eram convidados, em parte por hábito, em parte porque, de uma maneira perversa, Ben Gorfinkle gostava daquelas discussões.

Depois do jantar os dois homens ficaram na sala de estar enquanto as mulheres tiravam a mesa e lavavam os pratos. Kanter mordeu a ponta de um charuto, e enquanto o acendia disse: "Ouvi o seu rabino falar outro dia. Já te contei?".

"Não", disse Gorfinkle, cauteloso. "Quando foi isso?"

"Mais ou menos uma semana atrás. Ele foi o orador na reunião da Câmara de Comércio."

"Eu não sabia que você ia a essas reuniões."

"Ora, alguém tem de representar o jornal, e eu fui sorteado. Até que o seu homem não se saiu mal."

"Sobre o que ele falou?"

"Ah, o de sempre — o lugar do templo no mundo moderno. Acho que nos últimos seis meses ouvi uma dúzia de padres, ministros e outros santos, e eles só sabem falar sobre o lugar da Igreja — ou, neste caso, da sinagoga — no mundo moderno. Imagino que se eles falam tanto sobre esse assunto é porque não é nada disso; mas o seu homem até que falou coisa com coisa."

"O que foi que ele disse?"

"Bem, o ponto principal, pelo que me lembro, é que o mundo civilizado moderno por fim está chegando nas atitudes que a sinagoga vem pregando há mais de dois mil anos — justiça social, direitos civis, direitos das mulheres, importância do estudo. A idéia dele é que finalmente, depois de quase dois mil anos, a religião judaica está entrando na moda."

"Muito interessante", disse Gorfinkle. "Tive uma longa conversa com ele — aliás, logo antes de vir aqui — mais ou menos sobre o mesmo assunto, mas aí ele adotou o ponto de vista oposto. Acho que existem pessoas que podem se colocar de qualquer lado numa discussão, dependendo da conveniência", acrescentou.

"Ele não me pareceu esse tipo de pessoa", disse Kanter em voz baixa. "O que aconteceu?"

"Bem, você sabe, como em qualquer organização, temos os dois partidos — o meu e o outro que se pode chamar de oposição, chefiado pelo Meyer Paff. Você sabe quem é."

"Sim, conheço Paff."

"Bem, nós queremos que o templo seja ativo em vários movimentos atuais — como por exemplo os direitos civis. E a turma de Paff quer mantê-lo como um lugar em que a gente apenas vai rezar na sexta-feira à noite e nos grandes feriados. E eu descobri que o rabino anda fazendo uma bela propaganda para o grupo de Paff. Assim, tive uma confrontação com ele."

"E como foi que terminou?"

"Eu lhe disse bem claro que não vou aprovar esse negócio, e que o grupo que eu represento — e somos uma boa maioria — também não vai aprovar." Inclinou-se para a frente na cadeira. "Veja, ele andava falando com a rapaziada — dizendo a eles que nós estamos errados. Ele é bem popular com os garotos, e estava planejando usá-los para influenciar os pais."

"E como ele reagiu?"

"Ah, empinou o nariz e disse que ninguém manda no que ele diz ou deixa de dizer; que ele é o rabino e que ele decide o que é correto dizer ou não."

"E então?"

Gorfinkle teve a agradável sensação de ter captado o interesse do cunhado. Desta vez suas palavras iriam dar um susto no outro e tirá-lo de sua costumeira altivez. Sorriu: "Então eu lhe disse que tive uma reunião com a maior parte da diretoria antes do nosso encontro e que nós decidimos que se ele se recusasse a seguir nossa orientação na próxima reunião vamos apresentar — e aprovar — um pedido para que ele renuncie".

"Você mandou ele embora?"

Gorfinkle inclinou a cabeça de lado: "Quase isso".

"Não é nada pessoal, naturalmente."

"Pois acho que estou de parabéns; conduzi a coisa toda muito bem", disse Gorfinkle com uma risadinha.

Harvey Kanter levantou da sua cadeira e foi até o outro lado da sala. Virou-se e lançou um olhar fixo para o cunhado. "Meu Deus, é incrível como vocês, pessoas boas e respeitáveis, podem meter os pés pelas mãos dessa maneira. Você é eleito presidente e ainda antes de esquentar a bunda na cadeira já começa a mandar gente embora."

"Uma organização não pode ir em duas direções ao mesmo tempo", protestou Gorfinkle. "Se nós queremos progredir..."

"Progredir? Por que raios vocês têm de progredir? Vocês acham que tudo tem um balanço que tem de ser comparado com o balanço do ano anterior, para mostrar que vocês estão progredindo? Que raio de progresso tem de fazer uma instituição que já dura dois mil anos?"

"Se é para ser uma instituição viva..."

"Ela tem de se juntar com a maioria, não é mesmo? Direitos civis, urbanização das favelas, oportunidades de trabalho para as minorias — tudo isso agora está na moda e é respeitado, de modo que todos os liberais e social-democratas, com seus corações tão generosos, tentam entrar na dança. Ora, vocês me dão nojo! Desde quando você virou tão liberal? Quantos negros você já contratou na sua Hexatronics?"

"Não sou eu quem contrata."

"Mas naturalmente você sabota aquele que contratar."

"Não tenho notado nenhum liberalismo na política do *Times-Herald*", disse Gorfinkle, seco, "e é *você* quem dirige."

"Eu dirijo para os donos, e dirijo à maneira deles. Ah, eu me prostituo, certo", acrescentou, alegre. "A maioria dos jornalistas tem de se prostituir. Mas eu não me iludo. Sou prostituto, mas não sou hipócrita."

"Pois tenho motivos para achar que o rabino Small é, e isso tem a ver com a minha decisão", disse Gorfinkle cheio de si.

"Por quê, ele não amarra os filactérios direito? Ou usa o xale de orações do lado do avesso?"

"Eu não sabia que você se preocupava tanto com rabinos e com a religião", disse Gorfinkle.

"Não me preocupo, e mal conheço o seu rabino. Só que não gosto de ver ninguém magoado." Examinou seu cunhado um momento. "E o efeito sobre a congregação? Você já pensou nisso?"

Gorfinkle deu de ombros. "Ele na verdade não tem seguidores, exceto talvez entre os jovens, e isso não conta. Na verdade foi na congregação que eu estava pensando quando tive essa conversa com ele. O fato é", aqui Gorfinkle abaixou a voz, "que eu estava tentando evitar uma divisão muito grave. Veja, há esse punhado de dissidentes — a velha-guarda, que se opõe a cada item do nosso programa. Pois bem, ou eles cedem ou vão ter de sair. Se saírem, isso não vai nos incomodar muito; são apenas umas vinte ou trinta pessoas. Mas se nós deixarmos o rabino continuar agindo, ele é capaz de agitar tanto a oposição que podemos acabar perdendo umas cem pessoas ou mais. Isso seria muito sério."

"De modo que a estratégia é silenciar a oposição?"

"E o que há de errado nisso? Por que deveríamos dar voz à oposição?"

"Porque é democrático. O governo faz isso."

Continuaram discutindo por muito tempo, e com freqüência em voz alta; e quando, bem tarde da noite, o casal Gorfinkle por fim se preparou para sair, nenhum dos dois homens tinha convencido o outro. Despediram-se com formalidade, como inúmeras discussões suas já haviam terminado no passado.

Cinco minutos depois de saírem o telefone tocou e Harvey Kanter atendeu.

"Departamento de polícia de Barnard's Crossing, aqui é o sargento Hanks. Posso falar com o senhor Benjamin Gorfinkle?"

"Ele acaba de sair."

"Ele está indo para casa?"

"Claro, acho que sim. O que acontece?"

"Vamos entrar em contato com ele lá."

"Um momento. Sou seu cunhado, Harvey Kanter, do *Times-Herald*. Aconteceu algum acidente? Alguém arrombou a casa dele?"

"Não, senhor Kanter, nada disso." E o sargento desligou, deixando Kanter a perguntar-se, inquieto, o que deveria fazer.

31

O sargento Herder, do departamento de polícia de Boston, era um homem de infinita paciência, e viu-se forçado a usar cada milímetro dela ao lidar com a mulher desgrenhada à sua frente. "Escute aqui, Madelaine, vamos ver se você coopera um pouquinho. Lembre-se do que eu lhe disse: aquele homem sabe que você o viu sair da casa de Wilcox, e pode ficar preocupado com isso e tentar fazer alguma coisa drástica. Está compreendendo?"

A mulher, fixando os olhos nele como se estivesse hipnotizada, deu um sim com a cabeça.

"O que é que você compreende?"

"Ele pode tentar fazer alguma coisa."

"O quê?"

Ela abanou a cabeça. "Não sei."

O sargento Herder levantou-se e foi rapidamente até a extremidade da sala. Ficou ali um momento, fitando a parede. Daí voltou devagar. "Ele pode tentar te matar, Madelaine, do mesmo jeito que matou Wilcox. É isso que ele pode fazer."

"Sim, senhor."

"Sim senhor o quê?"

"Ele pode tentar me matar."

"Isso mesmo. Lembre-se disso. Fique com isso na cabeça. Por isso nós temos de pegar esse homem antes que ele tenha a chance. E para pegá-lo temos de saber como é a aparência dele. Percebe?"

"Eu sei como é a aparência dele."

"Sei que você sabe, mas *nós* não sabemos, a menos que você nos diga. Vamos lá: como era esse homem? Era grande ou pequeno?"

"Médio."

"Que cor de cabelo?"

"Estava de chapéu."

"Certo, e que cor de chapéu?"

"Um chapéu de homem, comum."

"Chapéu comum. Muito bem. Agora veja, Madelaine, nosso sargento Donovan aqui é um artista. Ele desenha retratos."

"Eu sei o que quer dizer artista", disse ela com dignidade.

"Claro, claro. Veja, Madelaine, o sargento Donovan vai mostrar a você alguns desenhos de rostos, e eu quero que você lhe diga qual deles parece mais com aquele homem, o homem de que nós estamos falando, o homem que você viu. Compreende?"

Ela fez que sim.

"Mostre a ela um homem de chapéu, Donovan."

Ela olhou o esboço. "O chapéu era mais amassado."

"E que tal o contorno do rosto?"

"É, pode ser esse."

"Muito bem. Agora estamos chegando em algum lugar."

"Um momento", disse Donovan. Fez um desenho rápido e apresentou a ela outro esboço, totalmente diferente do primeiro. "Que tal este?"

"É, pode ser."

"Quem sabe o senhor deveria tentar outra vez as fotos de criminosos", sugeriu Donovan.

Herder abanou a cabeça em total frustração.

"Tenho certeza de que ela o reconheceria se o visse. Ela só não consegue descrever o sujeito."

"Nessas alturas, não tenho certeza nem se ela o viu mesmo."

"Foi a mesma coisa com o outro cara, o jogador de futebol, mas ela pegou o retrato dele na pilha que nós lhe demos."

"Isso aí." Voltou-se para a mulher. "Agora, Madelaine, vou te mostrar uma porção de retratos e você me diz se um deles é aquele homem. Certo?"

"Claro, sargento, o senhor é que manda."

32

Quando o telefone tocou, a sra. Carter tinha certeza de que era Moose. Entretanto veio uma voz estranha do outro lado da linha.

"O senhor Carter, por favor."

"O senhor Carter não está", respondeu ela. "Quer deixar recado?"

"É da delegacia de polícia de Barnard's Crossing. A senhora pode nos dizer onde podemos encontrá-lo? Ele deve chegar em casa quando?"

"Ele saiu logo depois do jantar. Um momento, estou ouvindo um carro chegar. Quem sabe é ele. Não desligue."

Ouviu a porta abrir e chamou: "É você, Raphael? Estão te chamando no telefone".

Carter atendeu: "Alô, aqui é Raphael Carter".

"Aqui é da delegacia de polícia de Barnard's Crossing. Sou o tenente Jennings. Por favor, o senhor quer esperar o nosso sargento Hanks? Ele vai até aí agora mesmo."

"Polícia? Que negócio é esse?"

"O sargento Hanks vai explicar", disse a voz do outro lado da linha, seguida por um clique quando o tenente Jennings desligou.

33

"Que engraçado, os pais de vocês todos saíram hoje à noite", disse o chefe de polícia Lanigan. "A que horas eles devem voltar?"

Stu deu de ombros.

Didi falou: "Só sei que encontrei um bilhete na mesa da cozinha dizendo que eles iam ao cinema. Não disseram qual cinema, mas sei que não é o Seaside em Barnard's Crossing porque eles já viram esse filme. Também podem estar tomando café em algum lugar".

"Bem, vou mandar o sargento telefonar a cada quinze minutos mais ou menos, até os encontrarmos em casa. Vocês, garotos, esperem aqui e nada de gracinhas."

Deixou-os sentados no seu escritório, os dois rapazes num banco junto à parede, Didi numa poltrona perto da janela. Ela parecia abandonada, com os olhos inchados. O choque de saber da morte de um rapaz que ela vira poucas horas antes, e depois ser detida na delegacia, a deixara num terrível estado de nervos. Agora, porém, já havia controlado suas emoções, e olhava melancólica pela janela para o pequeno gramado em frente à delegacia.

Stu chegou perto de Bill Jacobs e cochichou: "Sabe, acho que eles não vão nos deixar ir embora antes de nossos pais chegarem. Quem sabe eu deveria lhes dizer que eles estão na casa de minha tia Edith".

"Você falou que não sabia onde eles estavam", Bill cochichou.

"Não, não falei. Ele perguntou se nós sabíamos a que horas eles voltavam, mas não perguntou onde eles estavam."

"Acho que nós devemos ficar por aqui mesmo. Talvez quando ele telefonar e descobrir que nossos pais saíram, ele nos deixará ir embora."

Stu encostou-se para trás com ar infeliz, tamborilando nervosamente no braço do banco. Daí inclinou-se para a frente outra vez: "Sabe de uma coisa, Bill? Acho que nós deveríamos contar a ele sobre o Moose — quer dizer, sobre como nós o encontramos".

"Claro, por que não? *Você* está limpo", disse Bill com amargura. "Para você não importa."

"O que você quer dizer com isso?"

"Bem, você não estava dentro da casa durante a tempestade. E ele já estava morto quando você apareceu. Mas como é que eu fico, e como é que fica a Didi?"

"Mas eles vão descobrir mais cedo ou mais tarde."

"De que jeito? Pelo que ouvi os tiras conversando, eles acham que ele morreu de overdose de álcool."

"Sim, mas isso são os tiras. Depois que o perito médico examinar o corpo, ele vai saber que não foi assim que ele morreu. Ele é capaz de dizer se o sujeito morreu por excesso de álcool ou por asfixia."

"Não estou dizendo que nós não devíamos contar", Bill contemporizou, "mas acho que não devemos falar nada sem um advogado. E eles não podem usar nada disso contra nós", afirmou com uma segurança que não sentia. "É o que diz a lei."

"Talvez você tenha razão. Só gostaria que o meu velho estivesse aqui", disse Stu, infeliz. "Ele ia me dar uma tremenda bronca por eu ter me envolvido, mas saberia o que fazer. Ele daria um jeito para os tiras nos tratarem bem. Escuta, quem você acha que poderia ter feito isso?"

Bill deu de ombros: "Deixei a porta destrancada. Qualquer um podia ter entrado".

"Ei, e aquele tal de Alan Jenkins? Vocês todos disseram que Moose ficou pegando no pé dele o tempo todo. Hoje em dia os negros não aceitam mais esse tipo de coisa."

"E ele saiu da casa da Didi com tempo de sobra para voltar até lá."

"Eu sei."

34

"Ora, David, o que você esperava que ele dissesse? O senhor Wasserman é velho; é um homem prático. Sei como você se sente, mas às vezes a gente tem de ceder. Você mesmo já disse que o ganha-pão é necessário para se viver direito, que não se pode viver bem sem ganhar a vida." Ela já havia cuidado dele como uma galinha com os pintinhos, trazendo-lhe os chinelos e uma xícara de chá quente bem temperado com limão e uísque. "Beba, assim você evita um resfriado."

"Ganhar a vida é uma necessidade", disse ele, deixando-se cuidar. "Ganhar bem é um luxo. Não preciso de luxo para viver uma boa vida. Não rejeito, é claro; não sou ascético. Mas não preciso disso."

"Mas aonde quer que você vá, exceto numa cidade pequena como Barnard's Crossing, sempre vai haver mais de um templo. E isso significa concorrência."

Ele abanou a cabeça, cansado. "Você não compreende, Miriam. Pela força das circunstâncias, o rabino é pago por um templo ou sinagoga porque aqui na América essa é a maneira mais prática de recompensá-lo pelo seu trabalho. Mas ele não é empregado do templo, da mesma forma como um juiz é pago pelo Estado mas continua totalmente livre para agir contra o Estado num processo, se for preciso. E se o tribunal onde ele trabalha pegar fogo, isso não significa que ele vai perder todas as suas funções, suas responsabilidades, seus objetivos. Mas aqui, se o templo sofrer uma divisão, teremos uma situação feia. Os rabinos das duas instituições iriam se tornar trunfos nas duas campanhas para angariar novos membros. E eu não quero nada com isso."

"Mas se você insiste em ser o rabino da comunidade inteira, como você diz, isso implica morar numa cidade pequena."

"Bem, eu gosto das cidades pequenas. Você não?"

"Bem... gosto, mas uma cidade pequena significa uma comunidade pequena, e uma comunidade pequena significa um salário pequeno. Você não tem nenhuma ambição pessoal?"

Ele a olhou surpreso. "Claro. Se não tivesse, por que eu passaria tanto tempo estudando? Mas minha ambição é ser um rabino, não outra coisa. Não tenho interesse em usar o rabinado como trampolim para outro trabalho que paga mais e tem mais prestígio. Eu não gostaria de ser um grande rabino com um grande púlpito em algum templo de prestígio, onde ninguém nunca poderia me encontrar para conversar porque todos os dias eu teria compromissos para falar aqui e ali. Eu não gostaria disso", o rabino deu umas palmadinhas tranqüilizadoras na mão da mulher, "e você também não. Talvez você ficasse orgulhosa de mim por algum tempo, vendo meu nome ou minha foto na imprensa judaica. Mas depois de algum tempo a gente se acostuma com isso, como com tudo. Além disso, acho que eu não seria capaz de fazer isso, de qualquer maneira."

"Mas você tem de ceder um pouco, David, senão..."

"Senão o quê?"

"Senão teremos de mudar daqui."

"Já estamos aqui há quase seis anos. Mas você tem razão, não podemos estar sempre mudando. Em primeiro lugar, não é bom para Jonathan. E venho pensando uma coisa: onde quer que eu vá, haverá outros Gorfinkle e outros Meyer Paff."

"Então o que você pretende fazer?", perguntou ela em voz baixa.

Ele deu de ombros. "Bem, qualquer dia dessa semana vou até Nova York visitar Hanslick e lhe dizer que eu gostaria de ter outro cargo. Talvez eu considere a oportunidade de trabalhar no Clube Hillel."

"David, é por isso que você está sendo tão...", ela ia dizendo "teimoso", mas decidiu-se por outra palavra, "tão decidido sobre a situação aqui?"

Ele lhe lançou um olhar penetrante e sorriu. "Os católicos têm seus confessores, e os judeus têm suas esposas. Acho que eu prefiro o nosso jeito."

"Você está evitando minha pergunta", disse ela, mas não pôde deixar de rir.

"Será que estou? Sim, creio que sim. Bem, talvez esse seja um dos motivos. Você não gostou daqueles dois dias em Binkerton? Para falar a verdade, querida, estou cansado de brigar. Estou brigando há quase seis anos, desde que cheguei aqui. Eu estava preparado para enfrentar um pouco disso, mas achei que depois que ficasse bem estabelecido quem é o rabino aqui, eu poderia me concentrar no meu verdadeiro trabalho. Mas esse tempo todo precisei brigar só para poder ficar no cargo. Te digo uma coisa, estou cansado disso."

"Você teve uma discussão em Binkerton", ela observou.

"Aquilo foi diferente. Foi uma questão de princípios. Não sei, talvez esta seja uma congregação errada para mim. Eles são tão... beligerantes." Enfiou as mãos nos bolsos e começou a andar para lá e para cá.

"Bem, os judeus nunca tiveram fama de ser um povo passivo", disse Miriam com gentileza. "E por que seus filhos e filhas na universidade iriam ser diferentes?"

"Talvez não, mas tenho esperança de que as suas discórdias serão sobre assuntos de maior importância do que reservar ou não assentos permanentes na sinagoga. Mas é mais do que isso. Um rabino é basicamente um estudioso, um sujeito acadêmico. E para o estudo é necessário um certo tempo livre. Trabalhando no Clube Hillel, acho que eu teria tempo..."

"Mas aqui você *faz* coisas; lá no Hillel você estaria apenas lendo sobre elas."

"Pois eu bem que gostaria de ter uma chance de ler um pouco."

"Ora, você!...", ela se controlou. "David, você está com a cabeça nas nuvens. E o futuro imediato? Por exemplo, o *seder* de Páscoa do próximo domingo. É você que vai chefiar? Você já pensou nisso?"

"Não, não pensei. Mas agora que você está tocando no assunto, imagino que até que eu peça demissão ou seja mandado embora continuo sendo oficialmente o rabino, e vou dirigir a cerimônia. Naturalmente Gorfinkle, e seu novo Comitê do Ritual, pode resolver que é o cantor quem vai dirigir o serviço, ou até mesmo Morton Brooks, por ser diretor da escola. Isso não me incomodaria muito, já que sou um rabino provisório e tão incapaz. Além disso, na verdade o *seder* de Páscoa não é uma cerimônia comunitária; é uma cerimônia de família. O único motivo pelo qual fazemos um *seder* no templo é que muitos membros têm preguiça de fazer seu *seder* em casa, ou então acham que não são capazes de fazer."

"Mas se eles realmente pedissem para alguma outra pessoa dirigir a cerimônia, o que você iria fazer?"

"Eu? Iria ficar em casa."

"Mas..."

A campainha tocou.

"Quem pode ser a esta hora?", exclamou o rabino. "Já são onze horas."

Miriam correu para a porta. "Ora, é o senhor Carter. Entre, entre."

Carter entrou atrás da dona da casa e sentou-se na cadeira que ela lhe ofereceu. Sentou na beirada, com as costas eretas, sem tocar no encosto da cadeira. "Meu filho morreu", anunciou.

Um olhar chocado passou entre o rabino e sua esposa.

"Oh, senhor Carter, que horror", disse Miriam.

"Como foi que aconteceu?", perguntou o rabino em voz baixa. "Me conte. Há algo que eu possa fazer?"

"Talvez", disse Carter. "Hoje recebi um telefonema. Eu tinha saído, e eles ligaram justamente quando eu estava chegando em casa. Me pediram para ficar esperando um sargento da polícia. Quando ele chegou, queria que eu fosse até a delegacia com ele. Fiquei perguntando o que aconteceu, mas ele só dizia que eu iria saber quando chegasse na delegacia. Quando cheguei, o chefe de polícia estava lá, ele me contou. Ele quis que eu identificasse o corpo." Deu uma risadinha amarga. "Imagine, no ano passado a foto do meu garoto saía no jornal praticamente toda semana. A maioria das pessoas da cidade o conhecia muito bem. Moose foi o convidado de honra no banquete anual da Câmara de Comércio Júnior, no final da temporada de futebol. E mesmo assim eles queriam que eu identificasse o corpo."

"Acho que é uma formalidade necessária", observou o rabino.

"É, pode ser."

"Eles contaram como foi que ele morreu?"

"Não disseram nada de concreto, só que ele tinha bebido. Parece que ele bebeu muito mesmo. Bem, esse negócio é veneno. Ele ficou intoxicado, é isso aí. Essa palavra é latina, e significa veneno. O senhor sabia?"

O rabino fez que sim.

"Levaram o corpo para a delegacia", continuou Carter, "na ambulância da polícia. Abriram a porta da ambulância e ali estava ele, coberto por uma manta. A cabeça estava virada para a frente do carro, de modo que precisei entrar lá dentro. Lanigan entrou atrás de mim, e puxou a manta. Ele perguntou: 'Este é o seu filho?'. E eu falei: 'Sim, é o meu filho'. Daí eles me disseram que o encontraram na Casa Hillson. Ele estava deitado num sofá, cheirando a uísque. Lanigan disse que quando a pessoa bebe muito depressa, sem dar ao organismo uma chance de eliminar o negócio, pode ser muito perigoso. Então acho que foi isso que aconteceu."

"O senhor falou que talvez eu pudesse ajudar", disse o rabino. "Quer que eu tente conseguir mais informações sobre o que aconteceu?"

O carpinteiro abanou a cabeça: "Não, acho que foi assim mesmo que aconteceu, do jeito que Lanigan disse. Eu sabia que Moose bebia. Começou a beber ainda quando estava no ginásio". Fez outra pausa e continuou: "Lanigan me levou para casa de carro e eu tive de dar a notícia à minha mulher. Ela fez um escarcéu terrível. Lanigan chamou um médico e ele lhe deu um calmante. Eu não ia impedir, Deus que me perdoe".

"E como ela está agora?", perguntou Miriam com gentileza.

"Bem, neste momento ela está dormindo. Minha filha mais velha está com ela." Esfregou os olhos, como para afastar o sono. "Daí voltei para a delegacia para tomar as providências, para ficar com o corpo e lhe dar um enterro decente. E Lanigan me disse que eles talvez precisem fazer autópsia para ter certeza da causa da morte."

"Imagino que a lei exige isso", disse o rabino.

"Bem, não concordo com isso. Eu já sei a causa da morte, Lanigan me contou. Por que eles precisam retalhar o garoto?"

"Acho que eles precisam ter certeza."

"Que mais certeza eles precisam ter? Rabino, o corpo é o templo do espírito. Mesmo que o espírito já tenha partido, alguém tem direito de destruir o templo? Não concordo com isso. É contra os meus princípios religiosos." Fixou seus olhos penetrantes no rabino. "Veja, não estou comprando briga com a delegacia nem com as leis da cidade, mas se eu precisar brigar, vou brigar. Mas ouvi dizer que o senhor é amigo de Lanigan desde que chegou aqui na cidade. Pensei que talvez o senhor pudesse conversar com ele sobre isso."

"Não tenho nenhum direito legal neste assunto", disse o rabino. "Quer dizer, não sou advogado e não poderia agir como seu representante legal. O senhor já pensou em contratar um advogado?"

Carter abanou a cabeça. "Essa briga eu não quero agora, rabino. Quando chegar a hora de ir ao tribunal, vou arranjar um advogado. Neste momento estou pensando se o senhor não poderia convencê-lo, por mim e pela minha mulher."

"Tudo bem, vou falar com ele", disse o rabino. "Mas não espere muito. Lanigan não é do tipo que recusaria um pedido desse, a não ser que tenha um motivo muito forte e considere isso um dever, uma necessidade. E, se for assim, então creio que não vou conseguir convencê-lo. Mas posso conversar com ele, se o senhor quiser."

"Quando?", perguntou Carter, ansioso.

"Quando o senhor quiser."

"Que tal hoje? Agora mesmo?"

35

"Você entrou em contato com os Hillson?", perguntou Lanigan.

"Sim", disse o tenente Jennings. "Uma espécie de contato. Falei com a caseira. Uma bela duma megera. Ela disse que as meninas — imagine, meninas, a mais jovem tem setenta e cinco anos! —, bem, as meninas estavam dormindo e ela não ia acordá-las, e que eu devia ter vergonha de ligar a essa hora da noite, nem que eu fosse da polícia ou do exército nacional."

"Ela disse isso? Do exército nacional?"

"Foi o que ela disse, Lanigan. Ela até me bateu o telefone na cara, mas eu liguei de novo", ele sorriu, satisfeito, "e lhe disse que era melhor ela ficar na linha até eu terminar a conversa, senão eu iria avisar a polícia local para ir até lá buscá-la e trazê-la até aqui. Ela deve ter acreditado, porque não bateu o telefone de novo. Daí quis saber o que tinha acontecido, e quando eu lhe disse que não tinha tempo para lhe dar todos os detalhes ela falou que ia chamar a polícia, a polícia dela. Bem, de qualquer forma, acabou me contando que a casa está à venda, e que está nas mãos da imobiliária Bellmore, de Lynn, que tem exclusividade. Felizmente eu lembrei que essa imobiliária Bellmore no início se chamava Bell e Morehead, e que o diretor, John Morehead, mora aqui na cidade. Assim, liguei para ele, e ele me disse que ficou de encontrar um grupo interessado em comprar a casa. Disse que marcou encontro com eles lá na casa às oito e meia, e que deu a chave a um deles porque aconteceu um imprevisto e ele não poderia ir ao encontro."

"Ele disse quem eram eles?"

"Ele não sabia, exceto o homem que ficou com a chave. Esse era o único que estava tratando com ele."

"E quem é ele?"

"Meyer Paff. Ele é o..."

"Sim, já sei, o dono do boliche."

"Isso aí. Ele tem um boliche em Lynn, outro em Revere, aliás em toda a região, até Gloucester."

Os olhos de Lanigan brilharam. "Pois sabe que outro dia mesmo Kevin O'Connor me ligou para perguntar o que eu sabia sobre Meyer Paff? A polícia de Lynn anda investigando aquele boliche dele. Há suspeita de maconha."

"Ora, eles rondam qualquer lugar onde a garotada se reúne, e os garotos se reúnem nos boliches."

"Sim, mas veja bem. Nós encontramos maconha em Moose, e ele está morto. E descobrimos que há uma testemunha que pode jurar que nesse mesmo dia, mais cedo, Moose visitou esse tal de Wilcox em Boston. E parece que Wilcox é traficante de maconha. E ele também está morto. E onde nós encontramos Moose? Na Casa Hillson. E aqui está Meyer Paff, que é dono de um boliche que a polícia de Lynn desconfia que é um ponto de distribuição de maconha. E Moose Carter trabalha para Paff. E Meyer Paff tem a chave da Casa Hillson. E não só isso: ele tinha um encontro com algumas pessoas ali naquela noite."

"Sim, mas tudo isso é coincidência."

"Claro, e foi apenas a coincidência de que os dois tinham ligação com maconha que me fez ligar para a polícia de Boston, e foi assim que descobrimos que Moose tinha ido visitar esse Wilcox naquele dia. Você já ligou para Paff?"

Com seus olhos aguados de um azul pálido, o tenente Jennings olhou com desagrado para seu chefe. "Acabei de falar com John Morehead neste instante, Lanigan."

"Certo. Muito bem. Então vá buscar Paff."

"Como assim, hoje mesmo? Agora?"

"Claro. Traga ele aqui e mande ele redigir uma declaração. Assim ele vai dormir melhor."

Jennings deu um largo sorriso. "Entendi."

36

O chefe de polícia Lanigan ficou espantado quando viu seu visitante. "O senhor é vidente ou algo do gênero, rabino?"

"Como assim?"

O rosto largo e vermelho de Lanigan relaxou num sorriso amigável. Passou a mão por seus cabelos brancos cortados à escovinha e relaxou em sua cadeira giratória. Embora o sorriso continuasse no rosto, seus olhos azuis ingênuos estavam alertas. "Sempre fico contente em vê-lo, o senhor sabe disso, mas tenho certeza que o senhor não viria à delegacia numa noite chuvosa de segunda-feira só para dizer alô. Ou o senhor estava passando por aqui?"

"Estou aqui por causa de Moose Carter. O pai dele..."

"Não me diga que Carter é membro da sua congregação", disse Lanigan com um sorriso. "O senhor sabe que não tem nenhum direito legal nesse assunto, rabino."

"Estou aqui a pedido dele. Com certeza isso me dá algum direito."

"Algum, mas não o suficiente." Abriu ainda mais o sorriso.

O rabino não compreendia a atitude de Lanigan, mas foi direto ao assunto. "Você disse a Carter que o filho dele morreu de intoxicação por álcool. Tudo bem, ele aceita a sua conclusão, e agora só quer dar um enterro decente ao garoto. Pelo que entendi, você se recusa a lhe entregar o corpo, e já deu a entender que talvez peça uma autópsia. Acontece que Carter tem princípios firmes nesse assunto. Suas convicções religiosas vão contra essa idéia."

"Convicções religiosas? Ora bolas, esse sujeito é um maluco!"

"Não tanto quanto você pensa. Ele não seria contra a autópsia se fosse para encontrar a causa da morte, mas no caso você já sabe qual foi a causa da morte."

"É aí que o senhor se engana, rabino. Eu disse a ele que *achava* que era intoxicação por álcool; não disse que tinha certeza. Há um monte de coisas que precisam de explicação. O senhor conhecia o rapaz?"

O rabino fez que não.

"Era um rapagão grande, forte, pesava mais de cem quilos. A intoxicação por álcool, como o senhor sabe, depende muito do tamanho da pessoa. É preciso uma quantidade muito maior da substância para fazer efeito num homem grande do que num pequeno. A coisa funciona assim: se você bebe muito, e muito depressa, sem dar tempo ao corpo para se livrar daquela substância, os nervos que controlam o aparelho respiratório se paralisam, e a pessoa sufoca. E com base nas provas que temos simplesmente não nos parece que ele tomou uma quantidade capaz de matá-lo. E há também outros fatores. Venha comigo, vou lhe mostrar uma coisa."

Levou o rabino até uma salinha perto da entrada. Tirou do arquivo um grande envelope manilha e o esvaziou na mesa. Pegou uma bolsa plástica para tabaco, desenrolou-a e passou-a ao rabino. "O que o senhor acha disso?"

O rabino cheirou e depois pegou uma pitada dos flocos esverdeados. Com cautela, tocou a substância com a ponta da língua.

"Cuidado, rabino, o senhor está infringindo a lei."

"Quer dizer que isso é..."

"Maconha, fumo, marijuana, *canabis*. Encontramos isso aí no bolso de trás da calça de Moose. E esta é a carteira dele." Pegou-a por uma ponta e sacudiu-a bem na cara do rabino. "Contém duas notas de vinte dólares, novinhas. Agora me pergunte por que isso é tão interessante."

"Tudo bem, por que isso é tão interessante?"

"Porque até o meio-dia de hoje Moose Carter não tinha um tostão no bolso. Ele ia para Boston, e precisou pedir à mãe dois dólares para o ônibus."

"Quer dizer que estava vendendo esse negócio?"

"Talvez. Mas o que torna a coisa realmente interessante é que hoje mesmo, de manhã, um homem foi assassinado em Boston, no South End, um sujeito chamado Wilcox. Recebemos a notícia pelo telégrafo. A delegacia de narcóticos de Boston já vinha desconfiando dele há algum tempo. Logo antes da hora de fechar, ele foi ao banco descontar um cheque de quinhentos dólares e recebeu o dinheiro em notas de vinte. E como as notas eram novas, os números são consecutivos. De modo que quando encontramos o fumo com Moose liguei para a polícia de Boston pensando que talvez houvesse uma conexão. E foi aí que ficamos sabendo do dinheiro. Wilcox tinha quatrocentos e sessenta dólares consigo quando foi encontrado, e as duas notas na carteira de Moose têm os dois números seguintes."

"Você quer dizer que Moose matou esse Wilcox?"

"Não. Na verdade temos certeza de que ele não matou, porque Moose foi visto saindo de lá e Wilcox ainda estava vivo."

"Quer dizer que é certeza que Moose foi até lá?"

"As duas notas de vinte dólares são uma boa prova", disse Lanigan, seco. "Para mim, é uma prova suficiente."

"Mesmo assim, ele poderia ter conseguido as notas com alguém que as pegou de Wilcox."

"Poderia, mas não conseguiu. Em Boston há uma testemunha que viu Moose indo visitar Wilcox. O senhor compreende então por que eu ainda não estou liberando o corpo?"

O rabino concordou com a cabeça.

"Certo!" Mais uma vez Lanigan abriu um sorriso: "E agora me pergunte como foi que nós encontramos Moose, para começar".

"Conte." Por algum motivo, o rabino estava apreensivo.

"Recebemos um telefonema do vizinho do lado, um homem chamado Begg, que disse que viu uma luz acesa na Casa Hillson. Daí mandamos nossa viatura checar, e eles chegaram bem a tempo de pegar dois rapazes saindo de lá. Estavam com o carro estacionado diante da casa, com uma moça na direção. Agora essas pessoas podem interessar ao senhor, rabino, porque um deles é filho do presidente do seu templo, e os outros dois, Bill Jacobs e Diane Epstein, também são do seu pessoal."

37

"Você está preocupado com alguma coisa, benzinho?", perguntou Samantha Epstein, tomando seu café.

"Preocupado? Não. Por quê?"

"Bem, você está muito quieto hoje."

"Ah, eu estava só pensando — como será que Ben Gorfinkle se arranjou com o rabino?", disse Roger Epstein. "Ele bem que podia me ligar e contar como foi."

"Mas eles foram à casa da irmã dela em Lynn. Sarah Gorfinkle comentou isso outro dia, quando eles vieram aqui. Imagino que Ben apenas explicou ao rabino qual é a nova política do templo e disse que espera que ele a acompanhe."

"É justamente esse o ponto. Pelo que conheço do rabino, ele não é o tipo de homem que se deixa mandar e desmandar."

Samantha levantou os olhos. "Você quer dizer que ele é teimoso?"

"Não, não é bem isso. É que ele sabe muito bem no que ele acredita. A maioria das pessoas não sabe, compreende? E ele também não é do tipo que faz alguma coisa que acha errada."

"Mas se Ben lhe falar..."

"Tudo bem, digamos que Ben lhe fale e ele recuse?"

"Ora, mas ele não tem de acompanhar Ben? Ou há alguma lei judaica sobre isso? Quer dizer, não é como um padre que é nomeado para uma paróquia pelo bispo. Vocês podem lhe pedir que vá embora, não podem?"

"Sim, podemos. E foi isso que concordamos fazer no nosso encontro. Ben ficou de explicar tudo para ele, e se ele se recusasse ou se Ben achasse que ele não ia concordar — deixamos isso por conta do discernimento de Ben —, bem, então ele deveria dizer que a diretoria iria receber uma petição para que ele fosse afastado." Roger Epstein passou a mão nos cabelos. "Mas venho pensando nisso, querida, e já não tenho tanta certeza se foi uma boa idéia. Do jeito como Ben nos explicou, o rabino poderia usar o púlpito para ajudar a oposição, em todas as ocasiões — nos serviços de Shabat, no *seder* da semana que vem. Vai haver muita gente, também no serviço de Páscoa da outra semana. Isso sem falar em gente de todo o tipo que vem procurá-lo, ou que o rabino vai visitar, como essa garotada de ontem, que precipitou a coisa toda. Se nós não conseguirmos neutralizá-lo, é melhor despedi-lo, antes que ele nos prejudique de verdade. Esse foi o ponto de vista de Ben, e nós todos concordamos."

"Bem, parece razoável."

"Talvez, mas não posso deixar de sentir que Ben exagerou falando no que o rabino pode fazer, e até mesmo..." Epstein hesitou.

"O quê?"

"Eu, pessoalmente, estou me sentindo muito esquisito nesse negócio todo."

"Como assim, benzinho?"

"Bem, aqui estou eu, um novato no jogo. Fiquei membro da sinagoga poucos anos atrás, em parte porque Ben Gorfinkle insistiu comigo, e em parte porque pensei que, sendo uma instituição, eu poderia usá-la para adiantar as coisas que significam muito para mim — por exemplo, o Fundo de Ação Social. Mas ainda sou apenas um novato. Antes disso eu só ia ao templo uma vez por ano. E agora aqui estou eu, fazendo parte do grupo que está ditando regras para o rabino, até talvez o mandando embora, ele que passou a vida inteira mergulhado na coisa." Roger Epstein abanou a cabeça. "Estou começando a achar que é uma tremenda presunção da minha parte."

38

"Certo, de modo que começou a chover e vocês correram para dentro da casa", disse o rabino. "E daí o que aconteceu?"

"Bem", disse Bill Jacobs, "primeiro tentamos nos abrigar debaixo do beiral do telhado, já que não há varanda, mas começaram a cair muitos raios e trovões, e as garotas ficaram com medo. Os raios estavam caindo muito perto. Dá para saber porque o som do trovão vem logo depois do raio. A gente conta..."

"Eu sei, eu sei."

"Pois é, então Moose sugeriu que a gente entrasse lá dentro."

"Foi uma sugestão de Moose? Tem certeza?"

"Isso mesmo", disse Didi, "lembro que um dos rapazes – acho que foi Adam Sussman – perguntou de que jeito nós iríamos entrar, e Moose, com aquele jeitão de superioridade dele, disse que ia nos mostrar. Ele colocou a palma das mãos na vidraça e a girou. Com isso o vidro se solta da moldura. Daí ele pegou um objeto fininho – uma reguinha de plástico que ele tinha –, enfiou entre o vidro e a moldura da janela e empurrou." Com gestos, Didi demonstrava a técnica.

"Mas vocês não ficaram com medo de serem vistos?"

"Bem", disse Bill, "há apenas uma outra casa, onde mora esse tal de Begg, o que avisou a polícia. E Moose tinha certeza que Begg não iria nos incomodar."

"Daí um de vocês entrou pela janela e abriu a porta para os outros."

"Adam Sussman entrou. Ele era o menor, o mais leve. As meninas se recusaram."

"Vocês estão falando da janela dos fundos e da porta dos fundos, certo?"

"Certo."

"Mas vocês todos entraram na sala de estar, que fica na frente da casa. Por que isso?"

"Não queríamos acender as luzes, rabino, e a sala da frente recebe um pouco de luz da iluminação da rua. Além disso, acho que era a única sala que tinha várias cadeiras."

"E vocês todos ficaram juntos nessa sala?"

"Mais ou menos. Andamos um pouco pela casa logo que entramos, depois uma ou duas pessoas foram ao banheiro, mas de modo geral todos nós ficamos na sala, exceto Moose, naturalmente."

"Por que naturalmente?"

"Porque ele voltou com uma garrafa de uísque na mão, portanto deve ter explorado a casa."

"A garrafa estava cheia?"

"Ah, sim, completamente. Ele tirou o selo para abrir. E ele nos ofereceu, mas nenhum de nós bebe uísque, de modo que ele bebeu tudo de uma vez, do mesmo jeito que tinha bebido a cerveja lá na praia — só para se exibir."

"E aí?"

"Aí ele começou a fazer gracinhas."

"Como assim, Bill?"

"Ah, começou a paquerar as meninas, principalmente a Betty e a Didi."

"E o que os outros rapazes fizeram?"

Bill Jacobs ficou vermelho. "Bem, ele estava muito bêbado, quer dizer, ele não ia agarrar as meninas nem nada, então nós só achamos engraçado. Falamos para ele parar de brincar e ficar sentado, mas em geral não levamos a sério. Você não se aborreceu, não é mesmo, Didi?"

Ela fez que não.

"Daí a coisa de repente bateu, ele ficou todo vermelho e sentou. Começou a suar, estava com uma cara horrível. Daí falei para ele deitar um pouco. Ele achou boa idéia e tentou se levantar, mas caiu sentado de novo. Daí eu o ajudei, eu e o Adam tentamos trazê-lo para um escritório que eu tinha visto logo ali no corredor. Só que Moose é — quer dizer, era — bem grandão, e Adam é um cara pequeno. Daí chamei o Jenkins, aquele rapaz de cor, e nós três o levamos para aquele escritório e o deitamos no sofá."

"Compreendo."

"Quando nós o deitamos, ele viu Jenkins e começou a encher a paciência dele de novo — sabe como é, xingou, falou que não precisava de ajuda de negro nenhum, essas coisas. Ele estava se debatendo, tentou se levantar. Como o sofá estava coberto com uma capa grande de plástico, como aliás a mobília toda, sugeri que a gente o enrolasse nessa capa. E daí logo ele adormeceu."

"Como você sabe que ele estava dormindo?", interrompeu o rabino.

"Porque ele estava roncando."

"Certo. Daí vocês voltaram para a sala?"

"Isso. E daí o Stu chegou."

"E daí vocês voltaram para pegar Moose?"

"Isso", disse Bill. "Fomos de novo ao escritório onde o deixamos. Eu estava com a lanterna...", fez uma pausa e umedeceu os lábios. Olhou para Stu e Didi como numa pergunta.

"Continue", disse Stu com a voz estrangulada. "Conte tudo."

39

"Sim, tenho a chave da Casa Hillson", disse Meyer Paff, cauteloso.

"E o senhor esteve lá hoje à noite?", perguntou o tenente Jennings.

"Estive lá, mas não entrei. Escute, que história é essa?"

"Houve um probleminha, e estamos dando uma checada", disse Jennings, tranqüilo. "Bem, a que horas o senhor esteve lá?"

"Veja, eu tinha de encontrar uma pessoa às oito e meia. Me atrasei um pouco, e estava chovendo tanto que achei que ele talvez não viesse. Assim, quando cheguei lá e vi que não havia ninguém por perto, segui em frente."

"Não ocorreu ao senhor que essa pessoa que o senhor devia encontrar também poderia estar atrasada? Fico surpreso ao ver que o senhor não esperou nem um pouco."

Paff deu de ombros. "Na verdade, eram quatro pessoas que combinaram o encontro. Aí, primeiro um me telefona e diz que não pode ir. Daí telefona o outro, e esse também não pode ir. Aí fiquei aborrecido, sabe como é, chateado mesmo, e tive a sensação de que o terceiro também teria se safado do encontro se pudesse me avisar a tempo. Então, como já disse, estava chovendo a cântaros, com relâmpagos e trovões. Daí pensei, dois já me decepcionaram, então também vou dar minha decepçãozinha. E foi bom, pois quando voltei para casa e lhe telefonei ele disse que estava meio resfriado e não queria sair com aquela chuva."

"Bom, isso tudo é bem claro", disse Jennings, fechando seu bloco de anotações. "Mas só para esclarecer melhor as coisas, eu gostaria muito que o senhor viesse comigo até a delegacia e fizesse uma declaração."

"Mas então isso que eu estou fazendo é o quê?"

"Ah, estou falando de uma declaração formal. A taquígrafa pode anotar e o senhor assina."

"Bem..."

"Não vai demorar, talvez meia hora, por aí", Jennings garantiu.

"Tudo bem, dou um pulo na delegacia amanhã de manhã..."

"Acho que o chefe de polícia gostaria que fosse hoje mesmo."

"Como assim? Agora mesmo?"

"Por que não? O senhor ainda está vestido. Posso levá-lo até lá de carro em dez minutos, e depois o trago de volta."

Paff relutou, mas não conseguiu pensar em nenhum motivo para recusar. "Bem, está certo. Só vou avisar minha esposa e calçar os sapatos. Imagino que não preciso botar gravata", acrescentou, arriscando uma piadinha.

"Ótimo", disse Jennings.

Paff foi até a porta e parou. "Escute, afinal o que aconteceu? A casa foi arrombada, ou...?"

"Por que o senhor acha isso?", perguntou Jennings depressa.

"Bem, pelo que sei, isso já aconteceu antes."

Jennings fez que sim. "Sim, foi arrombada de novo, mas desta vez foi um pouco mais sério. Uma pessoa foi encontrada morta lá dentro. Na verdade, um funcionário seu", acrescentou placidamente.

40

"Detesto ter de dizer isso para um homem do clero..."

"Não sou um homem do clero."

"...mas o senhor tem uma coragem e tanto, rabino. Esses garotos me dizem que encontraram um colega morto e o senhor me pede para soltá-los?"

"Por que não?"

Lanigan foi marcando seus argumentos na ponta dos dedos. "Primeiro, porque eles são acusados de arrombar e entrar..."

"Não Stu Gorfinkle."

"Ele entrou na segunda vez."

"A porta estava entreaberta."

"Não vamos discutir ninharias, rabino. Isso também é entrar ilegalmente numa propriedade. Segundo, ficaram no mesmo aposento com uma pessoa que portava narcóticos."

"Eles não sabiam disso."

"A lei não faz diferença — pelo menos não aqui em Massachusetts. Terceiro, estavam presentes na casa em que um homem foi assassinado. Quarto, eles mesmos podem ter cometido o crime. E quinto, eles não informaram o crime às autoridades competentes. E o senhor vem me pedir para soltá-los!" Lanigan corou de indignação.

"Sim, estou lhe pedindo para soltá-los", disse o rabino, sobriamente. "Eles não são vagabundos; são filhos respeitáveis de pais respeitáveis, moradores da cidade. Se vocês precisam deles para um interrogatório, eles estarão disponíveis.

É claro que são culpados de arrombar e entrar na casa — eles já reconheceram isso, embora seja totalmente compreensível em vista da tempestade. Mesmo assim, se vocês resolverem processá-los por este motivo, eles aparecerão. Quanto à acusação de narcóticos, ela se baseia numa lei que, obviamente, não foi feita para ser tomada ao pé da letra — por exemplo, o senhor prenderia todo mundo que está dentro de um bonde se um passageiro estiver portando narcóticos? Não, a intenção da lei é permitir que você processe alguém que você acha, de fato, que está envolvido com narcóticos, mesmo que estejam em posse de algum companheiro. Ou o senhor está sugerindo que enquanto eles esperavam transporte para casa eles fumaram essa droga?"

"E o assassinato?"

"Que eles não informaram de imediato — sim, isso foi um erro deles, mas compreensível, ao meu ver. Eles são jovens, e estavam preocupados, não sabiam o que fazer. Tinham consciência de que a suspeita poderia cair sobre eles, e queriam discutir o assunto sozinhos — não se deviam informar a polícia ou não, mas de que maneira. Se o senhor acredita honestamente que um deles ou todos eles estavam de fato envolvidos no crime, então, digo mais uma vez, eles estarão disponíveis para um interrogatório." O rabino sorriu. "Em outras ocasiões, o senhor já foi receptivo a certas sugestões que eu fiz baseadas nos princípios do Talmude..."

"Lá vem o senhor tentar me convencer com esse negócio de pil... Como é mesmo o nome ?"

"Pilpul? Não, mas há também o princípio do *miggo*."

"Acho que o senhor ainda não me apresentou a esse. Como funciona?", perguntou Lanigan, sem conseguir disfarçar o interesse.

"Podemos chamá-lo de princípio de credibilidade por inferência. O rabino usa isso quando faz um julgamento. Baseia-se no princípio psicológico geral de que ninguém vai confessar um crime maior se puder confessar um menor ou mais vantajoso, pois 'a boca que amarrou é a boca que soltou'."

"Não compreendo."

"Deixe-me dar um exemplo clássico. Uma moça em idade de casar vem de uma terra distante para um lugar onde ela não é conhecida, e diz que, embora já tenha sido casada, agora está divorciada e livre para casar de novo. Deve-se acreditar na palavra dela, tanto em relação ao casamento como ao divórcio, pois ela poderia facilmente dizer que nunca foi casada, e não despertar nenhuma dúvida quanto à sua situação."

"Tudo bem, e como isso se aplica aqui no nosso caso?"

"Logo que os rapazes desenrolaram o corpo, não havia sinal de crime. Eles poderiam ter ficado quietos, e você assumiria que foi uma morte natural. Afinal, não havia marcas visíveis no corpo. Mas eles não fizeram nenhuma tentativa de esconder o que encontraram; eles contaram tudo isso a você. Assim eu penso, aplicando esse princípio do Talmude, que devemos acreditar neles, tanto no seu testemunho como na sua inocência."

Lanigan levantou da cadeira e ficou andando pela sala pensativo, enquanto o rabino, alerta, guardava silêncio. Por fim parou na frente do rabino e abriu os braços, exasperado: "O que o senhor quer que eu faça, rabino? Liguei para os pais deles e ninguém estava em casa. A moça disse que os pais estão no cinema; ela nem sabe dizer qual cinema. O senhor quer que eu telefone para todos os cinemas da cidade e mande chamar um sujeito no meio do público? Aquele garoto Gorfinkle acabou me dizendo que os pais estão na casa da tia dele, mas quando eu liguei eles já tinham ido embora. E os pais do Bill Jacobs — esses estão numa festa em Boston. Ele não sabe o nome das pessoas — ou diz que não sabe. O senhor bem vê que eu não posso soltá-los enquanto não encontrar os pais. Eles são menores de idade".

"É bem melhor deixá-los ir para casa. Se você esperar os pais virem até aqui, este lugar vai virar um manicômio com pais e mães histéricos, mais os advogados que eles vão trazer junto. Haverá acusações e recriminações e, o que é pior, amanhã a cidade vai estar cheia de boatos, que não só vão prejudicar uma porção de gente inocente mas também vão tornar a sua investigação dez vezes mais complicada e dez vezes mais difícil."

Lanigan abanou a cabeça com obstinação. "Se um desses garotos acabar se revelando culpado e eu deixá-lo ir embora quando já o tinha na mão, aqui na minha própria delegacia..." Interrompeu para perguntar a um policial que entrara e tentava chamar sua atenção: "O que foi, Tony?".

"Posso falar com o senhor um momento, chefe?" Os dois se retiraram para um canto da sala, onde o policial, sério, cochichou por vários minutos. O chefe lhe fez uma pergunta e obteve uma resposta em voz baixa. Daí, dizendo "Obrigado, Tony, foi uma boa ajuda", Lanigan voltou a falar com o rabino.

"Tudo bem, rabino, vou lhe dizer o que vou fazer: vou soltá-los sob a sua responsabilidade. O senhor tem de me dar a sua palavra de que eles estarão prontos para um interrogatório quando eu precisar deles."

Por um momento o rabino hesitou. Daí concordou: "Muito bem, posso fazer isso".

41

Estavam ali havia quase uma hora e ainda nem sinal de acordo. De vez em quando um deles apelava ao rabino, em geral para pedir apoio para sua posição, mas ele estava decidido a manter a máxima prudência e se recusava a se deixar levar. Quando Lanigan lhe pedira para organizar um encontro informal com todos os jovens que estavam no piquenique, ele objetou: "Não posso simplesmente lhes pedir; os pais também têm de concordar".

"Então peça aos pais. Explique a eles que eu apenas quero informações. Não estou tentando incriminar ninguém. Não há nenhum truque. Só quero ter certeza de conseguir a história completa."

"Eles vão querer que seus advogados estejam presentes", o rabino preveniu.

"Nada feito. Não vou querer um bando de espertinhos fazendo objeções cada vez que eu perguntar alguma coisa. Se um não fizer, o outro vai fazer."

"Que tal se eles concordassem em ter um único advogado?"

"Isso seria impensável. Além disso, mesmo se por algum milagre eles concordassem, esse advogado teria de ser supercuidadoso e não deixaria os meninos dizerem nada voluntariamente."

O rabino sorriu. "Nesse caso, acho que você não vai conseguir armar esse encontro."

"Ah, vou conseguir sim, mais cedo ou mais tarde", disse Lanigan, soturno. "Tenho uma clara acusação de arrombamento contra cada um desses rapazes e moças. Reconheço que havia circunstâncias atenuantes e que provavelmente nenhum juiz iria lhes dar uma sentença. Mas em conexão com o fato de que todos foram testemunhas diretas de um assassinato — creia-me, eu não teria nenhum problema em enquadrá-los na lei. E quando o ano escolar recomeçar eles vão ter um belo dum problema, e os pais também."

Assim, com grande relutância, o rabino concordou e ligou para o sr. Jacobs para pedir-lhe que reunisse todos.

Encontraram-se no seu estúdio, e depois de algumas observações preliminares explicando a situação, o rabino deixou a discussão inteira por conta deles. Sentado atrás da mesa, balançava na sua cadeira giratória, seguindo a argumentação que ia e voltava entre os pais. Gorfinkle permaneceu num silêncio nada típico, e o rabino, por sua vez, evitou olhar na sua direção.

"Se ele vai acusar a *minha* filha", exclamou a mãe de Betty Marks, "de estar metida no assassinato desse... desse jogador de futebol, ele vai ter de provar tintim por tintim. Que topete achar que *eu* vou permitir que *ele* interrogue *a minha filha* sem um advogado!"

"Tenho certeza de que ele não desconfia dela, senhora Marks", disse Roger Epstein. "Ele apenas deseja esclarecer esse negócio o mais rápido possível. Se nós não cooperarmos ele não vai chegar a lugar nenhum, e o caso não vai ficar solucionado."

"Bem, esse é o ponto de vista dele", disse a sra. Marks.

"Não, é o nosso também. Se o caso não for solucionado e o criminoso não for encontrado, depois de algum tempo a suspeita pode voltar-se sobre os nossos filhos, e isso não seria nada bom."

"Além disso", disse o sr. Schulman, "os garotos de fato forçaram a porta e entraram na casa. Não há dúvida sobre isso. Se nós não cooperarmos, ele pode acusá-los de arrombamento. Pois bem, a minha Gladys precisa voltar para a escola; ela tem exames assim que as aulas recomeçarem. Vocês acham que eu vou deixá-la perder o ano só para ser teimoso? E além disso eu confio na minha Gladys."

"Você está querendo dizer que eu não confio na minha Betty?"

"Claro, senhora Marks, tenho certeza que a senhora tem todos os motivos para confiar", disse Epstein depressa.

"Acho que o meu Bill tem cabeça para agir", disse o sr. Jacobs. "Eu estou disposto a cooperar."

"Sim, mas Bill foi um dos que descobriram o corpo", disse o sr. Sussman. "A situação dele, e também do Stu Gorfinkle, é diferente."

"Não acho tão diferente", disse Gorfinkle. "Afinal, Stu nem entrou na casa antes; só quando voltaram para pegar o rapaz."

"Você quer dizer que ele está limpo, e é por isso que você está tão disposto", observou o sr. Sussman.

"Nós vamos passar a noite inteira aqui se continuarmos discutindo deste jeito", disse o sr. Arons. "Afinal de contas, qual é o problema? O chefe Lanigan quer interrogar nossos filhos, todos juntos, de uma maneira informal. Ele com certeza tem o direito de interrogá-los, e nós temos o direito de ter um advogado presente. Assim, se ele os interrogar individualmente, vocês não acham que ele vai conseguir as respostas para tudo que queira perguntar, mesmo na pesença de um advogado? Se não conseguir de um, vai conseguir do outro. Vocês sabem, minha impressão é que esse Lanigan é um sujeito sincero. Acho que ele está jogando limpo. Não creio que ele está tentando aprontar uma armadilha para ninguém."

"Acaba de me ocorrer", disse o sr. Sussman, "se não houver nenhum advogado presente, então nada que for dito poderá ser utilizado como prova num tribunal. Assim, quem sabe estaremos melhor sem advogado."

"Muito bem pensado", disse Schulman.

"Isso mesmo. Quem sabe Lanigan quis ser tão esperto que acabou se enrolando."

"Mesmo assim, continuo achando que um de nós deve estar presente."

"Não sei o que Lanigan acharia disso", disse Jacobs. "Pessoalmente, eu não gostaria de ser o escolhido. Não gostaria de ter a responsabilidade, perante todos vocês, de aconselhar os seus filhos. Digamos que um deles fale alguma coisa prejudicial..."

"Digamos que a gente peça para alguém que não está envolvido, alguém neutro", sugeriu Roger Epstein.

"Quem, por exemplo?"

"Talvez", disse Arons, "o rabino aqui..."

42

O tenente Jennings deu uma olhada nas páginas datilografadas e as passou para Lanigan. "Aqui está a declaração de Meyer Paff, chefe. Nada de muito interessante, embora me pareça meio cautelosa."

"Todo mundo fica cauteloso quando tem de falar com a polícia", disse Lanigan. "Essa é uma das dificuldades da profissão." Leu alto a declaração: " 'PERGUNTA: Qual é o seu interesse na Casa Hillson? RESPOSTA: Estou pensando em comprá-la; ou melhor, somos um grupo que está pensando em comprá-la. PERGUNTA: Para qual propósito? RESPOSTA: Para um empreendimento comercial' ". Lanigan levantou os olhos: "Ele não disse o que era?".

"Não, chefe, ele ficou bem quieto sobre isso, e achei que eu não tinha direito de investigar, sobretudo porque não vi nenhuma relação. Afinal, se é algum negócio especial, é claro que ele não vai querer que transpire antes da hora."

"Quem sabe você tem razão. Mas ele falou quem é esse grupo?"

"Sim, depois ele menciona pelo menos alguns nomes. Tem um sujeito chamado Arons, que é pai de um dos garotos, e tem também o doutor Edelstein — esse você conhece — e tem um homem chamado Kallen, Irving Kallen. Paff tinha um encontro com eles no local, mas como ninguém apareceu ele foi embora."

"Engraçado", disse Lanigan. "Se ele chegou lá cedo, deveria esperar. E se chegou tarde poderia imaginar que os outros também iriam atrasar, e esperaria um pouco, pelo menos alguns minutos."

"Se o senhor ler a declaração, chefe, verá que não é assim. Edelstein e Arons lhe telefonaram antes para avisar que não iriam. E como a chuva estava muito forte, ele imaginou que Kallen também não iria." Debruçou-se na mesa para apontar um parágrafo: " 'Diminuí a velocidade, vi que não havia ninguém e a casa estava escura, e passei direto' ".

"Hã, talvez. Mesmo assim, ele tem aquele negócio dos boliches..."

"Desculpe, chefe, mas boliche é uma coisa respeitável hoje em dia. Alguns boliches têm mesinhas para se tomar um lanche, e há até alguns onde as mulheres trazem os filhos e deixam com uma babá enquanto elas jogam. Nos salões de bilhar é a mesma coisa. Sabe aquele no *shopping center*? Fui até lá uma noite enquanto minha mulher fazia compras no supermercado, e vi uma garota de minissaia debruçada na mesa, dando uma tacada. Dava para ver todo o negócio dela. Olha, fui obrigado a me levantar e ir embora."

"Ah, sem dúvida."

Jennings ignorou o sarcasmo do chefe. "Escute, o senhor acha que esse é o tal empreendimento da história da Casa Hillson? Que Meyer Paff e os amigos dele queriam transformar a casa num grande salão de boliche?"

"Pode ser. Mesmo assim, tem uma coisa que não cola com esse Paff."

"O que é que não cola?"

"É esse telefonema de Kevin O'Connor. Kevin é um idiota, mas afinal é um tira. Ele não iria me perguntar sobre Paff só para fazer fofoca. Estou achando que a polícia de Lynn de fato desconfia daquele boliche dele. De qualquer forma, é uma coincidência. E o fato de que ele tinha a chave da Casa Hillson é outra. E o fato de que ele foi lá de carro na mesma noite — ainda outra. Pensando bem, é muita coincidência."

"Sim, mas ele é um sujeito importante na comunidade. O que ele e os amigos dele podem ter a ver com um sujeito como Moose Carter?"

"Bem, em primeiro lugar, Moose trabalhava para ele."

"E...?"

"É uma conexão. Digamos, apenas como suposição", disse Lanigan devagar, "digamos que Paff estivesse distribuindo maconha. Lembre-se que muitos garotos freqüentam os boliches dele. Agora imagine, apenas como suposição, que depois de trabalhar lá por algum tempo Moose fica sabendo do negócio. Você sabe que tipo de sujeito ele era. Ele não iria avisar a polícia — ah, não. Ele tentaria arrancar um dinheiro de Meyer Paff para ficar quieto. Pois muito bem, Paff vai até a Casa Hillson para fechar esse negócio tão especial. Quando seus amigos não aparecem, ele pensa, já que está ali, pode muito bem dar mais uma olhada na casa. Vai de aposento em aposento e acaba vendo Moose. Quem sabe neste momento o garoto só lhe tinha dado uma mordida de alguns dólares. Ou quem sabe só aquele pacotinho de fumo que encontramos na calça dele. Mas Paff sabe que a coisa não vai parar por aí. Vai ficar pior. E daí ele percebe que pode encerrar a história apenas levantando uma ponta do plástico e enfiando para dentro."

"O senhor está dizendo que ele mataria o garoto para evitar uma chantagem? Me parece mais provável que ele esperasse até o garoto fazer de fato uma ameaça."

"Quem sabe ele esperou. Ou então, veja as coisas desta maneira: quem sabe ele não tinha a intenção de fazer alguma coisa drástica, mas de repente uma oportunidade se apresentou. Tudo o que ele tinha de fazer era enfiar para dentro uma ponta do plástico e sair andando."

"Beleza, chefe! Mas o senhor tem de reconhecer que é muita imaginação. Eu não prenderia ninguém com base nesse tipo de suposição."

"Ah, estou aberto quanto a esse assunto. Não dispensei aqueles garotos, nada disso. Lembre-se que todos eles conheciam Moose. Qualquer um deles poderia ter feito aquilo, tanto as moças como os rapazes. Quem sabe essas garotas estavam paquerando os rapazes e vice-versa. E, pelo que entendi, Moose estava fazendo muita gracinha. Sabemos que ele tentou brincar com as garotas, e quem sabe algum rapaz não gostou. Assim, quando ele desmaiou..."

"Certo, então agora o senhor tem os oito garotos — não, sete, porque Stu Gorfinkle não estava lá. Tem certeza que não consegue envolver esse aí também?"

Lanigan ignorou o sarcasmo de Jennings. "Não, não consigo encontrar nada para ele. Eu diria que ele está limpo."

"Então vou dar uma sugestão. Que tal o velho Carter?"

"Carter, o pai do garoto?"

"Padrasto."

"Certo. Tinha me esquecido disso. Mas que diferença faz? Ele adotou o garoto. Criou como se fosse seu. Aliás, quem era o pai do garoto?"

Jennings abriu um sorriso. "Nasceu de uma pulada de cerca. Não era filho de Carter, isso é certo. E o velho nunca se esqueceu disso. Sempre que ele tinha problemas com o garoto, e houve problemas com a polícia uma ou duas vezes, ele punha a culpa no nascimento do garoto. Uma vez, quando Moose se meteu num caso de vandalismo, ele me falou que era porque o garoto era filho do pecado e vinha de uma semente ruim."

"Puxa, essa é forte."

"Ah, é o que a gente espera desses caras religiosos. Bem, naquela noite Carter não estava em casa. Quando telefonamos, ele acabava de chegar."

"Acho que vale a pena saber onde ele estava", Lanigan reconheceu sem grande interesse. "Mais alguém?"

"Bom, tem aquele rapaz de cor, naturalmente."

"Naturalmente. Deve ser ele. Mesmo assim, não custa verificar todas as possibilidades."

43

O gerente do boliche de Lynn cumprimentou Paff: "Dureza o negócio do garoto, hein?".

Paff abanou a cabeça com tristeza: "Duro mesmo. Um rapaz jovem, bonito, um atleta...".

"Sabe, liguei para a casa dele, como o senhor mandou, para saber por que ele não apareceu, e falei com a mãe dele. Só de pensar que naquele momento ele já estava morto... sabe, me deixa arrepiado, imagine, eu perguntando a que horas ela o esperava para jantar, que coisa!"

"Pois é."

"O senhor tem alguém em vista para substituí-lo, senhor Paff? Porque, sabe como é, a vida continua, e eu não me importo de fazer horas extras umas duas noites por semana para ajudar o senhor, mas..."

"Vou conseguir alguém para te substituir... amanhã à noite com certeza."

"Se o senhor está com dificuldade para arranjar alguém, tem um vizinho meu que é um garoto bem esperto, sabe se virar."

"É mesmo? O que ele está fazendo?"

"Bom, neste momento não está fazendo grande coisa, só meio procurando alguma coisa."

"Bem..."

"Eu poderia pedir a ele para vir até aqui amanhã à noite, e o senhor podia falar com ele."

"No momento já estou com as coisas organizadas."

Um freguês bateu uma moeda no balcão com impaciência, e o gerente correu para atendê-lo. Ao voltar enfiou a mão no bolso e tirou um pedaço de papel. "Escute, senhor Paff, já ia me esquecendo. Por acaso um tal de senhor Kallen entrou em contato com o senhor outro dia? Ele ligou logo depois que o senhor saiu. Disse que tinha um encontro", procurou no papel, "na Casa Hillson, mas não ia poder ir. Escute, não é esse o lugar que..."

"Sim, já falei com ele. Escute, hã...", fez sinal para o gerente acompanhá-lo até a outra ponta do balcão. "No outro dia eu estava meio nervoso. Tive um dia duro, compreende?"

"Claro, senhor Paff. Todo mundo tem."

"Bem, caso alguém apareça para investigar — não é provável, sabe, mas caso apareça —, gostaria que você não dissesse que eu estava pensando em despedir o garoto. Isso pode dar uma impressão errada." Paff riu, sua gargalhada de baixo profundo. "Ora essa, eu não iria despedi-lo, imagine, um garoto da minha própria cidade."

"Claro, senhor Paff. Ninguém precisa saber."

"Quero que você coopere com eles, compreende? Diga-lhes tudo, mas não há necessidade de dar detalhes sem importância. Se eles perguntarem a que horas eu saí daqui, você lembra que foi às oito e pouco..."

"Não, senhor Paff, foi bem antes..."

"Não, foi depois, eram quase oito e quinze. E esse seu amigo — você acha que daria certo?"

"Ah, é um rapazinho esperto, senhor Paff."

"OK, acho que você sabe julgar bem uma personalidade. Diga a ele que venha amanhã à noite, e pode começar a trabalhar."

"Puxa, obrigado, senhor Paff! Deixe comigo, eu explico tudo a ele. O senhor não vai se arrepender."

44

O chefe Lanigan sabia que os jovens na sua sala estavam lá coagidos, e que se ele tentasse parecer amigável iriam desconfiar dele mais ainda. Assim, tentou ser franco.

"Não vou pedir a vocês que fiquem à vontade aqui porque sei que isso não é possível até que essa história se esclareça. Seria pedir demais. Mas ali tem café e uns biscoitos, e Coca-Cola para quem quiser um refresco. Podem se servir."

"Aceito um café", disse Adam Sussman.

"Eu também", disse Bill Jacobs.

"Gostaria de tomar uma Coca, por favor", disse Betty Marks.

O chefe Lanigan, com a ajuda do rabino, passou as bebidas e os biscoitos. Daí, quando estavam todos acomodados, ele começou: "Todos vocês participaram de um piquenique na praia de Tarlow's Point, na última segunda-feira à noite...".

"Um momento", disse Bill Jacobs. "Havia mais uma pessoa."

"Quem, Alan Jenkins?"

"Isso mesmo."

"Já pedi à polícia de Boston para entrar em contato com ele. Ele mora numa pensão, e a dona disse que ele foi para Nova York. Também já entramos em contato com a polícia de Nova York e pedimos a eles que o procurem. Enquanto isso, vamos tocando em frente sem ele. Bem, o fato é que em algum momento daquela noite Moose Carter apareceu e entrou no grupo de vocês. E logo depois o Stu Gorfinkle aqui teve de sair para buscar seus pais, e assim vocês estavam sem carro quando a tempestade começou. Vocês correram para a Casa Hillson, forçaram uma janela e se abrigaram lá dentro."

"Um momento", disse Adam Sussman. "Eu não estou admitindo nada."

Lanigan deu um suspiro. "Vamos esclarecer uma coisa, Sussman: eu não estou tentando pegar ninguém numa armadilha. Tudo que eu já disse e tudo que vou dizer posso provar facilmente. Estou apenas tentando descobrir o que aconteceu. O ponto que eu estava tentando provar é que todos vocês foram culpados de arrombar e entrar numa casa. Em vista das circunstâncias, seu comportamento tem uma certa justificação. Aquela tempestade foi aterrorizante. Além disso, parece que vocês não fizeram nada além de se abrigar. Não há nenhuma prova de vandalismo e parece que nada foi tirado de lá. Mesmo assim foi um arrombamento, e posso acusar vocês disso." Fitou um por um com um olhar incisivo.

"Isso é chantagem, não é?", disse Bill Jacobs.

"Sim", disse Lanigan com voz agradável.

"Então o que o senhor quer saber?"

"Vamos começar do começo", disse Lanigan. "Aconteceu tudo isso e depois você, Jacobs e Sussman o levaram até o estúdio. Agora esperem um momento." Foi até o armário do corredor e voltou com um pacote. "Parei na loja de ferragens e comprei uma dessas capas de plástico para mobília. É mais ou menos do mesmo tamanho do plástico daquele estúdio na Casa Hillson." Lanigan desdobrou o lençol no chão. "Agora, Gorfinkle, que tal você se deitar aqui, e Jacobs pode nos mostrar de que jeito ele enrolou Moose Carter."

Stu deitou-se no lençol de plástico e todos se inclinaram para observar. Mas Bill Jacobs abanou a cabeça: "Aquele plástico foi colocado meio torto no sofá, de modo que Moose estava deitado na diagonal. Vai, Stu, mexa essa carcaça. Isso". Começou então a demonstrar: "Primeiro, pegamos essa ponta e cobrimos o pé dele. Daí pegamos essa outra ponta e enrolamos bem apertada em volta do corpo, e enfiamos a ponta para dentro. Daí pegamos a ponta oposta, enrolamos e enfiamos debaixo dele, assim".

"E vocês disseram alguma coisa nessa hora, ou Moose estava desmaiado?"

"Não, estava xingando todo mundo, principalmente o Alan Jenkins."

"E Jenkins, disse alguma coisa?"

"Não que eu lembre, só que quando nós terminamos de enrolar e Moose adormeceu, Jenkins disse... mas foi só de brincadeira..."

"O que foi que ele disse?"

"Ah, disse que a gente devia enrolar a cabeça daquele maluco também." E acrescentou depressa: "Mas ele estava só brincando".

"Claro", disse Lanigan, tranqüilo. "Agora, quando vocês voltaram para a Casa Hillson e encontraram o Moose, de que jeito ele estava? Havia alguma mudança na maneira como ele estava enrolado?"

"Bem, esse canto aqui de cima tinha sido puxado e enfiado para dentro, onde as dobras do plástico se encontram."

"Mostre."

Stu reagiu: "Ei, espere aí!".

"Não se preocupe, Gorfinkle, nós não vamos te deixar aí", disse Lanigan.

Bill Jacobs levantou o canto superior do plástico, passou-o por cima da cabeça de Stu e enfiou a ponta por baixo.

Sue Arons deu um grito histérico: "Tira isso daí! Tira isso daí já!".

45

Na companhia dos outros Pearl Jacobs era alegre, meio tontinha, mas na privacidade do seu lar, com sua família, podia ser séria e astuciosa. Quando o marido acabou de descrever o encontro dos pais no gabinete do rabino, ela disse: "Não compreendo por que o rabino chamou você. Ele deveria chamar o Gorfinkle, que é o presidente".

"Ele disse que é porque o nosso Bill foi o único que estava envolvido no negócio desde o começo até o fim, mas naturalmente seu motivo real é que ele devia se sentir constrangido em chamar o Ben Gorfinkle depois que o Ben ameaçou botá-lo para fora."

"Aposto que Ben não seria eleito agora se fosse concorrer."

"Por quê? Porque ele cutucou o rabino? Você acha que *ele* é tão popular assim?"

"Não, quer dizer, não sei se o rabino é popular ou não. Sei que ele não tem um grupo especial de seguidores. E acho que alguns daqueles pais podem ficar ressentidos com ele por convencer os garotos a dizerem à polícia tudo o que sabem."

"Você acha mesmo?"

"Acho, sim. Eu mesma senti isso quando fiquei sabendo da coisa, mas depois percebi que isso teria de acontecer mais cedo ou mais tarde. Além disso, não gosto da idéia de um assassino solto por aí e..."

"E o que isso tem a ver com Ben Gorfinkle?", perguntou o marido, paciente.

Ela olhou para ele surpresa. "Simplesmente porque muitas mulheres acham que essa briga que ele começou na congregação não é tão boa idéia."

"Sim, mas as mulheres não votam."

"Não, mas muitas influenciam aqueles que votam. Além disso, nas congregações reformistas as mulheres também votam, e eu acho isso uma boa idéia. Seja como for, muitas mulheres com quem falei não gostam da idéia de se construir uma organização como essa e depois rachá-la em duas partes por causa de uma história boba de quem vai se sentar onde."

"Escute, Pearl, espero que você não fale assim lá fora. Nós não estávamos tentando rachar a organização. E o problema não é quem vai sentar onde; isso é apenas um detalhe. Temos um programa, e um programa muito bom, e a cada passo fomos obstruídos por Paff e o grupo dele. Já que não conseguimos que eles concordem com nada, não seria melhor se os dois pontos de vista, as duas filosofias, tivessem cada um o seu próprio mecanismo para fazer o que consideram mais importante, em vez de cada um ficar impedindo o outro de fazer qualquer coisa?"

Ela abanou a cabeça: "Mas não é *típico* de um homem falar assim? Você fala que nós não queremos rachar; só queremos fazer as coisas que causam um racha. E isso satisfaz a sua consciência. Pois vou te dizer uma coisa: as mulheres são muito mais realistas. Vocês são como um bando de garotos: acham que se a gente não der nome para uma coisa ela não existe. Mas você se dá conta do que significa um racha? Não é só que vai haver dois templos onde antes havia um só. Significa que vai haver dois grupos que vão manter distância um do outro. O pessoal de um templo vai ficar longe do pessoal do outro templo. Para os homens isso não faz tanta diferença — eles estão fora o dia inteiro, e à noite em geral estão tão cansados que não querem fazer nada. Mas as mulheres ficam por aqui o dia inteiro. Veja, por exemplo, eu e a Margie Arons; nós duas estamos na Liga das Mulheres, e somos amigas íntimas. Pois bem, o templo racha, eu fico numa sinagoga e Margie na outra. Você não acha que isso vai erguer uma muralha entre nós duas?".

"Mas de qualquer forma nós não encontramos os Arons socialmente", protestou ele.

"Nós, como casal, não visitamos o casal Arons porque você não gosta dele, e eu também não sou assim tão fã dele. Mas Margie e eu nos visitamos. E o que dizer das crianças?"

"O que tem as crianças?"

"Bem, se houver dois templos vai haver eventos diferentes, e as crianças de um templo não vão se sentir bem indo às festas e programações do outro templo. Veja o nosso Bill, que está lá naquela faculdade desconhecida numa cidadezinha de Minnesota de que nunca ninguém ouviu falar. Pelo que ele me diz, há menos de uma dúzia de famílias judias na cidade inteira, e praticamente nenhuma moça judia disponível para casar. Você acha que isso não me preocupa? Mas, pelo menos quando ele vem passar as férias em casa, aqui há uma porção de moças judias, e ele pode escolher à vontade. E agora você quer cortar fora a metade delas! Você quer que seu filho se case com uma moça não-judia, Deus nos livre?"

"Ora, Pearl, você está fazendo uma tempestade em copo d'água. Você acha que se Bill quiser sair com uma moça ele vai se preocupar em saber qual templo os pais dela freqüentam?"

"Não, mas ele vai ter menos chances de conhecer as moças."

"Bom, a sinagoga não é agência de casamentos."

"Há muitas coisas piores que ela poderia ser, especialmente numa cidade ianque como Barnard's Crossing. Por que você acha que as mulheres da irmandade trabalham tanto para tocar as coisas? Acha que é para vocês, homens, irem lá duas ou três vezes por ano resmungar suas orações? Nós fazemos bazares, damos festas, almoços, lanches, uma porção de coisas. Temos um grande programa educacional. E no fim do ano damos para a organização do templo um belíssimo cheque. Fazemos isso, creio eu, em parte porque ficamos ocupadas e é divertido. Mas Margie Arons faz isso também para aumentar as chances de que a Sue se case com um rapaz judeu, e eu faço para ajudar Bill a encontrar uma moça judia."

"O rabino..."

"Ele não sabe nada sobre isso; ele também é homem. Mas aposto que a mulher dele, a *rebbitzin*, também compreende."

"Estou percebendo", disse Jacobs, rindo. "E há quanto tempo vocês mulheres estão armando tudo isso? Quando vocês pretendem dar o golpe e tomar o poder?"

"Quem precisa disso? Vocês, homens, querem dirigir as coisas? Pois muito bem, vão nessa. Grandes figurões! Vocês parecem meninos com um brinquedo. Brincam, depois enjoam e quebram o brinquedo ou largam por aí jogado. Façam seus planos, nomeiem seus comitês, votem, passem suas resoluções, sejam — como foi que Ben Gorfinkle disse? — 'uma voz ativa para a reforma social na comunidade', ou aquilo que o rabino está sempre falando, 'uma casa de estudo e oração' — mas olha lá, não vão quebrá-la. Porque ela não é só para nós; é para nossos filhos também."

"Sei, quer dizer que as crianças também estão na coisa?", perguntou Jacobs com sarcasmo.

"Não menospreze as crianças. Às vezes elas têm mais bom senso do que os pais. Nosso Bill não é nenhum bobo. Ele conversou comigo outro dia. Estava preocupado, com medo que o rabino vá embora. Os garotos gostam dele e o respeitam. Foi por isso que Bill falou com a polícia — porque o rabino disse que ele deveria falar, e Bill confiou nele."

"A senhora Paff também pensa como você?"

"Ela não tem filhos, portanto não se sente como eu nesses assuntos. Mas quanto ao próprio Paff — se eu estivesse no ramo dele, que depende tanto da turma jovem, eu não iria querer a inimizade deles."

46

"Bem, o que você acha?", perguntou Lanigan.

"Acho que você não ficou sabendo de muita coisa nova, não é mesmo?", disse o rabino. "Mesmo assim, foram levantados uma série de dados que eu achei interessantes. Eles pareceram concordar unanimemente que foi Moose Carter que deu a idéia de invadir a Casa Hillson, e que garantiu que ninguém os veria."

Lanigan abriu um sorriso. "Claro, era mais seguro acusá-lo; agora ele não pode responder."

"Sim, há esse fator, naturalmente..."

"Achei interessante aquilo que a Didi Epstein contou: que Betty Marks namorou um bom tempo com Moose Carter ano passado."

"Você está dando importância para isso? Na ocasião você não perguntou mais nada a respeito."

"Achei que seria mais proveitoso investigar mais tarde."

"É mesmo? Eu considerei isso um veneno feminino bem normal", observou o rabino. "A única coisa que achei interessante foi a história da porta da frente."

"O que tem ela?"

"Bill Jacobs disse que ajeitou a tranca da porta da frente de modo que eles pudessem voltar para buscar Moose."

"Ah, sim", disse Lanigan. "E por que o senhor considera isso importante?"

"Porque significa que depois que eles saíram qualquer um poderia ter entrado."

"Alguém que soubesse disso", Lanigan interrompeu depressa. "Mas não faria diferença para alguém que já tivesse a chave."

"Quem, por exemplo?"

"Por exemplo, um homem chamado Paff. O senhor o conhece? Ele pertence ao seu templo."

"Meyer Paff?"

"Isso mesmo. Ele tinha uma chave da casa e estava por ali aquela noite, mais ou menos naquele horário."

O rabino Small não respondeu de imediato. "Olhe", disse por fim, "é óbvio que há muita coisa nessa história que eu não conheço. Não há razão para eu conhecer; é negócio da polícia. Mas se diz respeito aos membros da minha congregação e o senhor quer que eu coopere..."

"Fique tranqüilo, rabino. Eu estava planejando lhe entregar tudo." Foi até o armário do corredor e voltou com uma maleta. "Aqui está uma cópia da declaração de Paff."

O rabino leu o papel inteiro e depois levantou a vista e disse com gentileza: "Parece bem objetiva".

"Sem dúvida", disse Lanigan. "E mesmo assim há alguns aspectos interessantes no próprio fato de ele estar ali. Para começar, ele conhecia o garoto. Moose trabalhava para ele."

"O senhor Paff é membro do clube esportivo daqui da cidade e conhece a maioria dos atletas da escola. Com certeza ele conhecia Moose Carter."

"É apenas um pequeno detalhe. Mas aqui está outro: o boliche de Lynn está sob vigilância da polícia de Lynn. Eles suspeitam que seja um ponto de distribuição de maconha. Paff é o dono, e é ali que Moose costumava trabalhar à noite como auxiliar do gerente."

"Você está sugerindo que Moose distribuía a droga e que Paff o matou por causa disso?"

"É uma possibilidade", disse Lanigan, cauteloso.

"Quase tudo é uma possibilidade", disse o rabino, dando de ombros. "Mas duvido que você esteja falando sério sobre o senhor Paff..."

"Por que não?"

"Bem, para começar, acho que você não teria se dado ao trabalho de juntar todos esses jovens e interrogá-los a noite inteira."

"Com certeza", ele sorriu. "Mas ao contrário do senhor, rabino, achei esse encontro com os garotos muito esclarecedor."

"É mesmo?"

"De fato, eu praticamente provei aquilo que venho desconfiando o tempo todo, mas eu precisava fazer essa reunião para confirmar. Percebi um traçado bem definido nas coisas — e ele aponta, sem dúvida nenhuma, para Alan Jenkins."

"É mesmo?"

"Sim, tudo começou quando Moose chegou lá no grupo que estava fazendo piquenique. Ele começou a chatear o Jenkins, disso não há dúvida, e deixou o rapaz espumando de raiva. Todos eles concordaram nesse ponto."

"Mas Jenkins não reagiu. Nenhum deles disse que Jenkins respondeu alguma coisa", observou o rabino.

"É verdade, ele não teve nenhuma reação. Seria melhor se tivesse. Esse é um tipo de coisa que vai se acumulando dentro da pessoa. Ele não falou nada até que os outros começaram a enrolar Moose no plástico. Daí se saiu com essa — que eles deviam enrolar o plástico na cabeça dele. Bill Jacobs disse que Jenkins estava brincando, mas o senhor sabe que muitas brincadeiras — esse tipo de coisa que as pessoas falam à toa — na verdade têm um significado sério."

"Continue."

"Próximo ponto: Bill Jacobs deixa a porta destrancada. Agora, quem é que sabe disso? Só o próprio Bill Jacobs. O senhor se lembra que eu lhe fiz muitas perguntas sobre esse ponto. Ele foi o último que saiu, e foi ele quem ajeitou a fechadura. Pois bem, mais tarde, quando eles estavam na casa de Didi Epstein e combinaram voltar e pegar Moose, Stu Gorfinkle perguntou de que jeito eles iam entrar. Foi só aí que Bill Jacobs contou aos outros que havia deixado a porta destrancada. É aquele tipo comum de fechadura, com dois botões. Um solta a tranca e o outro prende. E veja bem — foi aí que Alan Jenkins disse que tinha de voltar direto para casa, porque precisava ir a Nova York no dia seguinte bem cedo."

"E o senhor acha que ele partiu a caminho de Boston e parou na Casa Hillson."

"Tenho certeza absoluta. Ele teve a oportunidade, isto é, tinha transporte — a sua moto. E tinha o motivo. Ele é o único que nós sabemos com certeza que tinha um motivo."

"Porque Moose Carter caçoou dele? Já ocorreu ao senhor que Jenkins pode estar sendo utilizado nessa situação delicada? Já pensou que provavelmente esse incidente foi apenas mais um de uma longa série de fatos semelhantes que ele já teve de agüentar durante a vida inteira?"

"O senhor quer dizer que a pessoa se acostuma. Claro, mas também é uma coisa que pode ir se acumulando. E essa talvez tenha sido a gota d'água. Pode-se ver a coisa de uma maneira ou de outra. Eu imaginaria que o senhor deveria estar feliz com o jeito como as coisas estão se desenrolando."

"Feliz? Feliz porque um rapaz que visitou a minha casa, mesmo por pouco tempo, é suspeito de assassinato?"

"Ora, rabino, sejamos práticos. Moose Carter foi assassinado; isso significa que alguém o assassinou. Agora, quem são os suspeitos? Bem, até agora foram os rapazes da congregação e Meyer Paff, que também é do seu pessoal. Eu imaginaria que o senhor ficaria feliz em saber que não são eles, que não é ninguém com quem o senhor tem uma ligação próxima, que é alguém que não é da cidade, um estranho."

"Ah, o estranho! Graças a Deus pelo estranho."

O rabino levantou e começou a andar para lá e para cá. "Nós, judeus, vamos comemorar a Páscoa daqui a uns dois dias. Em muitos aspectos, é uma festa única, singular, e nós a comemoramos de uma maneira toda especial. Começamos limpando a casa, tirando todos os alimentos e até mesmo todos os utensílios que utilizamos durante o ano inteiro, e durante a semana da festa nós não só compramos alimentos especiais mas os preparamos em utensílios especiais e os comemos em pratos especiais com talheres especiais, que são usados só naquela semana. Daí, na véspera da Páscoa fazemos uma festa, que se repete na noite seguinte. E as duas festas são precedidas por um ritual elaborado, em que a pessoa mais jovem presente na mesa pergunta qual é o significado dessa festa, das comidas diferentes que vamos comer e da maneira diferente de comê-las. E então nós, os demais presentes, explicamos que fomos escravos no Egito e que ali fomos oprimidos e que Deus respondeu aos nossos sofrimentos e nos tirou de lá com mão forte, nos libertando da escravidão e da opressão."

"Sim, rabino, conheço o motivo da festa. Mas o que o senhor quer dizer?"

"Quero dizer que a Páscoa não é apenas uma festa de agradecimento e alegria. Há várias festas assim, mas esta é a única que tem um ritual muito elaborado e específico, e inclui um conjunto especial de instruções, a Hagadá, para garantir que nós sigamos exatamente o ritual. E por quê?"

"Diga-me."

"Para gravar na nossa mente as lições que isso nos ensina", disse o rabino. "É algo para nos lembrarmos, como um fio amarrado no dedo, uma maneira de forçar na consciência e na memória certas coisas que as pessoas esqueceriam depressa, ou prefeririam nem pensar."

"Uma vez por ano, o papa lava e beija os pés dos mendigos", disse Lanigan.

"Justamente. E sem dúvida ele aproveita essa lição de humildade", disse o rabino, professoral. Daí acrescentou, como se refletisse melhor: "É uma pena que esse ritual não seja exigido de todos os membros da sua religião".

Lanigan riu. "Tudo bem, rabino. Mas o que é que essa sua festa ensina?"

"Ela é associada a um mandamento específico que é central nas nossas leis: 'E se um estrangeiro pernoitar contigo na tua terra, tu não deves maltratá-lo... Ele deve ser como os nativos entre vocês; pois fomos estrangeiros na terra do Egito'."

"O senhor quer dizer que eu estou sendo injusto com Jenkins porque ele é negro e é de fora da cidade?"

"Por acaso você já o interrogou e ele já confessou?"

"Ainda não o pegamos, rabino. Mas vamos pegá-lo. É aquela motocicleta dele — não é como um carro. O sujeito pode estacionar uma moto na calçada, num corredor, até mesmo num porão, e como é que se pode encontrá-la? Mas eu já avisei a polícia de Nova York, e eles vão encontrá-lo."

"Mas você não tem nenhuma prova real contra ele — só aquilo que você considera um bom motivo e a oportunidade."

"Ah, temos provas, sim", disse Lanigan. "Tivemos já naquela primeira noite, e é por isso que deixei seus garotos irem embora. Assim que os rapazes nos disseram como encontraram Moose e nós percebemos que era assassinato, mandei alguns homens revistarem a Casa Hillson, para ver o que podiam encontrar. E encontramos de cara. Há uma cerca viva bem alta em frente à casa, e atrás dela, escondida da rua, encontramos no chão de terra uma perfeita marca de pneu de motocicleta."

47

O carpinteiro entrou com timidez, tirando desajeitadamente seu chapéu antiquado, de abas largas, e a convite do rabino sentou-se na beirada da cadeira.

"Minha mulher achou que eu devia mudar de roupa", disse, explicando o terno preto que estava usando, os sapatos pretos bem engraxados, a camisa branca de colarinho muito apertado, a gravata larga, com desenho de flores. "Por respeito, o senhor sabe."

O rabino fez que sim, não porque tivesse entendido, mas como sinal para que o outro continuasse.

"Lanigan me chamou hoje de manhã e me disse para ir até lá providenciar o enterro. Disse que eles resolveram que não precisam fazer autópsia."

"Certo."

"Assim, tomei as providências e pensei em dar um pulo aqui para agradecer ao senhor."

"Eu não fiz nada, senhor Carter. Nada."

"Bem, acho que se o senhor não tivesse ido até lá na segunda-feira à noite..."

"Não, senhor Carter", disse o rabino com firmeza, "isso realmente não teve nenhuma influência. O chefe Lanigan estava se recusando a liberar o corpo porque tinha dúvidas quanto à causa da morte. E na verdade ele tinha razão. Quando ele descobriu que a morte foi por asfixia, consultou um perito médico, que lhe disse que era desnecessário fazer autópsia, pois eles não iam aproveitar nada com isso. Pelo que entendo, a intoxicação aguda por álcool resulta numa paralisia dos nervos que controlam a respiração, de modo que o efeito sobre o organismo é o mesmo que o da asfixia."

"Mesmo assim, continuo achando que se o senhor não tivesse ido lá eles iriam fazer a autópsia de qualquer maneira. Já ouvi dizer que os médicos costumam fazer isso — só para praticar, sabe como é", acrescentou, soturno.

"O senhor já tratou do enterro?", perguntou o rabino para mudar de assunto.

"Sim, vai ser uma cerimônia pequena, só a família. Não queremos muita gente; é só a família e um pastor amigo meu, que trabalhou comigo na campanha do flúor. Ele vai dizer algumas palavras."

"Acho que assim é melhor."

"Sabe, rabino, eu poderia ter salvo esse garoto." Carter cerrou os punhos. "Não vou dizer isso à minha mulher, mas para o senhor estou dizendo."

"Como assim?"

"Eu não escutei, rabino. O Senhor falou comigo, e eu não escutei."

O rabino levantou a vista com interesse. "Ah é?"

"Eu saí para procurar o Moose aquela noite. Fui até o centro da cidade e fiquei procurando pelos bares. Achei que iria encontrá-lo por lá. E como não o encontrei fiquei andando de carro à toa, subindo uma rua, descendo outra, sem direção. Acabei passando por Tarlow's Point. Ora, por que eu iria até lá se Deus não estivesse me orientando? Eu até diminuí a velocidade quando passei pela Casa Hillson. Então não era Deus dirigindo meus passos? Mas eu estava zangado com o menino, e isso abafou a voz de Deus. Se eu tivesse sido receptivo, Ele teria falado comigo e me dito onde procurar. Mas minha mente estava bloqueada, rabino, e a voz não conseguia passar."

"O senhor não deve pensar assim, senhor Carter."

"Sinto-me melhor depois de desabafar, rabino. Eu tinha de dizer isso para alguém, e não podia dizer para a minha mulher. Ah, eu sei que Deus age de maneiras misteriosas, e tudo faz parte de um grande plano que está além da capacidade da minha mente, ou então isso é um castigo para mim, ou talvez até para a minha mulher pelos pecados cometidos no passado. Mas quero que o senhor saiba que minha fé não vacilou — nem por um momento. E se a minha raiva tampou a voz, quem sabe isso também fazia parte do plano divino. Ou talvez foi para me ensinar que minha raiva é uma coisa má."

"Quer dizer que Deus iria tirar a vida do seu filho só para ensinar o senhor a controlar sua raiva?", perguntou o rabino, incisivo.

"Não sei, mas é obrigação dos Seus servos tentar compreender Deus. Por que então esse pensamento viria a minha cabeça?"

"Senhor Carter, nem todos os pensamentos que vêm à cabeça da pessoa são colocados ali por Deus. E nem todas as coisas que acontecem são obra de Deus. Se você vir a mão d'Ele em tudo que acontece, depois de um tempo você vai começar a acusar Deus pelas coisas ruins e desagradáveis que acontecem. Certas coisas são resultado dos nossos próprios erros, outras acontecem apenas por acidente."

Carter levantou-se. "Não gosto de ouvir o senhor dizer isso, rabino. Me parece que isso demonstra falta de fé, e eu não esperava isso do senhor. Mas quem sabe o senhor está dizendo isso apenas para me fazer sentir melhor." Levantou-se e foi a até a porta. Parecia magoado.

"O senhor vai descobrir, rabino", disse Carter dando-lhe umas palmadinhas no braço, "que se a pessoa tem fé no fim tudo acaba dando certo." Carter alegrou-se e seu rosto até relaxou num sorriso. "Aos poucos, eles acabaram pegando aquele sujeito negro que tirou a vida do meu garoto. Eles o estavam trazendo para a delegacia quando eu estava lá."

Carter se foi e o rabino virou-se para Miriam: "Onde está meu casaco? Vou até a delegacia".

48

Ben Gorfinkle telefonou de manhã para dizer que viria almoçar em casa. "Quero falar com Stu. Ele ainda não saiu, não é mesmo?"

"Ainda está na cama, Ben", disse a esposa.

"São onze horas. Você acha que talvez ele possa fazer o favor de levantar ao meio-dia, para eu falar umas palavras com ele?"

"Bem, você segurou ele até tarde ontem à noite, com todas aquelas perguntas sobre a reunião."

"Eu também fiquei acordado até tarde, não fiquei? Nem por isso deixei de me levantar a uma hora razoável."

"Bem, ele ainda é jovem, e os jovens precisam de mais sono. Está acontecendo algo de errado?"

"Só quero falar com ele. Diga para ele não sair até eu voltar para casa."

Terminou seu almoço espartano, um sanduíche e café preto, quando Stu, bocejando, apareceu de pijama e roupão.

"Que que há, papai?"

"Se você estivesse acordado, teria ouvido a notícia no rádio. Aquele sujeito Jenkins — foi preso."

"Ah é? E daí?"

"Falei com um advogado nosso lá na fábrica. Ele acha que foi um erro da nossa parte deixar Lanigan interrogar vocês sem a presença de um advogado."

"Bem, é claro, *ele* é advogado. O que você queria que ele dissesse?"

O Gorfinkle pai deu mentalmente ao filho uma boa nota pela perspicácia. "Bem, de qualquer jeito ele concordou comigo que o seu caso é totalmente diferente dos outros rapazes, e que se você jogar direito você não vai precisar se envolver de maneira nenhuma."

Vendo que o filho estava prestes a objetar, continuou direto: "Agora me escute, sim? Há apenas três coisas, três obstáculos que temos de superar. Primeiro, esse negócio de fazer piquenique em Tarlow's Point. Lá é uma praia particular, e vocês não tinham licença para entrar. Pelo que entendi, você não teve nada a ver com a decisão de fazer o piquenique lá; por outro lado, foi você quem dirigiu o carro. Só que nem a Câmara de Vereadores tem certeza se aquela praia é mesmo particular ou não. Na minha opinião, você está totalmente garantido se reconhecer que sabia que vocês iam para o Point. Diga apenas que você achou que fosse uma praia pública porque já houve outros piqueniques ali".

"Bem, claro..."

"Quer fazer o favor de ouvir! Tudo bem, você saiu de lá antes da chuva, e não teve nada a ver com o arrombamento da Casa Hillson. Certo? E quando você voltou — a primeira vez — você não entrou, entrou?"

Stu fez que não, sem saber onde o pai queria chegar.

"Você ouviu eles lá dentro, daí gritou avisando que tinha chegado, e eles abriram a porta. Certo?"

"Bem, eu bati..."

"Mas você ouviu que eles estavam lá dentro. Foi por isso que você bateu. Para avisar que você tinha chegado. Mas você não entrou. Foi assim mesmo, não foi? Você não entrou."

"Sim, eles é que saíram."

"Certo. Até aqui você está limpo. Você foi como um motorista de ônibus, ou de táxi, que leva um bando de gente para uma festa e depois volta para buscá-los. Ora, quando você voltou para pegar aquele rapaz, o Moose, foi aí que você cometeu um erro, porque você não tinha direito de entrar na casa. Uma coisa a seu favor, naturalmente, é que a porta estava aberta, e portanto você não a arrombou. E pense nisso: o tempo todo você estava pensando que seu amigo estava lá deitado, doente, talvez em estado grave, lá naquela casa..."

"Quem, Moose? Ele não era amigo meu coisa nenhuma."

"Era colega de classe, não era? Você nunca brigou com ele, brigou? Tudo bem, então era seu amigo. E ele estava doente..."

"Estava bêbado."

"Você não sabia disso; só sabia que ele tinha desmaiado. Foi o que eles te disseram. Desmaiar é uma coisa séria. Como você tinha carro, naturalmente achou que devia ajudá-lo." Gorfinkle olhou fixo para o filho, como se o desafiasse a contradizer a sua interpretação.

E quando o filho ficou em silêncio, debruçou-se para a frente e disse: "Agora, isso é importante, e quero que você preste muita atenção. Você não sabia o que havia de errado com Moose quando você o viu. Afinal, você não é médico. Você só sabia que ele estava ali deitado, quieto. Assim, a sua idéia foi sair de lá depressa e conseguir ajuda, chamar a polícia ou um médico. A idéia de que ele tivesse sido assassinado nunca passou pela sua cabeça. Você só sabia que ele não estava com aparência normal...".

"Mas tinha de ser assassinato, porque alguém enrolou o plástico na cabeça dele."

"Você não viu de que jeito eles o enrolaram no início, viu?"

"Não, mas..."

"Escuta, o que eu estou tentando te dizer é que você não esteve envolvido em nada disso. Você não escolheu o lugar; você não arrombou a casa; você só voltou para pegar Moose porque ele estava passando mal e você tinha carro; e por fim, quando você viu que ele estava muito mal, sua única idéia foi buscar ajuda para ele."

"Mas Didi e Bill disseram..."

"Você não pode se lembrar de tudo que eles disseram. Você só se lembra que falaram algo a respeito de Moose, e disseram que o colocaram na cama. Os detalhes você simplesmente não lembra. Você não estava lá; você não viu nada; você não sabe de nada."

"Certo, eu caio fora da jogada."

"Isso mesmo", disse o pai, ansioso.

Stu levantou. "E depois que isso tudo terminar, o que eu faço? Arranjo um novo grupo de amigos? Ou mudo de cidade? E como é que eu vou conviver comigo mesmo? Eu sei que sou apenas um cara burro, e você é um executivo esperto. Bem, talvez você seja esperto demais. Ninguém — com certeza não Lanigan — vai acreditar que eu tive só pensamentos nobres. Se eu de fato não estou envolvido, tenho certeza de que Lanigan não vai me envolver. Além disso, acho que você não está preocupado comigo." Foi até a porta e dali falou: "É com você, é com a sua reputação que você está preocupado".

A sra. Gorfinkle entrou. "Onde está o Stu? Já acabou a conversa?"

"Sim, já acabou a conversa", disse o marido com os dentes cerrados.

"O que aconteceu? Vocês brigaram de novo?"

"A gente trabalha, a gente sua, dá a vida", Gorfinkle estava falando consigo mesmo, "para quê, senão pelos filhos? E que agradecimento você recebe? Para eles você é um hipócrita, só pensa em você mesmo."

49

Alan Jenkins olhou com curiosidade para o rabino e para Lanigan. "Imagine, aquele cara ficou me chateando a noite inteira, e vocês ainda estranham que eu não quis ajudar a levá-lo para casa, para o papaizinho dele não ficar sabendo que ele bebeu? Por mim, eu queria mais é ver o velho dele esfolar ele vivo. Olha, rabino, eu não acredito nessa história de oferecer outra face, como vocês religiosos acreditam."

"Nós também não acreditamos. Essa doutrina é cristã. Nós consideramos que isso é tolerar o pecado."

"Ah é? Que interessante."

"Você preferiria ir à forra com ele?", sugeriu Lanigan.

O negro deu de ombros: "Nem pensei nisso, se o senhor quer saber. Eu só queria dar o fora. Lá só tinha garotada. A maioria são bons garotos — mas são garotos".

"Você só queria voltar para casa", adiantou o rabino.

"Isso mesmo. A noite já tinha sido bem pesada. Não era culpa da rapaziada, mas por outro lado eles também não ajudaram em nada. Eu só queria tratar de ir embora. Daí peguei minha moto na casa da Didi e me arranquei. Bem, eu ainda não estava longe quando começou a chover. Poderia voltar para a casa da Didi, mas daí lembrei daquela Casa Hillson, e eu sabia que a porta estava aberta."

"Qual ficava mais perto, a Casa Hillson ou a casa da Didi?", perguntou o rabino.

Jenkins deu de ombros: "Que diferença faz? A Casa Hillson era meu caminho. Para a casa da Didi, eu teria de voltar".

"E você não estava pensando no Moose ali deitado, bem enroladinho e indefeso?", perguntou Lanigan, sarcástico.

"Só depois que eu cheguei lá", disse Jenkins, animado.

"Mesmo assim, você teve o cuidado de subir com a moto na calçada e escondê-la atrás dos arbustos."

"Ora, claro, eu não tinha o direito de estar ali, mesmo que a porta estivesse aberta." Olhou para os dois para ver se compreendiam. "Daí entrei e tranquei a porta."

"Por que você fez isso?"

"Eles tinham dito que a polícia às vezes passa por ali e dá uma checada na porta. Daí olhei lá fora e vi um carro se aproximando. Quando chegou perto da casa, diminuiu a velocidade e foi passando bem devagarzinho, talvez como se o cara tentasse espiar lá dentro. Mas daí ele seguiu direto."

"Paff", disse Lanigan para o rabino. Este concordou.

"Com isso fiquei um pouco assustado", continuou Jenkins, "então abaixei as persianas. Eu tinha uma lanterna, mas daí percebi que dava para enxergar um pouco da iluminação da rua pelas persianas, portanto alguém que estivesse do lado de fora também poderia enxergar lá dentro. Então soltei aquelas cortinas pesadas de veludo até que ficou escuro como breu lá dentro, e daí achei que já estava em segurança para usar minha lanterna."

"Você entrou naquele quartinho para ver Moose? Ele estava bem?"

"Eu não precisava ir vê-lo; escutei os roncos dele. Dei uma espiada pelas cortinas e desta vez vi um carro estacionado debaixo do poste de iluminação, com um sujeito sentado na direção como se não tivesse a mínima pressa."

"O mesmo carro?", perguntou Lanigan.

"Não sei. Da primeira vez só vi o carro de relance; quase só os faróis. Mas naquele momento não pensei que fosse o mesmo, porque comecei a me preocupar com o terceiro carro."

"Terceiro carro?"

"Isso mesmo. Vejo um carro, e ele passa devagar. Vejo outro, e este pára e espera. Sabe o que diz o provérbio: os problemas vêm de três em três. O terceiro carro que chegasse, o sujeito sem dúvida ia entrar." Olhou para seus interrogadores, seguro de que sua lógica era inatacável e que eles compreenderiam.

"E todo esse tempo você não pensou nenhuma vez em Moose?", disse Lanigan, incrédulo.

"Claro que pensei", disse Jenkins. "Pensei nele ali deitado, como o senhor disse, bem embrulhadinho e indefeso."

"Ah." Lanigan arrastou sua cadeira para a frente.

"Daí achei que deveria me vingar um pouquinho. Só uma brincadeira besta de criança, mas algo para me fazer sentir melhor. Se eu estivesse levando minhas tintas, talvez pintasse a cara dele de preto. Isso me fez rir — imaginar a cara dele quando o pessoal o encontrasse pintado de preto. Pensei também em cortar o cabelo dele, talvez, algo especial como por exemplo desenhar minhas iniciais no cabelo dele. Ou talvez esconder os sapatos dele. Mas naturalmente para isso eu precisaria desembrulhá-lo, e eu não queria fazer isso."

"Naturalmente", disse Lanigan, seco.

"O senhor acha que eu estava com medo dele?"

"Na verdade, essa idéia me ocorreu", disse Lanigan.

Jenkins abanou a cabeça: "Eu nunca brigaria com ele diretamente. Por que eu haveria de fazer isso? Ele pesava vinte e cinco quilos mais do que eu. Mas se estivéssemos só nós dois na praia e ele começasse a me dizer gracinhas, eu teria jogado umas pedras nele. Não poderia fazer isso com o pessoal lá; eles não iam deixar".

"Mas agora eles não estavam lá."

"Pois é. E aí comecei a ficar maluco. Imagine, eu ali com aquela chance maravilhosa, e não havia nada que eu pudesse fazer. Daí me lembrei da cigarreira dele e resolvi pegar, para não perder a chance por completo."

"Você pegou a cigarreira dele?"

"Sim, eu tinha reparado nela durante a noite. De um lado tinha cigarros, e do outro lado, baseados."

"Baseados?", perguntou o rabino.

"Isso mesmo, maconha."

"E ele ficou fumando isso durante o piquenique?", perguntou Lanigan.

"Não, não, ele fumava dos normais, mas eu percebi os outros. Eu estava indo para Nova York na manhã seguinte, e achei que eles viriam bem a calhar. A cigarreira estava no bolso da camisa dele e eu tirei ela de lá e pronto. E quando voltei para a sala e espiei pelas cortinas de novo, vi que o carro tinha ido embora. Olha, eu não esperei mais nada. Me arranquei dali naquele momento."

"Naturalmente, você destrancou a porta para Stu Gorfinkle e Bill Jacobs poderem entrar", sugeriu o rabino.

Jenkins sorriu a abanou a cabeça. "Por que eu faria isso? Não, deixei trancada mesmo. Eles iam voltar só para salvar o tal do Moose. Por que eu haveria de facilitar o trabalho deles?"

50

O rapaz estava indignado. "Pois quando eu vi ele trazendo o preso para a delegacia, tentei tirar uma foto, mas esse tal de tenente Jennings não me deixou. Daí pedi ao chefe uma declaração, e ele disse: 'Sem comentários por enquanto'. Daí achei melhor ficar por ali e falar com ele quando as coisas se aquietassem. E aí, imagine só: chega um sujeito, que um policial me disse que é rabino da sinagoga da cidade, e entra na sala de Lanigan. E logo mais Lanigan e esse tal rabino saem da sala, e vão os dois até a cela interrogar o preso. Tento ir junto, e Lanigan fecha a porta na minha cara. Ora, se um rabino pode estar presente quando um preso é interrogado — e o preso não é judeu, porque é negro, então com certeza não se trata do seu conselheiro espiritual —, então por que um repórter não pode?"

"Tudo bem. Deixa pra lá." Harvey Kanter mandou o rapaz embora e pegou o telefone. "Alô, Lanigan? Aqui é Harvey Kanter. Como vai?"

"Tudo bem, e você?"

"Ótimo. E a patroa?"

"Tudo jóia."

"Tem notícias do seu filho?"

"Fazendo misérias na costa Oeste, pelo que me diz nas cartas."

"Que bom. Escute, o que você vai fazer domingo à noite?"

"Que eu saiba, nada."

"Bem, Edith está querendo fazer um jantar com frutos do mar — sopa de peixe, mariscos, lagostas, tudo isso. Que tal se você viesse com sua esposa?"

"Parece uma delícia, mas domingo não é o feriado de vocês?"

"Puxa vida, é mesmo." Deu uma risadinha. "Imagine, meu cunhado é presidente da sinagoga e eu preciso ligar para um católico para *ele* me dizer que domingo é o *seder* da Páscoa. Mas eu não comemoro há tanto tempo que não saberia nem por onde começar. Vou dar uma procurada em casa e ver se acho uma *kipá* para você pôr na cabeça, se com isso você se sente melhor. Combinado?"

"Claro, claro, mas tenho de falar com a Gladys..."

"Deixa que a Edith liga para ela. Escuta, já que estamos conversando, me diga, o que você anda fazendo com o rapaz aqui do meu jornal? Pelo que fiquei sabendo, você não quer dar nem bom-dia para ele."

"Ele é muito metido, Harvey. Por que vocês não ensinam um pouco de boas maneiras para esses repórteres?"

Harvey Kanter riu: "Hoje em dia a gente não consegue lhes ensinar nada. Eles saem da escola de jornalismo e já sabem tudo. Ele é um bom rapaz, mas anda assistindo muito à *Primeira página* na televisão e já acha que é um grande jornalista. Ele me falou que você está com o Jenkins aí. Ele já abriu o bico?".

"Ah, abriu sim..."

Kanter pegou um papel e um lápis.

51

"Ele está mentindo. Eu simplesmente não engulo essa idéia de que ele foi até a Casa Hillson, entrou por causa da chuva e daí ficou sentado na sala sem fazer nada, só olhando de vez em quando pelas cortinas para ver se o carro já tinha ido embora, totalmente satisfeito de estar quites com Moose só porque pegou a cigarreira dele. Se é só isso que ele estava planejando fazer, por que essa história de trancar a porta?"

"Talvez a polícia..."

"Tudo bem, digamos que sim, mas por que abaixar as persianas e depois fechar as cortinas? Não, rabino, eu tenho uma idéia diferente sobre como ele passou aqueles vinte minutos. Meu palpite é que ele entrou na casa do jeito como nos contou — até aí tudo bem —, mas tomou todas essas precauções com as cortinas e persianas porque estava planejando ficar ali por um bom tempo. Ele entrou no escritório onde Moose estava, passou a mão na cigarreira dele, depois enrolou o plástico na cabeça dele, como vinha planejando o tempo todo, e depois voltou para a sala para esperar."

"Esperar quem?"

"Não é quem, rabino, é o quê. Voltou para esperar até que Moose parasse de respirar. Motivo, oportunidade, método — ele tinha tudo. E mais ainda, quando ele disse a Bill Jacobs que deveriam enrolar a cabeça dele também, quando eles o cobriram — isso prova premeditação. E digo mais: não é engraçado que esse Jenkins, que não queria nem saber de ajudar Moose a voltar para casa, estivesse pronto para colocá-lo no sofá ali na Casa Hillson? Por que ele não disse naquele momento: 'Ele que vá para o inferno. Ele que fique aí jogado no chão'? Nós ainda não investigamos esse ponto, mas aposto que quando começarmos a preparar este caso com detalhes vamos descobrir que Jenkins foi o primeiro que sugeriu enrolá-lo no plástico."

"Sim, acho que você tem razão", disse o rabino com tristeza. "Tenho certeza que, sem querer ser injusto e sem nem pensar que você está sendo injusto, você vai sugerir isso a Bill Jacobs e ele vai acabar acreditando que é verdade."

"O senhor está dizendo que é fácil acreditar no que a gente quer acreditar. Certo", disse Lanigan. "Reconheço que é possível. É uma falha humana normal. Mas ela funciona de ambos os lados. Também é errado recusar-se a enxergar os fatos porque eles apontam para alguém de quem a gente tem pena. De qualquer forma, é um detalhe pequeno. O senhor ainda não me mostrou aonde o meu raciocínio está errado."

"O que está errado? Os dois rapazes, Stu Gorfinkle e Bill Jacobs, encontraram a porta destrancada e entreaberta. Jenkins disse que armou a fechadura para trancar. Ele não iria mentir numa coisa dessas. Não haveria por quê."

"Às vezes a tranca não funciona. Também o vento poderia ter aberto a porta."

"Tudo bem. Os rapazes disseram que encontraram o corpo com a cabeça coberta. Foi assim que perceberam que houve um crime. Se foi Jenkins quem fez e depois ficou esperando para se certificar que Moose estava mesmo morto, por que então ele não puxou para fora aquela ponta do plástico depois que o garoto se asfixiou? Seria uma coisa óbvia a fazer. Daria a impressão de uma morte acidental. Deixar o plástico por cima da cabeça era deixar uma prova de assassinato. Ele é um rapaz inteligente; ele perceberia que a suspeita cairia sobre ele."

Lanigan deu de ombros. "Quem sabe ele entrou em pânico."

"Depois de ficar sentado calmamente por vinte minutos?"

"Como o senhor sabe que foi calmamente? Quem sabe ele estava em pânico o tempo todo? E como podemos saber se ele ficou lá vinte minutos? Moose iria esgotar o oxigênio dentro daquele plástico em muito menos tempo. E esse carro que ele disse que viu parado na frente da casa – não acredito. O que alguém estaria fazendo ali naquela hora da noite, numa tempestade daquelas? Se fosse um casal de namorados, eles não teriam parado debaixo de um poste de iluminação. Acho que Jenkins disse isso para indicar que alguém entrou na Casa Hillson depois que ele saiu."

Lanigan continuou, convicto: "Não, rabino, vamos nos deter no essencial. Ele estava chateado porque Moose pegou no pé dele, como dizem os garotos, a noite inteira. A idéia de cobrir a cabeça dele já tinha lhe passado pela cabeça, tanto assim que ele fez essa observação. Lembre-se, Jenkins não negou que falou isso. Ele queria ficar quites com Moose. Ele até reconhece que entrou no escritório onde Moose estava deitado. E enquanto olhava para ele ali passando mal, lembrou-se de todas as coisas que Moose tinha lhe dito, pegou a última ponta do plástico, passou por cima da cabeça dele e enfiou bem para dentro. E se o senhor não concorda que foi isso que aconteceu, então o senhor tem de me aparecer com algum misterioso estranho que de algum jeito fica sabendo que Moose está lá, que tem como entrar na casa, que sabe que Moose está bem amarrado e então cobre a cabeça dele". Lanigan fez uma pausa de efeito. "As únicas pessoas que se encaixam nesse conjunto de detalhes, rabino, são os seus dois amigos, Stu Gorfinkle e Bill Jacobs."

52

Não ficaram contra a idéia, mas apenas não se entusiasmaram. E isso incomodou Roger Epstein. "Não compreendo! Nós devemos ser totalmente a favor da ação social." Virou-se para Brennerman: "Você disse que queria que a sinagoga se envolvesse. E você, Gorfinkle, pelo que entendi, a ação social é a chave do seu programa. Ou você só se interessa quando as coisas acontecem em algum lugar distante lá no Sul?".

"Não, Roger, claro que não", disse Gorfinkle, conciliador. "O problema é que a palavra-chave é justiça. Ora, você ouviu as notícias no rádio. Não só isso: liguei para meu cunhado no jornal para checar esse relatório, e ele disse que estava correto. Ele conseguiu as informações com o próprio Lanigan. Agora, talvez eu esteja errado, mas minha impressão é que este sujeito de cor — como é o nome dele, Jenkins? —, minha impressão é que esse Jenkins é culpado pra caramba. Se fosse um bando de caipiras racistas lá no Sul, jogando uma falsa acusação contra um rapaz porque ele é de cor, eu estaria preparado para entrar de cabeça na história. Mas esse sujeito aqui foi pego praticamente com a boca na botija."

"Também acho", disse Brennerman.

"Eu também", disse Jacobs.

"Não sei como vocês podem ter tanta certeza", disse Roger Epstein.

"Ora, vamos", disse Gorfinkle. "Você não vai acreditar que ele voltou lá na casa só para roubar um punhado de cigarros!"

"E lembre-se", notou Jacobs, "nossos próprios filhos estão envolvidos nessa história. Tanto o meu Bill como a sua Didi e Stu, filho de Ben."

"Claro, e se um deles se visse na posição desse rapaz?", perguntou Epstein. "Não importa se ele é culpado ou não; de qualquer modo ele tem direito a um processo justo."

"Mas ele vai ter, não vai? Estamos em Massachusetts, aqui não vai haver nenhuma multidão para linchar."

"Que processo justo ele pode conseguir se ele não tem nem advogado?", perguntou Epstein.

"Se é isso que está te preocupando, esqueça", disse Gorfinkle. "Que eu saiba, ele ainda não foi formalmente acusado. Quando for, o tribunal nomeia um advogado público se ele não tiver ou não puder pagar."

"Claro, só que o governo paga uma remuneração fixa para esse advogado público — algo na base de quinhentos dólares. E você sabe que tipo de advogado ele vai conseguir — algum garoto recém-formado em direito, que talvez nunca tenha defendido um cliente."

"O que você quer que a gente faça, Roger?"

"Precisamos mostrar que estamos falando sério e que temos a coragem de defender nossas convicções. Jenkins tem direito a um bom advogado — um bom advogado jurídico, alguém como Warren Donohue, digamos. Gostaria que a gente fundasse um Comitê de Defesa de Jenkins, para levantar fundos para ele. Podem escrever o que eu digo: até isso terminar muitas igrejas cristãs também vão estar envolvidas neste caso. Então por que não podemos ser os primeiros, em vez de ficar na rabeira dos outros?"

Gorfinkle tamborilou na mesa, considerando. "Bem, sabe de uma coisa, quem sabe você até tem razão. Mas os honorários de Donohue são muito altos."

"E daí?" Agora Brennerman estava animado.

"E será que nós conseguimos que ele se interesse pelo caso?"

"Se pagarmos os honorários dele", disse Jacobs, "por que não? Nossos dólares são tão verdes como os de outra pessoa qualquer."

"E se formarmos um Comitê de Defesa podemos oferecer a ele até um pagamento maior", disse Brennerman, "se fizermos as coisas direito."

"Podemos pedir fundos da comunidade inteira", disse Epstein, "mas teria de ser um projeto do próprio templo, não algo que nós apoiamos enquanto indivíduos."

"E isso se encaixa direitinho no nosso programa!", exclamou Brennerman.

"Agora, também apresenta problemas", disse Gorfinkle, "porque se o apresentarmos como um projeto do templo, o rabino vai ter algo a dizer a respeito. E nesse momento meu cartaz não está muito alto com o rabino. Na verdade, ele está achando que vai ser mandado embora na próxima reunião de diretoria."

"Sim, Ben, acho que você se precipitou", disse Ted Brennerman, aborrecido. "Você não devia ter mandado ele embora..."

"Não mandei ele embora", disse Gorfinkle, "apenas o preveni. E se essa história toda não tivesse acontecido, continuo achando que era a coisa certa a fazer."

"Todos nós concordamos, lembre-se", disse Jacobs. "Então não ponha a culpa em Ben."

"Ora, não estou acusando você, Ben", disse Epstein, "mas estou inclinado a pensar que, independente da atual situação, nós agimos depressa demais. Eu, pelo menos, me sinto muito esquisito quanto a essa história toda."

Gorfinkle não esperava essa crítica. "O que você acha esquisito, Roger?", perguntou em voz baixa.

"Acho esquisito tudo isso. Acho esquisito eu, que sou novo nos assuntos do templo, despedir o rabino, que passou a vida inteira envolvido nisso. Acho esquisito eu ser presidente do Comitê do Ritual. De certa forma foi esse o estopim da história toda, mas eu não esperava que isso iria rachar a congregação em dois, de jeito nenhum. Se eu soubesse, não teria deixado vocês me convencerem. Bem, quem sabe ainda não é tarde demais para consertar o estrago. Estou saindo fora agora mesmo."

"Saindo fora do quê?", perguntou Jacobs.

"Estou declinando minha nomeação para a presidência do Comitê do Ritual. E não vou esperar vocês anunciarem isso na próxima reunião de diretoria. Pensando bem, e considerando tudo que resultou dessa nomeação, acho que eu mesmo deveria informar o rabino. Seria uma boa oportunidade de trazê-lo para esse Comitê de Defesa, e quem sabe ele encontra uma maneira de conversar com o pessoal do Meyer Paff e juntar as peças todas."

"Então você acha que eu deveria manter Meyer Paff como presidente? É essa a sua idéia, Roger?", perguntou Gorfinkle.

"Não, mas você pode muito bem arranjar outra pessoa, alguém neutro. Que tal Wasserman?"

"Sim, que tal Wasserman?", disse Brennerman.

"Bem..."

53

Estavam jogando cartas sem muita atenção, com a cabeça longe do jogo. Logo no início da noite, Irving Kallen afastou a cadeira: "Para mim basta. Não estou conseguindo me interessar".

"Só mais uma partida?", perguntou Paff.

"Se você quiser."

O dr. Edelstein também se afastou da mesa: "Para quê, Meyer? Eu, pessoalmente, prefiro tomar um café".

"Bem, isso é fácil", disse Paff. Inclinou-se na cadeira e chamou a esposa na outra sala: "Laura, que tal um cafezinho para os rapazes?". Juntou as cartas sobre a mesa e embaralhou. "Ontem estive em Chelsea e dei de cara com um sujeito que eu conheço, cujo irmão é rabino ortodoxo. Por acaso mencionei a possibilidade de se fundar uma sinagoga num lugar onde alguém morreu. Segundo ele, isso não invalida o lugar. Mas ele disse que ia perguntar ao irmão."

"Esqueça, Meyer", disse Kermit Arons. "A Casa Hillson está fora. Lembre-se, não é só que alguém morreu ali. Afinal de contas, no nosso próprio templo — vocês não se lembram de Arthur Barron? Ele teve um ataque do coração lá dentro — quando foi, há uns dois anos?"

"Três anos atrás", disse o dr. Edelstein. "Mas ele não morreu no santuário. Nós o levamos para o hospital e ali eu confirmei a morte."

"Não faz diferença nenhuma; o que interessa é que ele morreu. Aqui, houve um assassinato. Não faria diferença nem se todo o Conselho dos Rabinos aprovasse o local. Durante anos a fio essa casa vai ser conhecida como o lugar onde uma pessoa foi assassinada. Quem você vai convencer a entrar numa sinagoga assim? Para falar a verdade, eu mesmo ia achar estranho. Ia ficar sentado lá pensando, será que foi neste lugar que apagaram o garoto?"

"Nesse caso, como ficamos?", perguntou Paff.

"De volta ao ponto onde começamos", disse Kallen. Seu rosto se animou: "Sabe, Meyer, não foi isso que você tinha em mente quando disse que nós devíamos ficar de boca fechada na última reunião, mas pensando bem foi uma decisão bastante inteligente. Se tivéssemos armado um escândalo quando Gorfinkle anunciou os novos comitês, agora teríamos de voltar atrás".

"Não vejo que isso seja problema", disse o dr. Edelstein. "Kallen está certo. Estamos de volta ao ponto de partida. Nunca demos nenhum aviso oficial a respeito de nenhuma sinagoga nova; não saímos da reunião quando os novos comitês foram anunciados. Ficamos sentados quietos e podemos continuar sentados quietos."

"Isso mesmo."

"Ora bolas..."

"Vocês querem que eu fique sentado quieto e deixe aqueles caras fazerem tudo que quiserem?", perguntou Paff.

"Vamos continuar fazendo oposição a eles na diretoria", disse Edelstein.

"Grande coisa isso nos adianta, já que eles têm a maioria."

"Você quer dizer que eles vão continuar pedindo a demissão do rabino na próxima reunião?", perguntou Edelstein. "Francamente, acho que isso seria uma pouca-vergonha, depois de todo o trabalho que ele teve com os garotos, e..."

"Que trabalho?", perguntou Arons. "Ele apenas mandou os dois rapazes, Stu Gorfinkle e Bill Jacobs, contarem a história deles à polícia. Pessoalmente acho que foi a coisa certa a fazer, mas os pais de muitos outros garotos não gostaram nem um pouco. Com certeza nem Gorfinkle nem Jacobs ficaram contentes. Felizmente eles acharam esse rapaz de cor, mas se não fosse isso..."

"Então você acha que eles vão continuar pedindo a demissão do rabino?", perguntou Edelstein.

"Não", disse Arons. "Estou inclinado a pensar que eles vão deixar a coisa assim mesmo por enquanto. Veja, como o caso ainda não foi resolvido e o rabino é amigo do chefe de polícia, seria uma tolice mandá-lo embora. Meu palpite é que eles vão esperar só até o fim do contrato dele, e daí não vão renovar."

"Pois olha", disse Meyer Paff, "por Deus que nós vamos conseguir renovar!"

"Desde quando você é tão fã do rabino?", perguntou Arons.

"Não sou", retorquiu Paff, "nunca fui e nem vou ser. Mas você não está pegando o ponto."

"Que ponto? Eles vão mandar o rabino embora."

"Quer dizer, eles vão tentar mandá-lo embora", corrigiu Paff.

"Mas eles têm maioria na diretoria."

"Sim", disse Paff, "e aí nós não podemos derrotá-los. Mas a questão de mandar embora um rabino que já serviu à congregação por seis anos e que também é respeitado pela comunidade cristã — isso não pode ser um assunto limitado à diretoria. É algo que interessa a todos os membros. Agora, não sei se o rabino é tão popular, mas sei que é muito mais difícil mandar alguém embora do que deixar a pessoa ficar. Ninguém gosta de despedir ninguém."

"E então?"

"Então isso nos dá uma questão em que temos a chance de ganhar. E se ganharmos e o rabino continuar, ficamos quites, porque quando nós fazemos oposição a eles, eles simplesmente ganham pela maioria dos votos; mas quando é o rabino que se opõe, é por uma questão de leis, rituais ou princípios judaicos, e ele se agarra à coisa até que os outros concordem."

Edelstein sorriu. Kallen considerou a proposta e deu um sim de cabeça. Arons disse: "É uma idéia, Meyer, é uma idéia".

54

Durante toda a semana, a casa do rabino Small esteve agitada com a preparação para a Páscoa. Miriam limpava, esfregava e forrava as prateleiras e armários. O rabino ajudava tanto quanto possível, trazendo a escada capenga e passando para a mulher as pilhas de pratos e utensílios de Páscoa que ficavam guardados no armário, para serem usados apenas na semana de Páscoa. Naturalmente, o grosso do trabalho recaía sobre Miriam, e este ano estava até mais difícil, pois Jonathan já tinha idade para segui-la por todo lado, atrapalhando e exigindo atenção o tempo todo. Por fim, no sábado à noite terminaram. Enquanto Miriam se refestelava no sofá da sala, o rabino, seguido passo a passo por seu filhinho, fez a procura ritual simbólica do *hómetz*, as migalhas de pão deixadas de propósito pela casa para serem encontradas à luz de velas e varridas com uma pena para uma colher de madeira que seria queimada na manhã seguinte.

"Quer que eu fique com Jonathan, David?", perguntou Miriam, sem achar que seu oferecimento seria aceito.

"Não, não. Eu sempre ajudava o meu pai a procurar o *hómetz* quando eu era menino. As crianças gostam. Você lembra onde eu coloquei a vela? Ah, ali está." Recitou a bênção: "Bendito sejas Tu, nosso Deus, Senhor do universo, que nos ordenou eliminar toda a levedura". Então, enquanto seu filho acompanhava de olhos arregalados, à luz bruxuleante da vela, varreu as migalhas da prateleira onde haviam sido colocadas, embrulhou-as num pedaço de pano e o colocou de lado. Recitou a antiga fórmula: "Toda a levedura que estiver em minha posse, e que eu não tiver visto nem eliminado, será anulada e contada como o pó da terra".

"Amanhã", disse a Jonathan, "você pode me ajudar a queimar isso aqui." E pediu à mulher que pusesse o garoto na cama. O sr. Epstein deveria chegar a qualquer momento.

O rabino abanou a cabeça: "Sinto muito, senhor Epstein. Sei que o senhor tem boa intenção, mas acho que está cometendo um sério erro...".

"Não compreendo, rabino. Temos de ajudar Alan Jenkins da melhor maneira possível. Nós estamos envolvidos. A minha Didi o convidou, e todos os garotos lá no piquenique eram nossos filhos."

"Então por que o senhor não arromba a cadeia?"

"Isso é ridículo, rabino."

"Justamente. E contudo isso iria ajudá-lo. O que estou dizendo é que nem todas as ações bem-intencionadas dão o melhor resultado. Você me disse que contratou esse tal de Warren Donohue para defendê-lo. Já ouvi falar dele — quem não ouviu? E agora está dizendo que ele vai pedir uma mudança na comarca do julgamento, alegando que o rapaz não pode conseguir um processo justo na nossa cidade. Bem, eu não quero que se diga que a comunidade judaica está duvidando da boa-fé da nossa cidade. Já estamos aqui há vários anos, e nunca houve nada que indicasse isso. Mas vou lhe dizer o que é que sua ação sugere. Ela sugere que você tem certeza de que Jenkins é culpado. Se ele for, deve ser condenado; mas até aparecerem todas as provas eu, pelo menos, pretendo não fazer um julgamento prévio e ficar aberto aos fatos."

"Mas essa mudança de comarca é apenas uma tática padrão dos advogados."

"Sim, mas isso que você considera uma tática padrão outra pessoa pode considerar uma tática injusta. É esse o erro desse seu conceito de ação social, se me permite dizer. Vocês não ficam satisfeitos fazendo o que podem fazer; precisam arrastar todos os outros membros do templo para fazer também. A nossa religião tem um código de ética, senhor Epstein, tem linhas mestras para a conduta, mas é o indivíduo que o concretiza, segundo os ditames da sua consciência e da sua inteligência. Uma pessoa pode participar de um boicote na porta de uma fábrica; outra, também interessada na mesma causa, pode achar que dá para conseguir melhores resultados processando a fábrica, ou entrando numa negociação particular, ou dando uma contribuição em dinheiro aos grevistas. Isso é um assunto para cada indivíduo decidir. Mesmo nos nossos serviços religiosos nós rezamos individualmente, e não em coro. Você pode armar uma campanha e pedir fundos, mas enquanto um único membro da congregação se opuser você não tem direito de fazê-lo em nome do templo, mesmo tendo maioria absoluta na reunião de diretoria."

"Não compreendo você, David." Miriam levou a mão à boca, como se quisesse abafar algumas palavras mais ásperas. "Epstein veio aqui para consertar as coisas. Fez tanto esforço para conseguir uma reconciliação. E ele é uma boa pessoa."

"Claro que ele é boa pessoa. Assim como Gorfinkle e o resto deles todos. Todos são boas pessoas; senão não estariam preocupados com o que pode acontecer com um pobre rapaz que se meteu numa enrascada. Só que a bondade só não basta. As pessoas que participaram nas guerras religiosas eram boas, e mesmo assim eles mataram e aleijaram às dezenas de milhares."

"Oh, David, você é tão... tão inflexível. Não dá para você se curvar um pouquinho?"

Ele a olhou surpreso. "Eu me curvo quando é preciso, e quando posso fazê-lo. Mas tenho de tomar cuidado para não me curvar a ponto de cair."

55

Aos domingos, a reza matinal começava às nove em vez de sete e meia, como nos dias de semana. Embora fosse um dia lindo e houvesse tempo de sobra para caminhar, o rabino foi de carro. Não se dirigiu direto para o templo, mas foi seguindo ao longo da praia, parando no caminho uma ou duas vezes para desfrutar do panorama, com as ondas batendo nos rochedos e as gaivotas mergulhando no mar.

A estrada acompanhava a praia e depois se desviava, e ele percebeu que estava chegando perto da Casa Hillson. Diminuiu a velocidade quando passou pela frente e por um momento pensou em parar e dar uma olhada; mas ao ver um homem parado na janela da casa vizinha, falando no telefone, pisou no acelerador.

Chegou na sinagoga bem na hora do início das orações. Aos domingos sempre vinha mais gente, pois muitos pais que traziam seus filhos para a escola dominical atendiam ao serviço por falta de coisa melhor a fazer enquanto esperavam a aula terminar. Naquele domingo o serviço foi seguido por um lanche, oferecido por um dos membros em comemoração ao noivado de sua filha.

Todos se espalharam pelo salão de festas, bebericando seu chá ou café, comendo bolo e bolinhos — tudo sem levedo, naturalmente, de acordo com as regras da Páscoa, já que o feriado começava naquela noite. Arthur Nussbaum estava presente, sempre tentando empurrar seu projeto favorito: "Escute, pessoal, estou dizendo a vocês que não faz sentido ficar com toda essa grana guardada no banco...".

"Está rendendo juros, não está?"

"E as coisas dobrando de preço a cada ano. Todo mundo sabe que mais cedo ou mais tarde vamos ter de trocar essas cadeiras. Se tivéssemos feito isso logo que recebemos o dinheiro, já poderíamos ter trocado a metade da sinagoga, até o corredor central. Este ano o dinheiro não deve dar nem para um terço das cadeiras."

"Sim, e nem pense em deixar algumas cadeiras de um jeito e o resto de outro — a sinagoga ficaria horrorosa. As mulheres vão subir pelas paredes."

"Pois que subam. Você não percebe", pressionou Nussbaum, "se elas acharem que ficou feio, vão se esforçar ainda mais para trocar todas as cadeiras."

"Ah, é? Bom, você viu o escândalo que aconteceu por causa dos lugares permanentes. Espere só até a parte da frente da sinagoga estar reformada, com cadeiras modernas, e..."

O rabino, que estava ali por perto, disse baixinho: "E por que tem de ser a parte da frente? Por que não substituir as cadeiras começando pela parte de trás?". Avistou então Meyer Paff deixando a sinagoga e saiu também.

Nussbaum escutou a observação do rabino e repetiu-a para os outros.

"Ele está brincando?"

"Seria pior ainda. Isso com certeza ia deixar *todo mundo* chateado."

"Não tanto como nosso sistema atual", disse o dr. Edelstein. "Ponha cadeiras estofadas na parte de trás, e pode me reservar uma desde já."

Irving Kallen concordou: "Tem razão nesse ponto, doutor. Eu mesmo não ligo, sou bem recheado naturalmente, mas o meu velho aposto que iria gostar muito".

"Pensando bem", disse Nussbaum devagar, "é justo."

Brennerman, que estava parado ali perto, rompeu numa gostosa gargalhada. "Deus do céu, Nussbaum, sabe que você tem razão? O rabino achou uma solução perfeita!"

Todos olharam para ele.

"Vocês não percebem, rapazes? Fila da frente, *status* para os primeiros; fila de trás, conforto para os traseiros. A escolha é sua!" Rindo alto, Brennerman avistou Gorfinkle e correu para lhe contar o acontecido.

O rabino cumprimentou Meyer Paff e o levou para um corredor lateral. Quando estavam a uma distância segura dos outros, disse: "Li sua declaração à polícia, senhor Paff. Julgando pelos nomes que o senhor listou como sócios no seu novo negócio, imagino que o senhor estava interessado na Casa Hillson como local para um possível novo templo".

Paff abriu um largo sorriso. "Isso mesmo, rabino, mas naturalmente agora está fora de cogitação. Estamos deixando cair essa história por enquanto." Pensou em algo: "Eu ia lhe contar, naturalmente, mas Becker nos disse que o senhor não estava interessado".

"Certo, certo", o rabino apressou-se a tranqüilizá-lo. "Não estava interessado, nem estou. Meu motivo para lhe perguntar é que há algumas coisas na minha cabeça que eu queria esclarecer a respeito desse caso. O senhor disse à polícia que diminuiu a velocidade ao chegar à Casa Hillson e depois seguiu reto. É isso mesmo?"

"Sim."

"O senhor não parou?"

Paff considerou a pergunta. "Posso ter parado um momento."

"Tem certeza absoluta de que não parou mais do que um momento?"

"Aonde o senhor quer chegar, rabino?"

"Estou sugerindo que o senhor parou por um bom tempo, talvez quinze ou vinte minutos, ou até mais."

"Por que o senhor diz isso?"

"Porque a sua declaração, do jeito que está, não parece verdadeira. Passei pela Casa Hillson a caminho da sinagoga hoje de manhã. É um trecho de estrada reto, não tem curvas, não tem nada tapando a visão. Mesmo numa tempestade, bem antes de chegar à Casa Hillson o senhor poderia ver se havia algum carro esperando ou não. Assim, não havia necessidade de diminuir a velocidade. E já que o senhor esperava encontrar alguém lá, acredito que o senhor deve ter esperado pelo menos uns quinze minutos."

"Tudo bem, digamos que esperei. E então...?"

"Então a polícia pode perguntar por que o senhor não se deu ao trabalho de entrar na casa durante todo esse tempo."

"Não entrei. Juro que não, rabino."

"Por que não?"

O rosto de Meyer Paff mostrou resignação. "Nem sei. Já estive lá diversas vezes, mas acho que sempre foi durante o dia, e a casa sempre me parecia alegre, clara. E naquela noite estava tudo escuro, chovia forte, e eu simplesmente não gostei da idéia de entrar lá sozinho."

"Então por que o senhor não disse a verdade à polícia?"

"Sabe como é, rabino. Fiquei sabendo que Moose foi encontrado lá dentro. Bem, ele trabalhava para mim, eu o conhecia. Se eu dissesse que eu fiquei esperando por ali uma meia hora, eles iam começar a me fazer perguntas, se eu ouvi alguma coisa, se eu vi alguma coisa, por que eu não entrei... Não, eu simplesmente não quis me envolver."

"Bem, eu diria que agora o senhor está envolvido. Se eu estivesse no seu lugar, iria até a delegacia e pediria para mudar a sua declaração."

"Mas isso significa que eu estava mentindo, e levantaria suspeitas."

"Vai levantar muito mais suspeitas quando eles descobrirem a verdade."

Paff suspirou. "Acho que o senhor tem razão, rabino."

56

Ao chegar em casa, o rabino encontrou Lanigan à sua espera.

"Achei que esses serviços matinais na sua sinagoga durassem só meia hora", reclamou o chefe de polícia.

"Foi servido um lanche", disse o rabino, "e depois tive de fazer uma caridade; fui visitar um doente. Desculpe fazer o senhor esperar. Vem a negócios ou é só social?"

Lanigan sorriu. "Acho que quando venho visitar é sempre um pouco das duas coisas. Pelo que entendi, rabino, está havendo um movimento para fundar o Comitê de Defesa de Jenkins. O senhor sabe de alguma coisa a respeito?"

"Sim, na verdade sei. Por quê, você tem alguma objeção a esse movimento?"

"Bem, naturalmente, cada pessoa tem o direito... sim, tenho objeções, sim! Conheço esse tal advogado Donohue. Ele vai armar uma tremenda encrenca, e talvez criar um clima péssimo nesta cidade que pode levar anos para passar. E nada disso vai fazer nenhum bem para Jenkins. Vai ser apenas um monte de propaganda sobre a justiça social, os direitos dos menos privilegiados e sabe Deus mais o quê. E não vai ter nenhuma influência no caso, porque Jenkins vai conseguir um julgamento honesto, e isso não tem nada a ver com o fato de ele ser preto, branco ou verde com pintinhas amarelas."

"Não tenho tanta certeza. Você está sendo imparcial com ele? Me parece que você já chegou à conclusão de que ele é culpado."

"Eu não decido se ele é culpado ou não. Isso é tarefa do juiz e do júri. Mas naturalmente tenho minha opinião. Venho tratando o rapaz imparcialmente durante todo esse caso. O senhor estava presente quando eu o interroguei. Acha que eu o pressionei? Eu praticamente lhe implorei para arranjar um advogado. Ele não quis."

"Mas quando ele contou sua história, você não assumiu automaticamente que as indicações de culpa eram verdadeiras, enquanto as indicações de inocência eram um monte de mentiras?"

"A gente sempre precisa escolher, dentro do material disponível, em que vai acreditar e em que não vai. O senhor sabe disso. Veja, por exemplo, a afirmação de Jenkins de que um carro ficou estacionado bem do outro lado da rua durante uns vinte minutos..."

"É verdade."

"Como assim?"

O rabino lhe contou sua conversa com Meyer Paff.

Lanigan ficou andando pela sala pensando alto. "Isso significa que Paff pode ter visto Jenkins entrar na casa, e ficou esperando no carro para ver o que ia acontecer. E quando Jenkins não saiu da casa, ele apenas seguiu em frente? Então isso o deixa na cena sem nenhum álibi e com transporte para voltar..." Lanigan abanou a cabeça com vigor: "Não, rabino, não acredito. O senhor não jogaria aos lobos um membro da sua congregação, assim desse jeito. O senhor deve ter outra coisa em mente".

"Estou apenas sugerindo que há outras possibilidades. Você mesmo sugeriu Stu Gorfinkle e Bill Jacobs. O ponto principal é que Jenkins não é o único com ações suspeitas; além disso, as suas provas contra ele estão cheias de furos."

"Por exemplo?"

"O que dizer da morte desse homem em Boston? Como é que Jenkins se encaixa nisso?"

"Não estou dizendo que ele tem a ver com isso. A morte desse homem e a conexão com Moose é pura coincidência."

"Coincidências acontecem, mas não com freqüência. Mas a maior objeção às suas provas contra Jenkins é o vizinho do lado, esse tal de..."

"Senhor Begg?"

"Isso, o senhor Begg. Ele viu uma luz acesa na casa. Foi por isso que ele chamou a polícia."

Lanigan pareceu intrigado e então seu rosto se iluminou. "Ah, percebo aonde o senhor quer chegar — que alguém veio até a casa depois que Jenkins foi embora, e que *esse alguém* acendeu a luz e presumivelmente matou Moose, talvez o Meyer Paff, lá do seu pessoal. É uma boa tentativa sua, rabino, mas veja como vou demolir seu argumento. Jenkins disse que fechou as persianas e as cortinas antes de acender a luz. Certo?"

"Certo."

"E não há motivo para ele mentir sobre isso."

"Concordo."

"Então se alguém, seja Paff ou um misterioso estranho, tivesse acendido a luz, ela não teria aparecido pelas cortinas fechadas."

"Justamente. Então como é que Begg pode ter visto a luz?"

"Hein?"

"Os rapazes todos concordaram que não acenderam a luz. Jenkins acendeu uma lanterna, mas só depois de fechar as cortinas."

"Então como é que Begg pode ter visto uma luz na casa?"

"Foi essa justamente a *minha* pergunta", disse o rabino, incisivo. "Mas posso sugerir uma resposta. A única maneira de Begg enxergar uma luz, com todas as cortinas fechadas, era ele mesmo estar na casa e acendê-la."

"O senhor está dizendo..."

"Estou dizendo que ele entrou na casa depois que Jenkins saiu. Sendo caseiro, ele deve ter uma chave, e a porta trancada não era problema. Ele acendeu a luz ao entrar e aí foi passando por todos os aposentos. Estou sugerindo que ele enrolou o plástico na cabeça do rapaz e então, deixando a luz acesa como desculpa para chamar a polícia, correu de volta para sua casa e telefonou."

"E esqueceu de fechar a porta da frente?"

"Não, deixou-a entreaberta de propósito, creio eu. Se o carro da polícia percebesse, ele não estaria envolvido, nem como informante. Ou, talvez, para não levantar de imediato a questão de saber como o assassino entrou."

Lanigan esfregou seu queixo quadrado com a mãozona vermelha, repassando o raciocínio do rabino. Daí abriu um sorriso. "O senhor quase me levou nessa, rabino. Tudo isso parece plausível, exceto", aqui ele ergueu o dedo em advertência, "que Begg telefonou da sua própria casa. Ao voltar para casa, ele deve ter percebido que a luz não aparecia pela janela da Casa Hillson, pois as cortinas estavam fechadas."

O rabino concordou. "Sim, e o telefone fica numa sala onde a janela dá para a Casa Hillson. Passei por lá hoje de manhã e vi Begg na janela, de telefone na mão. Assim, parado junto à janela, ligando para a polícia, ele decerto perceberia que a luz não aparecia pela janela da Casa Hillson. E a explicação para isso é que foi aí que aconteceu uma verdadeira coincidência."

"Que coincidência?"

"Que enquanto ele ainda estava dentro da Casa Hillson, ou assim que saiu, todas as luzes da região se apagaram."

"Foi quando o gerador deu pane?"

"Isso. Foi essa a única coincidência."

"E quanto ao fato de Begg ter ido até lá?"

"Isso não foi coincidência. Ele entrou logo depois que Jenkins saiu, justamente porque Jenkins acabava de sair. Isto é, talvez ele tenha visto Jenkins sair, ou ouvido ele dar partida na moto, logo ali ao lado, de modo que correu para investigar. Tudo parecia normal; a porta estava trancada e tudo escuro lá dentro. Mas é claro que era preciso checar. Como ele tinha a chave, entrou. Naturalmente, acendeu as luzes. Talvez tenha ficado alguns momentos à escuta, ou talvez tenha chamado alguém. Daí foi olhar nos quartos e encontrou Moose. Como ele queria que o corpo fosse encontrado logo, ainda naquela noite..."

"Por que teria de ser naquela noite?"

"Porque se ele esperasse mais um dia ou dois, ele próprio teria de encontrar o corpo, já que é ele o caseiro. Mas se a polícia viesse naquela mesma noite, ela encontraria o corpo, e encontraria também indícios frescos da presença de várias pessoas — tocos de cigarros, latas de cerveja."

Lanigan sorriu. "Belo trabalho, rabino. Vou acrescentar o Begg na minha lista, que já tem Alan Jenkins, Meyer Paff, o velho Carter e sete garotos variados. Estive repassando a história toda com o tenente Jennings, e consegui boas provas contra cada um desses aí. Mas naturalmente todas têm falhas. Por exemplo, Begg não poderia saber que Moose estava na Casa Hillson, não é mesmo?"

O rabino fez que não.

"Então, se ele tivesse algum motivo para matar Moose, que aliás o senhor ainda não mencionou, como ele saberia que ele estava lá dentro? O normal a fazer, se ele achasse que alguém tinha arrombado a casa, era chamar a polícia e lhe pedir para verificar."

"Imagino que ele precisou ir até lá. Antes de chamar a polícia, tinha de garantir que nada foi tirado."

"Como o quê, por exemplo?"

"Maconha, por exemplo. Seria mais provável Begg escondê-la ali do que na sua própria casa."

"Mas o senhor Begg? Traficante? Ah, é impossível, rabino." Seu rosto mostrava total descrença. "Ele é um morador muito antigo da cidade, é um ianque quatrocentão."

O rabino deu um sorriso de zombaria. "E ex-professor e ex-membro do comitê de seleção atlética, alguém que nunca poderia fazer nada de errado. É claro que tem de ser alguém de fora, um estranho."

"Tudo bem, aceito esse puxão de orelha", disse Lanigan, "mas o que eu quero dizer é que esse Begg é um sujeito rabugento, implicante, que está sempre no pé da gente. Se ele estivesse metido em tráfico de drogas, não iria querer chamar atenção."

O rabino deu de ombros, dispensando o argumento: "Disfarce. É claro que funciona melhor do que tentar passar despercebido, principalmente numa cidade pequena como esta. Begg sempre teve fama de rabugento, então continuou sendo assim quando começou a vender esse negócio. Era mais seguro do que mudar a imagem de repente".

Lanigan ficou em silêncio, e depois disse em voz baixa: "O que o fez pensar nele? Por acaso o senhor usou essa interpretação do — como se diz? — do tal Talmude?".

"Talmude? Nada disso. Pensei em Begg porque ele é o suspeito mais óbvio. Você também teria percebido, se não estivesse tão condicionado a desconfiar em primeiro lugar do forasteiro, do estranho — de Alan Jenkins, que não só é de fora como também é de cor."

"Mas de certa forma Begg também é de fora. É um recluso, é um maluco."

"Nada disso. É excêntrico, mas bem dentro do aceitável. É até mesmo um tipo tradicional de ianque — cabeçudo, turrão, que briga pelos seus direitos."

"Mas o que ele fez para o senhor desconfiar?"

"Para começar, ele é dono de um lugar onde os jovens se encontram. Ele vende refrigerantes, material escolar, e deixa eles jogarem fliperama. Você conhece aquele lugar. O que é que existe ali que dê para ele pagar sequer o aluguel? Outro motivo: Moose veio da casa dele. Tinha de vir dali, pois a maré estava alta e ele não poderia ter vindo do outro lado. E quando os rapazes arrombaram a casa e estavam com medo de serem vistos por alguém da casa ao lado, lembre-se de que foi Moose quem lhes garantiu que Begg não iria incomodá-los. Imagine, Begg — rabugento e abelhudo. Como Moose poderia afirmar isso? Só se ele já soubesse que Begg ia sair. Provavelmente eles saíram ao mesmo tempo. E por fim comecei a pensar em Begg porque me pareceu estranho ele telefonar para a polícia para avisar que viu uma luz. A não ser que fosse um homem muito medroso, imagino que ele iria primeiro investigar sozinho, ou pelo menos dar uma olhada lá fora."

"Então na sua opinião deve haver drogas escondidas na Casa Hillson."

O rabino fez que não: "Não há, mas havia. Imagino que ele tirou tudo de lá antes de chamar a polícia. É por isso que ele teve de ir até lá. E nessas alturas ele também não ia querer guardar o negócio na sua própria casa".

"O senhor percebe, naturalmente", disse Lanigan, "que não há nenhuma partícula de prova contra ele. Se encontrarmos suas impressões digitais na Casa Hillson, ele pode dizer que já esteve lá muitas vezes como caseiro."

"Você poderia perguntar sobre essa história de ver uma luz acesa."

Mais uma vez Lanigan levantou-se para andar pela sala. "Isso não é prova. Basta ele insistir que viu uma luz, ou achou que viu. Nenhum júri iria condenar um homem por dizer que viu uma luz acesa num lugar onde não era possível ver. Eles vão assumir que é um erro natural — um farol de carro, o reflexo de uma lâmpada na rua. Não, é uma pena que a gente não possa introduzir esse seu raciocínio talmúdico como prova legal."

"Podemos tentar."

Lanigan inclinou-se para a frente da cadeira e disse ansioso: "Como, por exemplo?".

"Bem, veja esse homem de Boston que foi assassinado no mesmo dia. Podemos pensar sobre ele um pouco."

"Wilcox?"

"Sim, Wilcox. Sabemos que Moose foi vê-lo, por causa das notas de vinte dólares."

"E da marijuana."

"A marijuana ele poderia ter conseguido de diversas fontes, mas duas notas de vinte dólares com os números consecutivos às notas que Wilcox tinha consigo — essas só poderiam ter vindo de Wilcox."

"Certo."

"Como foi que Moose conseguiu essas notas?", perguntou o rabino.

"O que o senhor quer dizer?"

"Será que ele as pegou ou ganhou?"

"Ah, percebo. Bem, obviamente alguém lhe deu as notas, porque se ele tivesse pego, por que iria pegar apenas duas?"

"Justamente. Agora, por que as notas lhes foram dadas? Duas, veja bem."

"Não podemos saber, rabino."

"Deixe-me colocar a coisa de outra maneira. Digamos que durante a conversa Moose comentou que estava sem dinheiro. É bem provável que Wilcox estivesse disposto a lhe adiantar algum para quebrar o galho. Normalmente seria questão de um ou dois dólares, ou cinco, ou até mesmo dez. Mesmo se ele não tivesse troco, só notas de vinte, ele poderia ter dado uma delas. Mas ele lhe deu *duas* notas de vinte — quarenta dólares. O que isso sugere?"

Lanigan abanou a cabeça. "Essa eu passo."

"Sugere que houve pagamento por alguma coisa. Mas já que Moose estava duro e não tinha nada que servisse a Wilcox, sugere também um pagamento adiantado."

"Pelo quê?"

"Não podemos ter certeza, é claro, mas você não disse que esse Wilcox tinha ligação com o tráfico de drogas?"

"A polícia de Boston tem certeza de que ele era traficante."

"Certo, e já que vocês também encontraram uma quantidade bastante grande de marijuana com Moose, e Jenkins reconhece que tirou dez cigarros dele, imagino que isso foi um adiantamento pelo salário ou pelas comissões de vendas. O senhor Carter disse que Moose tinha ido a Boston procurar emprego. Imagino que encontrou."

"Sim, pode ser. Quem sabe Wilcox estava introduzindo Moose nos negócios. Tudo bem, compro essa idéia. Mas qual é a conexão com a sua morte? E com Begg?"

"Ainda não acabamos de examinar as atividades de Moose", disse o rabino, severo.

"Por que, o que mais ele fez depois?"

"Veio para Barnard's Crossing e foi direto ver o senhor Begg."

"Mais informações sobre Moose?"

"Não, eu não conhecia o rapaz. Posso apenas especular que a descrição do comportamento dele no piquenique, o jeito como ele bebeu e falou bobagens, na praia e na Casa Hillson, sugere que ele estava eufórico. E se acrescentarmos o fato de que ele não foi para casa jantar, o que é uma séria ofensa na casa dos Carter, percebemos que ele não tinha mais motivos para ter medo do pai."

"E o Begg?", perguntou Lanigan sarcástico. "O senhor também sabe o que ele fez? Onde ele foi depois que deixou Moose?"

"Isso seria pura especulação", disse o rabino, cauteloso.

"Sim, mas por que parar agora? Vá em frente, especule."

"Muito bem, imagino que ele foi ver Wilcox. O fato de que Moose foi ver Begg assim que se despediu de um traficante de drogas que acabava de aceitá-lo nos negócios sugere que Begg também é agente de Wilcox, ou talvez sócio. Se fosse um agente, com certeza não iria gostar de ver alguém entrando no seu território, em especial Moose. E se fosse sócio, poderia ter ido protestar contra uma contratação impensada."

Lanigan reclinou-se na cadeira e olhou para o rabino em silêncio. Por fim disse: "Será que o senhor se incomodaria em desenvolver esse raciocínio com mais alguns fatos? Ou será que o senhor mencionou alguma coisa e eu não prestei atenção?".

O rabino sorriu com bom humor. "Falei que era pura especulação, mas se enxergarmos a coisa pelo outro lado, fica mais razoável. Por exemplo, isso nos dá o primeiro motivo real para matar Moose. Quando Begg saiu de sua casa, Moose sabia aonde Begg estava indo, e ao ter a notícia da morte de Wilcox saberia quem foi o assassino."

Lanigan olhou para o rabino em silêncio. Por fim disse: "Então agora o senhor botou Begg matando Wilcox também".

"A coisa vai se encaminhando por aí."

"E as provas?"

"Talvez impressões digitais de Begg no apartamento de Wilcox?"

Lanigan abanou a cabeça: "Não depois de uma semana, com a polícia revirando tudo".

"Um momento. Você não disse que uma mulher o viu?"

"Madelaine Spinney. A polícia de Boston achou que tinha algo interessante quando ela reconheceu Moose numa foto que eles pegaram nos arquivos dos jornais de Boston. É uma foto de tamanho diferente das fotos normais de suspeitos. Provavelmente é por isso que ela a escolheu — porque era diferente. Pelo que eles dizem, duvido que ela consiga identificar o seu homem. Ela não é muito inteligente."

"Quem sabe *ele* iria identificá-la", sugeriu o rabino.

57

"O carro dele está na garagem?... Muito bem, então ele está em casa."

"E o que o senhor quer que a gente faça, chefe?", perguntou o detetive de Boston.

"Só continue dirigindo, e quando chegar na casa, pare", disse Lanigan. "Fique com o motor ligado, como se você tivesse parado para pedir uma informação a alguém. Daí Madelaine sai do carro. A casa estará à sua direita. Madelaine, abotoe o casaco e levante a gola. Isso, assim mesmo. Abaixe um pouco a cabeça. Assim. Daí você vai até lá e toca a campainha. Quando a porta abrir, deixe ele dar uma boa olhada em você e aí pergunte como se pega a estrada para Boston. Não há motivo para medo. O pior que ele pode fazer é bater a porta na sua cara." Virou-se para o policial. "Você só fica sentado no carro, a menos que veja algo fora do comum."

"Como o quê, por exemplo?"

"Qualquer coisa diferente do jeito normal de um sujeito reagir quando alguém lhe pede informações. Estaremos atrás de você, mas escondidos. Se virmos que você saiu do carro, vamos até lá correndo. Certo?"

"Certo."

Os dois carros se puseram em movimento, Madelaine e o policial de Boston no da frente, Lanigan e Jennings no de trás. Ao chegar em Tarlow's Point, a mulher saiu do carro, foi até a casa de Begg e tocou a campainha. Dali a um momento a porta se abriu. "Sim?"

Como combinado, ela levantou a cabeça e abaixou a gola do casaco. Os dois olharam um para o outro.

"Você!"

O policial foi rapidamente até a casa.

58

Já era fim da tarde, e Miriam observava preocupada o marido andar de lá para cá. De vez em quando ele pegava algum livro da estante e tentava ler, mas logo o punha de lado e retomava sua caminhada.

"Você não acha que deveria ir até o templo, David, só para ver se está tudo bem?"

"Não, vou ficar em casa até ter notícias de Lanigan. Alguém deve estar lá organizando as coisas — ou o cantor, ou Morton Brooks, ou talvez o senhor Wasserman."

Cada vez que o telefone tocava ele corria para atender. A maioria dos telefonemas eram realmente para ele, mas ele respondia o mais rápido possível, com medo que Lanigan fosse ligar. Por fim, quando já estava quase na hora de ir até o templo e começar a cerimônia do *seder*, Lanigan chamou. O rabino ouviu por um momento e sorriu: "Obrigado, Lanigan. E obrigado também por telefonar".

"Tudo bem?", perguntou Miriam quando ele desligou. "Agora podemos ir?"

"Sim, agora podemos ir."

A *baby-sitter* já estava lá há meia hora, esperando que eles saíssem para poder ligar a TV. Miriam lhe deu as últimas instruções e foi para o carro. Quando o rabino saiu, um momento depois, ela viu que ele estava levando o gravador que usava para ditar cartas, e supôs que ele queria gravar a cerimônia. Sorriu, achando divertido esse repentino acesso de sentimentalismo do marido.

* * *

Quando chegaram ao templo, todos ainda estavam andando pelo salão de festas, procurando seus lugares, conversando, tentando mudar da mesa que lhes fora destinada para alguma outra onde estavam seus amigos. As mesas estavam festivas, com toalhas branquíssimas e talheres reluzentes; a longa mesa principal tinha um magnífico arranjo floral no centro. À volta da mesa havia cadeiras de braço, cada uma com uma almofada para se recostar, segundo o ritual; ao lado de cada cadeira de braço havia cadeiras comuns para as esposas. Diante do lugar do rabino estavam as três *matzót* tradicionais, cobertas com um guardanapo, e a bandeja de *seder*, com um ovo cozido, um osso, ervas amargas, ervas verdes, e dois pratinhos, um com raiz-forte e outro com uma mistura de maçãs e nozes picadas.

Os comensais da mesa principal já estavam sentados, e antes de tomar seu lugar o rabino se dirigiu a cada um para o costumeiro aperto de mão.

"Olá, cantor, está com boa voz?"

"Ótima, rabino."

O senhor Wasserman parecia muito velho e frágil, sentado numa enorme poltrona reservada para o presidente do Comitê do Ritual. Segurou a mão do rabino com suas duas mãos: "Gosto de comemorar o *seder* na minha própria casa, mas este ano meus filhos não puderam vir. Além disso, às vezes é melhor para todo mundo...".

Gorfinkle observava de longe o rabino cumprimentando um por um. Quando o viu chegando, levantou-se e estendeu a mão formalmente.

"Olá, Gorfinkle. Stu vai voltar para a escola amanhã?"

Gorfinkle deu de ombros. "Ele esperava que sim, mas ainda não tive notícias de Lanigan. Talvez ele ligue ainda hoje."

"Não se preocupe, Stu pode ir sossegado."

"E os outros?", perguntou Gorfinkle ansioso.

"Eles também."

A emoção trouxe lágrimas aos olhos de Gorfinkle. "Que maravilha, rabino, que maravilha. Não sei como podemos lhe agradecer."

O rabino deu a volta na mesa e tomou seu lugar. Olhou para o salão apinhado de gente e esperou até a última pessoa encontrar seu lugar.

Quando viu que os garçons tinham enchido todos os copos de vinho, deu sinal ao cantor, que se levantou, ergueu seu copo bem alto e começou a cantar a bênção do vinho. Os homens da mesa principal saíram da sala para lavar as mãos, conforme o ritual, e quando voltaram o rabino mergulhou um raminho de salsa num pires com água salgada e recitou a bênção dos frutos da terra.

Descobriu as *matzót* e passou a palavra para o sr. Wasserman, que recitou *Ha lachmá aniá*: "Eis o pão da aflição, que nossos antepassados comeram na terra do Egito. Todos os que têm fome entrem e comam, e todos os necessitados venham e comemorem a Páscoa...".

Mais uma vez os copos de vinho foram enchidos, e o rabino fez sinal a Morton Brooks, o diretor da escola, sentado numa mesa redonda com a família do menino que iria fazer as Quatro Perguntas. Brooks cochichou para o menino, que se levantou e começou a recitar, num falsete infantil: "*Ma nishtaná halaila hazé*...".

Quando o menino terminou o rabino pegou o gravador que estava no chão ao lado da cadeira e o colocou na mesa à sua frente. "A tradução das Quatro Perguntas deveria ser feita por Arlene Feldberg", anunciou ele, "mas infelizmente Arlene está de cama com sarampo. Mas nós não queríamos ficar sem a participação dela, certo?" Apertou o botão — mas foi a sua própria voz que saiu do gravador, dizendo: "Atenciosamente, rabino David Small. Miriam, por favor, faça uma cópia extra, sim?". A isso se seguiu imediatamente a vozinha fina e esganiçada da garotinha: "No que difere esta noite de todas as outras noites?". As muitas semanas de treino com o diretor da escola se refletiam na leitura lenta e forçada das frases. "Todas as noites comemos pão com levedo ou sem levedo; mas esta noite apenas sem levedo."

O rabino olhou para Miriam e cochichou: "Está vendo, eu *consigo* me curvar um pouco".

"E funciona", ela respondeu baixinho.

"Por que hoje só comemos ervas amargas?... Por que mergulhamos a comida duas vezes na água salgada?... Por que nos reclinamos enquanto comemos?" O sr. Wasserman puxou a manga do rabino, que se inclinou para ouvir o que o velho tinha a dizer. O gravador continuou: "...e peça para eles nos dispensarem desse jantar, sim, Miriam, por favor. Invente uma mentirinha, se precisar". Era a voz do rabino.

Ouviu-se uma gargalhada estrepitosa de toda a congregação, e Miriam apressou-se em desligar o gravador. O rabino corou e disse: "Agora vamos ler em uníssono...".

O jantar foi servido, a tradicional refeição festiva, começando com bolinhos de peixe e canja de galinha. Logo que terminou muitas pessoas saíram, alegando que as crianças estavam cansadas e adormecendo na mesa; mas a maioria ficou para o restante do serviço, com suas orações, bênçãos e canções tradicionais. Por fim o quarto copo de vinho foi bebido e o presidente anunciou: "A cerimônia da Páscoa foi agora cumprida de acordo com todas as suas leis e costumes...", e então todos exclamaram em voz alta e alegre o fervente pedido, cheio de esperança, que durante séculos os judeus do mundo inteiro expressaram no final do serviço de Páscoa: "No ano próximo em Jerusalém!".

O rabino inclinou-se e cochichou para Miriam: "E por que não?".

"O quê?"

"Do jeito que as coisas vão, no ano que vem estaremos livres. Por que não podemos passar um ano em Jerusalém?"

59

"Vocês acabaram de ouvir a leitura da ata da reunião passada. Alguém deseja fazer alguma correção ou acréscimo? Passamos a palavra ao senhor Sokolow."

"Me parece que na reunião passada ficamos a maior parte do tempo discutindo sobre o novo contrato do rabino, mas nessa ata não havia nem uma palavra sobre isso."

"O senhor saiu mais cedo, senhor Sokolow", disse Gorfinkle. "Ficou decidido que não íamos mencionar isso na ata, por motivos óbvios. E se o rabino estivesse aqui hoje? Seria constrangedor."

"Bem, então como é que eu vou ficar sabendo o que aconteceu?"

"Eu nomeei um comitê com Al Becker na presidência — Becker, quem sabe você gostaria de dar as informações a ele."

"Claro." Becker levantou-se e foi até a cabeceira da mesa. "Nós discutimos os termos do contrato. Alguns achavam que devíamos simplesmente estender o contrato por mais cinco anos, com um aumento, é claro. Mas também havia muita gente favorável a um contrato vitalício. Para isso teríamos de conversar com o rabino."

"E como vocês vão se reaproximar do rabino?", perguntou Sokolow.

"Bem, resolvemos não falar com ele ainda", disse Becker. "Vejam, há um fato novo que nós devemos discutir primeiro." Becker pigarreou: "Muitos aqui nesta mesa podem não estar cientes, mas no final deste ano o rabino estará completando seu sexto ano de trabalho conosco. Assim, o novo contrato irá começar no sétimo ano. Bem, muitas congregações dão feriado ao seu rabino no sétimo ano, o ano sabático. Assim, nós do comitê não queremos ser pegos desprevenidos se o rabino levantar essa questão. Precisamos saber o que deseja a maioria dos membros. Eu, pessoalmente, sou a favor de se oferecer o ano sabático a ele antes mesmo de ele pedir".

Imediatamente começou uma chuva de opiniões.

"Muitas sinagogas não dão o ano sabático."

"Na sinagoga do meu irmão eles deram o ano sabático ao rabino, mas ele já estava lá há vinte anos."

"Os professores têm direito ao ano sabático."

"Sim, mas só se forem fazer algum estudo especial."

"Minha mulher me disse que ouviu a esposa do rabino comentar que eles querem ir para Israel. Me parece um projeto bem razoável para o ano sabático de um rabino."

"Para que ele precisa disso? Afinal, ele tem férias o verão inteiro. Quisera eu ter essa sorte."

O senhor Wasserman pediu a palavra e foi atendido. "O sétimo ano é uma época especial. É como um sábado. E o que é o sábado, o Shabat? É algo que nós inventamos, não? Seis dias você trabalha e no sétimo descansa. Antes disso, as pessoas trabalhavam sete dias por semana, sem descanso. Assim, o sábado é uma coisa nossa — uma invenção. E o mundo inteiro aceitou esse princípio: um dia por semana deve-se descansar. Só que o único que não tem seu descanso um dia por semana é o rabino. No sábado, quando nós estamos de folga, ele trabalha. E nos dias em que nós trabalhamos, ele trabalha também. Ele é um homem dos livros, esse nosso rabino, e todos os dias está ocupado com seus estudos. E quando não está estudando, é chamado para falar aqui ou ali, ou vai a uma reunião de comitê. E o tempo todo, sete dias por semana, ainda tem de cuidar da congregação. Um dia é um Bar Mitzvá, no outro dia um casamento, ou, Deus nos livre, um enterro. Assim, a única maneira de ele ter um descanso é se afastar um pouco da comunidade, para não precisar dar sermões nem participar de comitês, nem responder a perguntas de todos os tipos. Sendo assim, na minha opinião nós deveríamos oferecer a ele este ano sabático se ele pedir, porque — estou dizendo a vocês — às vezes o rabino precisa descansar um pouco da sua congregação."

Ninguém disse nada. Meyer Paff então murmurou alguma coisa para o dr. Edelstein.

Gorfinkle levantou a vista: "O que há? O senhor falou alguma coisa, senhor Paff?".

Paff respondeu com seu vozeirão de baixo profundo: "Só falei que o contrário também é verdade — às vezes a congregação precisa descansar um pouco do rabino".

Brennerman soltou uma gargalhada. Edelstein deu uma risadinha. Jacobs sorriu. Daí todos caíram na gargalhada, e continuaram rindo por muito tempo. E Gorfinkle disse: "Meyer, acho que você tem razão. Puxa vida, desta vez você realmente acertou em cheio".

Ninguém disse nada, mas Reb Pali então murmurou alguma coisa para o [illegible] Ed Stern.

GLOSSÁRIO

BAR MITZVÁ: do hebraico, literalmente "o filho do dever" ou "do mandamento". Diz-se do jovem do sexo masculino que completa treze anos e assim está apto a cumprir plenamente suas responsabilidades religiosas. A comemoração do *Bar Mitzvá* tornou-se uma festa de grande pompa neste século.

CANTOR: o cantor da sinagoga (ou, nos círculos mais ortodoxos, aquele que conduz a reza). Também é empregada a expressão *chazan*.

FILACTÉRIO: pequena caixa de couro contendo pedaços de pergaminho onde estão inscritos textos religiosos utilizados por homens judeus durante as preces matinais.

GÓI: do hebraico, "nação". Aquele que não é judeu.

"HA LACHMÁ ANIÁ": "Eis o pão pobre". Início da oração referente à *matzá*, o pão sem levedo que os judeus comeram ao fugir da escravidão no Egito.

HADASSAH: entidade sionista e filantrópica americana.

HAGADÁ: o livro lido na Páscoa (Pessach), onde se narra a saída dos judeus do Egito.

HAVDALÁ: bênção final sobre o vinho ao fim de uma refeição festiva.

HÓMETZ: qualquer alimento com levedo, ou fermento, que deve ser eliminado da casa antes do *Pessach*.

KADDISH: antigo hino aramaico em louvor ao Altíssimo, é também entoado em memória aos mortos, pelo parente mais próximo do falecido na data de aniversário de sua morte e durante o período de onze meses de luto após um falecimento.

KIPÁ: solidéu.

KOSHER: do hebraico, "adequado". Comida preparada segundo os preceitos dietéticos judaicos, mantida de acordo com os rituais. Estabelece restrições principalmente quanto à carne de certos animais, à ingestão de sangue e à mistura da carne com o leite e seus derivados.

MAIMÔNIDES: filósofo, médico e teólogo judeu, nascido em Córdoba (1135-1204).

MATZÓT (pl. de *matzá*): pão de farinha com água, sem levedo, que os judeus fizeram às pressas e comeram na fuga do Egito. É comido até hoje em *Pessach* em lembrança deste fato.

MICÁ: um dos profetas menores, denunciou a idolatria, a opressão e a falsidade de seu tempo e previu a restauração de Israel e a vinda do Messias.

NU: termo iídiche que significa "E então?".

PARNUSSE: do hebraico *parnassá* — ocupação, negócio, *business*.

PILPUL: para os talmudistas, um instrumento da disciplina intelectual que consiste no estabelecimento de uma diferenciação clara e precisa entre duas condicionantes.

PNEI: em hebraico, "rostos": os homens mais veneráveis da congregação.

POGROM: na Rússia dos tzares, os massacres oficiais a que estavam sujeitos os povoamentos judaicos.

RABINO: do hebraico *rabi*, que significa "meu mestre", termo originalmente empregado para designar os professores ordenados pelo sinédrio.

REBBITZIN: expressão iídiche que designa a esposa do rabino.

SEDER (de Páscoa): do hebraico "ordem". A cerimônia de *Pessach*, com seu jantar festivo e leitura de *Hagadá*.

SHABAT: dia do descanso, em que qualquer atividade é proibida por injunção bíblica. Começa na sexta-feira ao entardecer e se prolonga por todo o sábado.

SMICHÁ: direito, autoridade.

TALMUDE: o livro que contém a lei e as tradições judaicas. Consiste na *Mishná* e na *Guemará*, ou comentários da *Mishná*.

TORÁ: os cinco primeiros livros da Bíblia. É o guia espiritual de cada judeu.

YOM KIPPUR: dia da Expiação ou do Perdão, quando se faz o grande jejum de 24 horas. Ocorre dez dias depois do *Rosh Hashaná*, o ano-novo hebraico.

ESTA OBRA FOI COMPOSTA PELA HELVÉTICA EDITORIAL EM NEW BASKERVILLE E IMPRESSA PELA GEOGRÁFICA EM OFF-SET SOBRE PAPEL ALTO ALVURA DA VOTORANTIM PARA A EDITORA SCHWARCZ EM DEZEMBRO DE 1995.